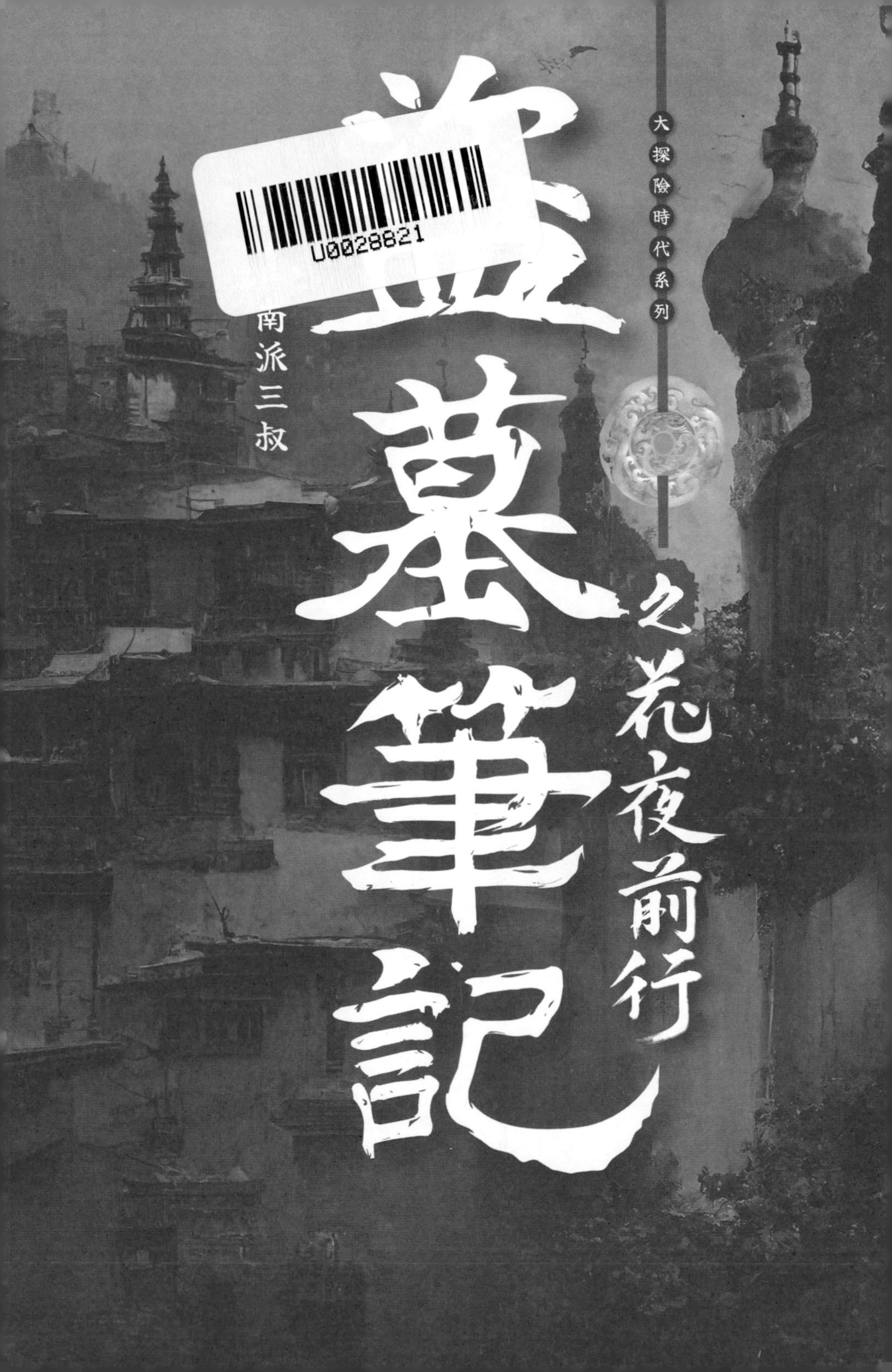
大探險時代系列
盜墓筆記
之花夜前行
南派三叔

盜墓筆記之花夜前行

目錄

序言　005

花夜前行　無聲落幕

第一章　基輔教堂　010
第二章　石棺　016
第三章　凶局　020
第四章　裂痕　024
第五章　風水局　028
第六章　齊家血脈　033
第七章　謀劃　040
第八章　人形冰塊　046
第九章　小尤什卡　051
第十章　古宅　056
第十一章　池塘　060
第十二章　別里亞克　064
第十三章　三條規則　068
第十四章　黃銅箱子　072
第十五章　回憶　075
第十六章　建築深處　079
第十七章　銅角古棺　083
第十八章　蘭花螳螂　088
第十九章　爬行　092
第二十章　中邪　097
第二十一章　獻祭　101
第二十二章　腥臭邪神　104
第二十三章　黑暗古神　109

第二十四章 地下室 114
第二十五章 油畫 117
第二十六章 古宅祕密 122
第二十七章 最後一個男丁 127
第二十八章 逃離 131
第二十九章 萬無一失 136
第三十章 祭品 141
第三十一章 謎團 146
第三十二章 原始村落 149
第三十三章 尋找古神 153
第三十四章 古神之路 157
第三十五章 分道揚鑣 162
第三十六章 瘋狂的念頭 166
第三十七章 神祕人 170
第三十八章 齊秋 176
第三十九章 下班了 182
第四十章 未解之謎 185
第四十一章 尾聲 189

千面

引子一 關於千面的研究 194
引子二 阿透 197
第一章 甲方 200
第二章 停電 205
第三章 邪物 210
第四章 三張畫 214
第五章 梁煙煙 218
第六章 羈絆 221
第七章 貓 225
第八章 對抗 231
第九章 紋身 234
第十章 準備 238
第十一章 生變 241
第十二章 幻境 244
第十三章 長條形的人 247
第十四章 舊照片 252
第十五章 好奇害死貓 256

第十六章　靈異事件　261
第十七章　一樁舊事　265
第十八章　直面　268
第十九章　醫院　273
第二十章　草嶼漁村　279
第二十一章　長神仙　284
第二十二章　雕像活了　290
第二十三章　治病　294
第二十四章　族譜　299
第二十五章　頓悟　302
第二十六章　逆轉　305
第二十七章　半腦切除術　310
第二十八章　舊友　314
第二十九章　地下室　318
第三十章　錄影帶　322
第三十一章　第二個長神仙　328
第三十二章　墓室　332
第三十三章　獲救　336
第三十四章　後怕　340
第三十五章　真相　344
第三十六章　透明的石頭　350
第三十七章　新長神仙　356
第三十八章　惡魔　359
第三十九章　屠顛　364
第四十章　謎題　370
第四十一章　蠱惑　376
第四十二章　尾聲　380

序言

這本書裡收錄了兩個寫作過程讓我非常痛苦的故事。

首先是〈花夜前行　無聲落幕〉，我是希望寫一點發生在國外的故事。事實上，我們現在去國外旅行已經非常方便了，特別是去東南亞國家，但在《盜墓筆記》這個故事體系中，去國外似乎是一件很魔幻的事情。這些人怎麼可以去國外呢？我自己也很難想像吳邪在歐洲看古堡，然後用英文幫另外兩個人點單、買咖啡的情節。這可能和中式探險這種故事載體有關係，我們的故事裡多是以民俗為起因的奇怪事件，這些事情如果發生在國外就會顯得格格不入、水土不服。當然，也可能是因為我出生在出國很困難的時代，所以比較閉塞，心態有點老了，無法理解現在這個時代，大家對於出國的看法。

但是我卻很想寫，因為這樣可以讓故事有更多樣的文化背景。文化背景其實是寫作這類小說必不可少的資源，我花了很多精力搜羅了大量的資料，中國本土的資料已經是一個巨大的寶藏，世界文明系統則更加龐大，如果能夠投身進去寫作，估計終身不用擔心靈感枯竭。

最終我還是選擇了俄羅斯和日本以及東南亞，這些文化體系與中國多少有些相互影響的系統，來創作這個故事。我其實不知道效果如何，但黑眼鏡和花兒爺這兩個人出現在俄羅斯的街頭，我還是可以接受的，畢竟坐火車就可以回國。

第二個挑戰是使用了第三人稱寫作，用第一人稱寫作和用第三人稱寫作到底哪一種更難，其實見仁見智。有些人根本無法用第一人稱寫作，他們代入就困難；有些人用第三人稱寫作則如坐針氈，因為書寫大量的心理活動不如用第一人稱寫作來得那麼順暢。

創作伊始，我完全是用第三人稱寫作的，後來因為寫了《盜墓筆記》，打開了新世界的大門。第一人稱寫作是單視角寫作，寫法更適合懸疑，但〈花夜前行　無聲落幕〉本質上不是一個懸疑故事，而是一個獵奇故事，所以它應該用第三人稱寫。這又轉回到最初提到的，對我而言其實非常不適應。

不適應歸不適應，寫還是能寫的，但在寫作過程中，經常會出現卡頓，這種卡頓就是自己很想用第一人稱敘述這個故事，卻不得不用第三人稱導致的。很多我擅長的「伎倆」無法使用，時常有一種黔驢技窮、得重新開始學習的感覺。

對於一個寫作技巧十分熟練的人來說，這其實有點痛苦，因為要推翻自己重新來過，猶如一種修行。

在這些困難下，我一直覺得這個故事寫得沒有那麼順暢，但我又十分喜歡這個故事，大概是因為其內容涉及神祕學的部分，實在是我最近狂熱的愛好。古神如此特殊，原始宗教中有那麼多神奇的東西，我特別想全部寫出來。

於是就「恬不知恥」地出版了這個故事。

然後是〈千面〉，寫〈千面〉對於我來說最大的困難是第一次正面描寫女性主角。我在寫作〈千面〉前幾章時作了大量的嘗試，全部都失敗了，最後我花很長時間採訪了很多位女性，然後一個場景一個場景模擬，才寫出她們能認可的女性角色。但最終呈現出來的情況，我個人認為仍舊是在我的舒適區內的。這時候就要感謝第三人稱的寫法，讓我可以運用留白去塑造角色。

〈千面〉我也非常喜歡，因為這個故事有一種奇怪的浪漫主義氣息，這種氣息是我在寫作之前沒有想像到的。

從故事名字和故事的主題，大家也可以發現，這個故事從寫作之初到最終完成，其實發生了很大變化。而我也終於創作了一個善良的怪物，這是我努力為之的結果。

本來我想，如果有機會的話，可以在我狀態最好的時候，努力地大範圍地修訂這兩個故事。但後來再看，發現雖然寫得磕磕絆絆，但它們還是有亮點的。我不希望現在的自己，覆蓋掉當年寫作這兩個故事時的自己，於是稍作修訂之後就出版了。

不管怎麼說，花兒爺和黑爺的獨立故事總算是啟航了，希望未來還有更多的「花夜前行」，以及更多發生在世界各地的故事可以去講述。我起這個名字的時候，是希望營造出一種在黑夜中穿過華麗街巷的氛圍感，希望可以和各位通感。

以上，謝謝支持。

花夜前行
無聲落幕

第一章 基輔教堂

俄羅斯的冬天，解雨臣一點都不喜歡。

漫天的大雪裡，他站在伊薩基輔大教堂門外，門衛還沒有來。俄羅斯人在這種天氣，是不出門的。

只有一個老人，似乎是撒鹽的工人，正在遠處的路燈下看著他。

解雨臣戴著白色黑鑲邊的大氈帽，穿著大棉風衣，站得筆直。

夜馬上就要深了，如果門衛不來開門，他會凍死在回去的路上吧。正想著，教堂的門終於開了，一個俄羅斯牧師探頭出來，睡眼惺忪地看著他。

「中國人？」那個牧師用極其流利的中文問道。

解雨臣點頭，牧師說道：「你來早了。」說著他注意到了解雨臣身後的人，那是一個高個子，穿著厚重的純黑色大衣，戴著毛氈帽、墨鏡。

「你的郵件裡說的是一個人來。」

「這個是自費的。」

牧師看了高個子一眼，確認了一下：「你確定？我們只承擔一個人的費用。」

門這才打開。門開的瞬間，有暖氣噴湧而出，這種溫暖讓解雨臣立即邁腿進去。

「您放心。」

後面的高個子並不著急，他緩緩地走了進來，似乎對屋裡的暖氣有一絲抗拒。

進去之後是一道走廊，牆壁是繁複的俄羅斯東正教風格，上面滿是壁畫，色調偏灰黑，並不飽和，在暗淡燈光下，像蘊藏著蓬勃的邪惡力量。

這裡已是一個熱門旅遊景點，雖然是老建築，但此處濁氣很淡，因為已經被來往的人氣中和得差不多了。

「他們承擔的費用是我的，自費的是你，對吧？」脫大衣的時候，高個子和解雨臣確認。解雨臣拍了拍他，似乎在安撫他。兩個人脫掉大衣之後都感覺輕便了很多。

那牧師對他們道：「那東西就在教堂中廳的天花板上。」

「其他人都離開了嗎？」

「不，他們都準備圍觀。」

往前走，走廊裡出現了更多牧師，都拿著手機，其中還夾雜著幾個俄羅斯青年男女，似乎是牧師的朋友，過來看熱鬧的。

解雨臣嘆氣，轉頭看了一眼高個子，後者用唇語道：「都是不怕死的，就這樣吧。」

解雨臣對那個會中文的牧師道：「可能會死人。拍照一旦被感知到，會死得更快。」

「人生就是這樣起起落落，朋友。」牧師朝他們笑道。

高個子顯然很欣賞這句話，他笑了起來，勾住牧師的肩膀，並順手拍了拍。

三個人繼續往走廊的深處走，盡頭是一扇玻璃門，後面應該就是這個教堂的主堂了，就是那種幾十層挑高的巨大空間，牆壁上滿是敘事壁畫，穹頂裝著極其昂貴的吊燈，下面供人們做禮拜。

圍觀的人隔著大概三十步的距離跟著他們。

高個子問：「背景故事是什麼？」

「這個教堂的地板下面，有十七具十六世紀的石棺，是從『二戰』時期被德國人毀掉的其他教堂廢墟裡搬到這兒的，裡面葬著各種宗教人物。六十年前，有一個中國人在這裡的某具石棺裡存了一具屍體。現在，這具屍體出問題了。」

「東正教教堂，為什麼可以存中國人的屍體？」

「是未經允許的非法存入。他們不知道屍體是怎麼存進去的，因為幾乎沒人知道石棺存放區域的入口在哪裡。」

「現在才發現？」

「朋友，這種教堂的石棺一般是不會打開的，如果不是屍體出了問題，到宇宙的盡頭你也不會發現裡面多了東西。」牧師說道：「一直到昨天早上，石棺發生了突變，我們才發現。」

說著他們已經來到了玻璃門前，牧師用對講機說了幾句俄語，似乎是通知電機房的人，接著，玻璃門後面的燈全亮了起來。一下子有明亮的白光從玻璃後面射了過來，這道門瞬間猶如天堂的光門一般。

這種照明系統，只有舉辦重要的活動時才會開啟，現在只是為了解雨臣他們兩個人，燈全部打開了。

推開玻璃門，三個人走了進去，裡面燈火通明。解雨臣抬頭，一下就看到了牧師說的東西。

那是一具乾屍，飄浮在半空中，在貼近禮拜堂穹頂的位置，離地面非常遠。可即使是這個距離，解雨臣也能一眼看出，這乾屍穿著一身道袍，道袍基本已經腐爛，但形狀還算完整，人死了有幾十年了。

穹頂上滿是繁複的宗教壁畫以及極其精美的金色隔板，和乾屍的氣質非常違和。

「在東正教教堂的石棺裡，藏下一具中國人的屍體，真是個人才。」高個子笑道：「他們是怎麼知道這件事情和我們有關的？」

「那具石棺裡還藏了一份六十年前的報紙。報紙用油浸過，上面有一則新聞用毛筆圈了出來，是我們家當年處理同類事件的新聞，上面的聯繫方式還是能用的。六十年前藏屍體的人，就是想這具屍體出現問題後，能讓這裡的人聯繫到我們家。」

說話之際，他們走到了地面上的一個大洞前，似乎是大理石地板坍塌露出了下面的空間。原來，整個教堂被墊高了大概半人高，下面很大的空間被建成了一個低矮的地下室，石棺就擺放在這裡。

如今這裡一口石棺的蓋已經斷裂開翻在一邊，空中飄浮的那具乾屍，應該就是從這具棺材裡出來的。

「怎麼飄起來了？」

「傳說屍體羽化之前，會變得比灰還輕。這是羽化失敗了嗎？」

「你平日裡處理這種事情不會找我一起，這件事情很棘手嗎？」

解雨臣點頭，抬頭看著乾屍，乾屍高到不可觸及，他嘆氣：「非常棘手。」

六十年前，有一個人遠赴蘇聯，將一具中國人的屍體偷藏到了聖彼得堡一個教堂的地下室裡。這奇怪行為背後的邏輯，解雨臣其實是能夠猜到的。

「要麼你在我上去之前給我講講？」

「如果按照玄學上說的，這是有人在阻止這具屍體羽化，所以把它從中國的山中搬到了這裡。羽化是要有地氣配合的，這裡是國外，地氣凍結，陰陽五行都和中國不一樣。這具屍體在這裡蛻了六十年，這幾天開始羽化，但因環境不同，羽化失敗。」

稍微停頓了一下，解雨臣又說：「這是有多大仇，要這樣毀人修行。」

「你信嗎？」高個子問。

解雨臣笑道：「還有一種常見可能性，就是有人在搞鬼。但不管是哪種，都是我上去看了才知道，不是你。」

事出有異，必有隱情，解雨臣倒是希望，這只是玄學上的問題。

高個子表示安排合理，但他知道，解雨臣不會立即就上去，這是極其不明智的，長時間的思考和觀察是必須的。在這段時間裡，自己倒是可以找點事情做，他看了一眼牧師，問：「教堂裡有沒有發生其他奇怪的事情，特別不起眼的那種？」

牧師想了想，看了看邊上的那個地板塌陷口，欲言又止。高個子已經明白了，對解雨臣說：「您慢想。」然後他就從那個塌陷口跳了下去，蹲下進入了下面的夾層。

第二章　石棺

教堂下面的空間大概半人高，裡面充斥著腐朽古舊的氣味。高個子下去之後，就意識到教堂大禮堂的大理石地板非常厚，上面的暖氣並不能有效地傳遞下來，所以這個夾層裡非常冷。

支撐地板的石墩結構，猶如柱子一樣立在這個空間裡。地面是沙土覆蓋的粗糙石板。

大禮堂的燈光照下來，只照亮了塌陷口下這個區域，宛如舞臺燈光效果，其他地方全部是漆黑的。暖氣從塌陷口湧進來，能感覺到這裡的溫度正在緩慢上升。

高個子打量那口破損的石棺，棺蓋應該是被裡面的東西推到一邊，砸到地上裂成了兩塊。在石棺裡，還有一具屍體——一具完全凍結萎縮的乾屍，一臉大鬍子。毛髮保持得很好，衣服已經全部氧化成黑色了。他推測，這才是棺材真正的主人。當時藏屍體的人，是直接把中國人的屍體壓到了棺材裡的屍體上。這兩具屍體在這個小石頭盒子裡一起睡了六十年，不知道有沒有產生感情。

牧師在上面問：「我去給您拿個手電筒？」

還沒等高個子說話，解雨臣已經回答了：「不用。」

此時，高個子已經摘掉墨鏡，爬向黑暗。

牧師在上面還能勉強看到一個身影，有點驚訝：「下面太黑了，非常危險。您能看得見嗎？」

高個子沒有回答，上面實在是太亮了，他戴著墨鏡都覺得難受，這裡讓他舒服多了。他當然是能看見的，他的眼睛和普通人的不同。

在他的視野裡，大禮堂下方的黑暗夾層其實非常清晰，石棺非常整齊地排列著，而且他看得最清楚的，是空氣中灰塵的流動。在他看來，越是黑暗的地方，這些灰塵就越是如同星辰一樣，反射著銀灰色的光。如果沒有經歷過他人所經歷過的恐懼，你永遠也無法知道他人眼中的風景。

剛才牧師的眼神，說明這下面有值得深究的東西。

他往前爬了十幾步，就看到了那個東西，他捂住嘴巴笑了起來。

那是他完全沒有意料到的東西。這麼多年，他經歷過的事情極其豐富，其實已經不太會有什麼事情讓他驚訝了，但是他此刻在這裡看到的東西，真是十分特殊。

那是另外一口石棺，上面爬滿了蟬。

在他的視野中，蟬的翅膀非常明亮。石棺上的蟬數量非常多，但都已經死了，畢竟這裡實在太冷了。

「昨天，這底下有很多奇怪的蟲鳴聲，後來就消失了。」牧師在上面說道。

蟬鳴，昨天這裡的蟬還活著，牠們不知道是從哪裡爬出來的，叫了一段時間，接著都被凍死了。

高個子爬過去，來到那口石棺的邊上，就看到石棺上有很多開裂的縫隙，形成了一些破口。口子附近的蟬最多，顯然這些蟬是從這口石棺裡爬出來的。

除了屍體，石棺裡還藏了其他東西？高個子心裡想著。

他剛靠近石棺的縫隙，就察覺到四周的空氣忽然往石棺裡猛地一縮，灰塵都被吸進去了。

裡面有東西在動。

他皺起眉頭，剛才並沒有什麼異動，是自己靠近石棺，驚擾了什麼？他剛想向上面通報，突然，有六、七隻蟬一下子從縫隙中爬出，並立即飛起來，撞到周圍的天花板、柱子上後，紛紛落到地上，然後就開始叫了起來。

蟬鳴聲非常響亮，聲音猛地炸開，吵得人頭疼。但這只是開始，接著，還有更多的蟬不停地從縫隙裡爬出來，四處亂飛。高個子不得不退後幾步，以免蟬衝進嘴裡。

一時間，蟬鳴聲響徹整個夾層。

地面上，解雨臣正抬頭尋找可以不用腳踩壁畫就能到達穹頂的攀爬路線，忽然聽到整個地板之下響起了驚人的蟬鳴聲。

這時，飄浮在半空中的乾屍猶如被驚醒一般，開始動了：它本來是臉朝上的，現在慢慢翻轉過來，變成了臉朝下。臉上是極度怨恨、猙獰的表情。

牧師顯然也看到了這一變化，他發出一聲驚呼，不敢再直視乾屍。而之前躲在門口沒有進來的牧師團觀團，一下推開了門，舉起手機開始拍照。

解雨臣嘆氣，他不敢把視線從半空中的乾屍上移開，同時地板下傳來高個子的聲音：「我要開另一口棺材了，這口棺材裡全是蟬，應該是被人設計過，和上面的乾屍有關係，裡面可能還有東西，你下來幫忙。」

「你給我上來。」解雨臣的表情凝重起來，他看到那乾屍發白的眼睛，似乎看向了自己。「要開打了。」

第三章　凶局

解雨臣剛說完，邊上的牧師忽然七竅流血，直接就跪下了，沒有人知道發生了什麼。

眼見牧師就要倒地，解雨臣立即過去扶，他把手搭在牧師的脈搏上，發現這人已經死了。他的冷汗瞬間流了下來，顯然這是一個超出想像的凶局。

他立即轉頭想喝退所有圍觀的人，但轉頭的瞬間，就看到其他人正一個一個地倒在地上，死得一點聲息都沒有。

僅僅四、五秒的工夫，除了解雨臣之外，禮堂裡的人全部死亡。而當他再轉頭看穹頂，發現那具穿著道袍的乾屍已經不見了。

糟了，這是大凶之兆！

他大喝一聲：「瞎子，不要上來，你快走！」

幾乎是同時，整個大禮堂的燈全滅了，巨大的空間被黑暗完全籠罩。

突然，解雨臣感覺到背後似乎有東西，並聞到了一股腐屍的味道，他知道應該是那具乾屍趴到了他的背上。不需要任何思考，他瞬間低腰，憑藉極其驚人的腰力，整個人彈出去六、七公尺，同時反手，雙手抓出兩顆玻璃彈珠，朝自己剛才站的地方彈去。

因為飛機上不允許攜帶任何武器，所以在來這裡的路上，他從跳蚤市場買了一些玻璃彈珠。早知如此，他應該託俄羅斯的朋友給他買兩把ＡＫ的。

他看不到玻璃彈珠的落點，只聽到珠子打在大理石地板上摔得粉碎的聲音，應該什麼都沒有打到。

解雨臣站起來，忽然一陣暈眩，他的鼻子已經開始流血。同時，他感覺到那乾屍來到了自己背後——乾屍是怎麼過來的？此時他已經到了塌陷口的邊上，一種奇怪的感覺從後背傳向全身。

——他要死了。

怨恨，整個空間中，全是怨恨的情緒。

就在這個瞬間，他感覺有一個人從自己身後的塌陷口裡站了起來，一把扯住了他身後的乾屍，應該是抓住了那乾屍的頭髮，將其整個扯離了自己的身體。

接著，他就聽到了一聲巨大的聲響，似乎是石板砸到大理石地板上的聲音。

那聲音太大了，頓時所有的蟬都禁聲了。

過了三、四秒，大禮堂的燈一盞一盞地復明，解雨臣就看到黑眼鏡背對著他活動脖子，這傢伙不知何時已經爬上了塌陷口。一塊巨大的棺材石蓋拍在地上，已經粉碎了。沒看到那具乾屍，但從黑眼鏡的目光焦點分析，解雨臣猜測剛才黑眼鏡應該是用石棺蓋當門板，直接把那乾屍拍到了下面。

「鬧鬼就鬧鬼，關什麼燈啊，那麼體貼。」黑眼鏡說道。

「你解決它了？」

「應該吧，否則它再站起來，也跟一張紙一樣，就像卡通片裡的那種人物，我會笑死的。」

黑眼鏡蹲下來，他能看到空氣中滿是蟬翼小碎片，燈光下，這些小碎片就像鑽石一樣發著光。整個空間都飄著這樣的「鑽石雨」。

「不是讓你走嗎？」

「飛機票太貴了，怎麼能讓你出事呢？我還想過個肥年呢。」說著，黑眼鏡忽然歪倒在地上。解雨臣感覺不妙，快走一步扶他坐下，就看到他也開始七竅流血。

「你搞什麼？」

「這下面還有一個，就靠你了。我是缺一門體質，還能扛著，下面的東西暫時弄不死我，但也不能扛太久。」

解雨臣嘆了口氣，往外走幾步，先拿了一部還在拍攝的手機，打開手電筒，然後一個翻身進了塌出的洞裡，說道：「情報說一下。」

「這是一對神仙眷侶，飄在空中那個乾屍是男的，已經被拍扁了，女屍還在下面。應該是兩個人一起陰陽雙修，想一起成仙，但是都被送到俄羅斯來了，這是不想讓他們實現理想呢。女屍被釘死在棺材裡了，裡面還覆了三合土，養滿了蟬，羽化不了了。做這個局的人，是要讓這個男的看著自己愛的女人無法羽化，又無法化屍，永世不得相見。」

解雨臣皺了皺眉道：「這麼狠，這是嫉妒啊。」

「是啊，有故事啊。卑微的愛情。」

「有多卑微？」

「類似於回去的機票都買不起的那種卑微。」

解雨臣舉起手機，就看到夾層裡已經發生了巨大的變化。整個夾層裡到處是蟬，而且都已經死了。蟬的屍體上開出了一種白色的有很多分岔的小花，形狀很像桃花，非常茂盛。空氣中瀰漫著一股沁人心脾的香味。

一具女屍端坐在「花叢」的中心，她背靠一口石棺，穿著白色的道服，非常乾淨整潔。除了臉色慘白之外，一絲腐敗的跡象都沒有。

「還是按照你的辦法，直接拍扁嗎？」

「這具女屍得用你的辦法來處理，你看到的是什麼？」

「花，很多很多花。」

「那你真幸運，我看到的不是花。靠你了，你死了我也就死了。」

此時，黑眼鏡已經躺倒，他正好能透過棺材蓋和地板的縫隙看到他拍扁的乾屍，臉被壓扁，但那渾濁的白色眼珠，正死死地盯著自己。黑眼鏡笑了笑，對它道：「咱們兩個就看熱鬧吧。」

第四章　裂痕

讓解雨臣意外的是，整個空間裡並沒有任何讓人身心不適的味道。

他用手指撐地，讓身體保持著像貓一樣的姿態，緩緩地朝那具女屍爬過去。

如果你在現場，你就能明白，解雨臣在這個低矮空間中的動作，極其靈活和遊刃有餘。他將整個骨骼調整成了貓的狀態，你一點都不覺得他會因為趴著而降低運動能力，反而很清楚，他仍舊可以瞬間加速。

本質上，解雨臣也從來不會畏懼狹窄複雜的空間。

女屍非常漂亮，皮膚似乎已經玉化了，外面的皮肉質感有點像半透明的冰種翡翠，裡面的血管看上去就像是翡翠的石紋一樣。

用他的方法來處理，這是黑眼鏡的暗示，解雨臣知道接下來要做什麼了。

「要談談嗎？」解雨臣坐到離女屍四公尺多外的地方，算是和它一起坐在了花叢中。他裡面的襯衫是粉色的，坐在白花簇擁的白衣女屍對面，倒顯得他才是構圖的主角。

女屍紋絲不動。解雨臣用手機手電筒照著它，光被反射出去，四周反而顯得有些明亮。

「對於一對戀人來說，如果兩者年紀相仿，平時不至於去想誰先死誰後亡的事情，若非因為病痛、意外，否則一般不會相差太久。除非他們相戀的時候，年紀相差太多。」解雨臣看著女屍。「他們一開始就知道兩個人無法相伴終生，有一個人註定會很早就離開，於是鋌而走險，想兩個人一起成仙羽化，以求永世之情。」

女屍仍舊紋絲不動，解雨臣繼續說道：「我剛才觀察的時候，已經發現了不對。妳的情郎，就是飄在天上的那個，並不是羽化的仙屍，而是一具人造的皮囊。那裡面填了蟬翼，讓妳誤以為他體內有地仙的氣息。」

「妳想和他一起羽化成仙，但妳並不知道，他根本不想和妳永世在一起。我看妳的年紀，入定成屍的時候不過二十多歲，妳天真地以為，這個老男人會有和妳一起入土、永世相愛的魄力。但妳被騙了，在妳為妳永恆的愛情羽化之時，他卻在瀟灑地過他的一生，過完就要再赴輪迴了。而且他害怕妳成仙之後報復他的後代，所以把妳送到了這裡，讓妳不得超生。」

肉眼可見，那具女屍臉上出現了一道細細的裂痕。

「妳的人生都白費了。妳也知道，就算我什麼都不做，日出之後，妳也很難再有意識。我不知道妳對我朋友做了什麼，但請妳放過他，我也許可以助妳完成羽化，至少不會讓妳灰飛煙滅。」

那女屍臉上的裂痕更多了，四周的白花開始全面凋謝。

解雨臣忽然感覺身上開始發癢，他用手機手電筒照了一下，手上全是指甲的抓痕，也不知道是什麼時候被抓的。

解雨臣極其冷靜，當他把手機手電筒再度照向前面的時候，就看到那女屍已經完全貼近，到了自己面前。

此時，女屍的臉已經全部開裂，能看到裡面全是蟬的幼蟲的蛻皮。

不知道這是什麼邪術。

解雨臣說道：「妳再生氣，我說的也是事實，陪妳躺了六十年的，是一個假人。」

忽然，女屍的嘴以人類不可能做到的程度猛地張開，整張臉極度猙獰。

解雨臣閉眼：「男人這種東西，成仙了都會騙妳。」

說這句話的時候，解雨臣整個身體已經繃緊，準備隨時翻出去。和這具女屍肉搏，他有把握占一些優勢，但某些時候，他不喜歡幹體力活，能避免最好。

再睜眼的時候，女屍已經不在了，解雨臣「嘖」了一聲，喊：「瞎子！」

那女屍是去確認外面的乾屍是不是自己的愛人了，一邊的黑眼鏡早就埋伏好了，就守在塌陷口的上面。那女屍爬出的瞬間，他掄起一把禮拜長椅，直接把女屍的頭打掉了。

女屍已經玉化，這一下使得它整個腦袋碎成了渣，裡面的蟬蛻撒了一地。黑眼鏡上去，把所有的東西全部踩爛。

「你這張嘴太嚇人了。」黑眼鏡吐了一口血，對解雨臣道，後者提溜著女屍無頭的身體，爬上了塌陷口。

「為了感情成仙，本身就是偽命題。」解雨臣伸手摸了一下黑眼鏡的脈搏。

「我算得救了嗎？」

「這種東西，形碎了，能量也就散了，你應該沒事了。」

兩個人都舒展了一下關節，解雨臣還真是絲毫不緊張，不緊不慢地搬開男屍上面的棺材蓋。

黑眼鏡問：「你剛才說的都是真的嗎，還是只是誆她的？」

解雨臣看著被壓扁的男屍——只是一具豬皮縫出來的皮囊而已，又轉頭看了一眼無頭的女屍，對黑眼鏡說：「我是騙她的，他是真的愛她。」

黑眼鏡心領神會，嘆氣道：「卑微的愛情。」

無頭女屍靜靜地躺在那兒，慢慢地失去了光澤。

第五章　風水局

格奧爾吉·阿波洛諾維奇·加邦是聖彼得堡警察局裡一隻有名的老鼠，因為曾經被監控拍到嚇到了一個警官而出名。

解雨臣還挺想見見這隻老鼠的，雖然知道牠大機率是象徵性的吉祥物。但從格奧爾吉·阿波洛諾維奇·加邦被拍到，到現在已經有好幾年了，加上聖彼得堡的冬天氣候很惡劣，牠可能已經死在了某個暖氣槽裡。

俄羅斯的公務系統效率很低，為教堂的死亡事件做筆錄，肯定需要很長時間，解雨臣已經做好了相當長一段時間內留在俄羅斯的思想準備。如今他坐在審訊室裡，給審訊官講述一個真假參半的故事。

好在現在的監控系統發達，他和黑眼鏡應該不至於被打入冤獄。

這個故事最終流傳到國內的版本，是他們沒有想像到的。人們總希望進入教堂之後，故事會發展得激烈華美一些，畢竟是在信仰東正教的地界，也是審美最繁複的教堂之一。但事實上，在教堂裡發生的故事非常壓抑和恐怖。

如果他和黑眼鏡中的任何一個人單獨進入這個建築，肯定是走不出來的。

他們兩個人身上都有極重的毒素殘留，黑眼鏡把他背出來之後就陷入了深度昏迷。他用最後的力氣，在雪地中爬行了一公里，找到了撒鹽的老頭，老頭救了他們。

這條長達一公里的雪地爬行痕跡上，全是血。如果他爬得稍微慢一點，黑眼鏡就會在冷風中凍死。按照那個老頭的筆錄，他看到一個人朝他爬過來的時候，並不知道那人身中劇毒——那人的爬行速度實在太快了。

這個故事最後的部分，並沒有太多美感，只有精確的計算——黑眼鏡的體力，他的體力，豪賭的部分都分毫不差。

好在兩個人都活下來了，聽說黑眼鏡也醒過來了，馬上可以開始做筆錄。而他已經聯繫了家族在俄羅斯的產業，開始積極地活動，爭取早日了結這件事情。

屍檢結果顯示，教堂裡所有的俄羅斯人，都是中劇毒而死的，毒素是一種蟬翼的粉末。解雨臣和黑眼鏡出現中毒反應之後，立即用衣服遮住了口鼻，這才減緩了毒素攝入。

那具男屍，其實是吊在穹頂上的，並沒有凌空懸浮，它體內養滿了這種毒蟬。那時候，所有的蟬都孵化出來，爬滿屍體，非常駭人。圍觀的俄羅斯牧師為了可以拍到屍體的全貌，打開了穹頂附近的暖風機，企圖驅趕這些蟬，結果風一吹，屍體的脖子就斷了，整個掉了下來。

大禮堂瞬間滿天都是驚蟬，當時黑眼鏡正在夾層裡調查，解雨臣捂住口鼻用玻璃彈珠打飛蟬，但是仍舊中了毒。黑眼鏡扛著棺材蓋上來把屍體蓋住，才阻止了剩下的蟬繼續湧出。之後黑眼鏡也中了毒，並告訴解雨臣，夾層中還有一具屍體。

解雨臣下去見到屍體的時候，就知道這是有人故意設計的。他處理夾層中女屍的過程特別驚險，女屍的頭被黑眼鏡拍碎之後，外面蟬上的毒素也隨之失去了毒性。這似乎是一種毒蠱，因怨念而生。

但此時解雨臣的身體已經中毒極深，開始出現嚴重的幻覺。

花團錦簇，到處都是鮮花，這是一種神奇的經歷。黑眼鏡背著他往外走的時候，他看見牆壁上，所有的壁畫上、大理石上、雪地中，到處都開出了絕美的鮮花。

但他沒有隱瞞背景故事，這確實是一個被辜負的女人，吊在穹頂上的是一具豬皮人偶，不是真的屍體。

使用豬皮，是解雨臣最不能忍的，因為他——騙這個女人的男人，不僅讓她在二十多歲的年紀去修煉幾乎不可能成功的羽化，提早讓她殉情而亡，而且還用豬皮做了一個假的自己，和她進行所謂的同修。

這是一種極度的輕視。

整個故事聽上去就像是一個極其惡毒的騙局，但把女屍和豬皮人偶運到俄羅斯，藏到一個那麼重要的教堂的祕密墳地裡，又需要動用巨大的力量。這到底是一個人所為，還是其實有兩個人，一個加害了這個女人，另一個利用了這個悲慘的女人，做了一個怨氣極重的小風水煞？

還有，為什麼要在棺材裡放那張報紙，讓教堂方面聯繫到他？

兩天後，在三個員警的看守下，解雨臣去醫院病房看望黑眼鏡，後者遞給他一份報紙。

俄羅斯有一個高官忽然死亡，疑似突發重病，身體多處器官癌變衰竭。

這人是伊薩基輔大教堂的重要資助者之一，算是老闆，一直處於最高等級的保護之下，食物和空氣都沒有問題，在此之前身體也非常健康。

「他在教堂裡長大，十歲之後才離開教堂，長大後發家。這裡算他的祖宅，他們整個家族，這兩百年裡都有這個傳統，十歲之前生活在教堂。有人在他的祖宅裡，用那具女屍和豬皮人俑做了一個風水破局，用的還是非常惡毒的手法。」

「你是說，有人在六十年前就準備好在這個教堂裡破局，拔他們家族的氣脈？」

「未必是六十年前，你認定這個時間，只是因為那張報紙。」黑眼鏡說：「這個局應該是這幾年裡才布下的，不會太早，蟬孵化出來的時間是算好的。這是有大風水師在為俄羅斯的政鬥提供服務。」

「所以——」

「所以，兩邊背後的力量很大，才有可能那麼輕易地把屍體從中國運到這裡，並利用這張報紙把我們叫來，只為讓我們來收拾攤子。風水局做完了，人已經殺了，殘局沒有人收拾就會一直害人。背後的人肯定不願意再出面收拾，就讓我們來處理。」

「哦。」

「而且不是衝你來的，是衝我來的。」黑眼鏡說道。

解雨臣沉默了，黑眼鏡問：「你幹麼不問為什麼？」

解雨臣說道：「既然如此，那費用就應該你自己承擔了。」

「我救了你一命。」

「我才救了你一命。」

「行，不吵了，都聽你的。你說衝誰來就衝誰來。」黑眼鏡看到門口來了一個中國人，就知道解雨臣為什麼不接話了，也開始配合他扯皮。

外面的人進來，和邊上的員警握手，用俄語說了一通，出示了文件，然後對兩個人笑著說：「你們自由了，大使館有請，大使準備了晚餐。」

「面子挺大。」黑眼鏡說。

「不是我安排的。」解雨臣回道。這個中國人一看就是軍人出身，只是穿著西裝而已。

第六章　齊家血脈

接他們的是一輛德國車，軍人坐在副駕駛位上，他們兩個人坐在後面。坐副駕的人，會比較容易受到後座的人伏擊，視野上也有盲區，所以解雨臣一般不會選擇坐副駕。此人顯然心態平和，這讓他覺得很有安全感。

車行過基輔大教堂，解雨臣已經知道他們不是去中國大使館了，他知道大使館的位置不在這個方向，但他沒有聲張，繼續透過車窗看這個城市的夜景。這個地方在一九二四年的時候還叫列寧格勒，如今大雪中，車子駛過一座一座橋，才能讓人想起來，這其實是個像威尼斯那樣的城市——由上百個島嶼和河灘組成。

「二戰」的時候，這裡被德國人圍困，凍死了六十多萬人，三千多幢建築被炸成瓦礫。如今，這座城市重新屹立了起來，所有的名勝古蹟都得到還原修復。這個民族有著異樣的固執。

車最終在一座別墅前停下來，軍人下車之後，看到鎮定的兩個人，有點意外。

「你們不驚訝嗎？我並沒有帶你們去大使館。」

兩個人都沒有說話，而是用一種「你到底想怎麼樣，請不要賣乖」的眼神看著他。

「我以為你們會像麥特・戴蒙一樣，發現我在騙你們，然後挾持我，逼問我。」

黑眼鏡拍拍他：「下次幫你圓夢。」

解雨臣道：「你帶我們來這裡，肯定是來見人的，別耽誤時間了。」

軍人忙點頭帶路。

三個人走進別墅，就看到一個俄羅斯老太太正在大客廳的門口等他們。這個別墅的內部裝飾很像基輔大教堂，只是挑高不到兩層樓。老太太特別熱情，上來就握住了解雨臣的手。

「我是阿夫多季尤什卡，基輔大教堂的最大資助者，這一次用了一點手段，是希望能盡快見到您，請您一定要原諒我。」

她的中文說得非常流利，全身衣著素樸，但是佩戴的胸針是古董，相當昂貴。

解雨臣有一些驚訝，但還是默默地點頭。他看到車開向富人區的時候，已經想到了，有能力影響警察局，並且此時此刻會對他們感興趣的，應該就是基輔教堂事件的受害者，也就是那個風水煞的目標——阿夫多季家族，聖彼得堡的地產寡頭，但他沒有想到對方的中文竟這樣流利。

阿夫多季尤什卡老太太看了一眼軍人，介紹說：「這是我的生活助理，鄭景銀。他在中國當過兵，退伍兩年後到了我這裡，俄語說得很好。」

「東北的吧。」黑眼鏡問他。

鄭景銀忙點頭，黑眼鏡就笑道：「聽著爸媽對你期望挺高啊。」（註1）

「別取笑。」

「您家裡剛剛有人去世，您應該非常悲傷，去世的是您的——」解雨臣問。

「是我兒子。現在我重新接管這個家族。」老太太的表情波瀾不驚。「您已經發現了端倪？那真是太好了。您應該知道，我為何急著見您。」她忽然握緊了解雨臣的手。「請您救救我們家。」

解雨臣還沒有完全理解老太太的用意，但看她絲毫沒有防備之態，邊上也沒有那種誇張的保鑣，這讓他覺得安心。

「請說。」

「請跟我來。」老太太對鄭景銀點了一下頭，後者把剛脫下的大衣給他們披上。

一行人來到別墅電梯，快速下到地下室裡。地下室的暖氣關了，窗戶全部都打開，所以極其冰冷。

這裡的燈都開著，燈火通明，一眼望去全是豪車。中間有一張桌子，上面蓋著塑膠布。

老太太率先走過去，鄭景銀跟在後面扯開塑膠布，下面是一具年輕人的屍體，是個中國人。

註1　鄭景銀在當地方言中發音類似正經人，所以說這名字承載了父母的期望。

解雨臣心中「咯噔」一聲，他直覺是老太太已經通過黑幫，找到作法的風水師，並且用私刑處決了他。

雖然他也非常不喜歡害人的風水師，但對中國人用私刑，他更加不喜歡。

「這具屍體是在涅瓦河裡發現的，就在教堂出事的第二天，我兒子死的當天下午，這個人是被活活凍死的。」老太太顯然看到了解雨臣的臉色，立即解釋：「不是我們動的手。我們雖然有一些黑歷史，但早就不這麼幹了。不過您猜得不錯，我們也認為他和教堂的事有關係。」

這個年輕人看上去只有十七、八歲，男孩子，還滿臉青澀，在中國人的審美裡，算是長得極其英俊的。他的衣服已經都去掉了，裸露的身上紋著紋身，是一道符，形狀很像一隻蟬。

「這孩子叫齊秋，中國人，他手臂的動作很奇怪，你們應該能看懂。」

解雨臣當然能看懂，這個中國孩子的雙手正在結印，他對結印不瞭解，但能意識到，這個孩子不簡單。

「我們看到這個紋在他身上的蟬，覺得和基輔教堂的事情有關，就先把屍體運來了，然後正好發現您的助理先生也姓齊。我兒子忽然離奇死亡，基輔教堂的蟬和古屍，還有河中忽然出現的中國人屍體身上的神祕符號……我覺得這些是有某種聯繫的。而且，這不是我死掉的第一個兒子。」

解雨臣驚了一下，看向老太太，後者的眼圈終於有些紅了。「我一共有五個孩子，四個男孩、一個女孩。就在今年，已經有三個男孩忽然去世了。」

「都在俄羅斯嗎？」

「不，他們都在國外不同地方負責當地的地產。我只剩下小兒子和小女兒，我的家馬上就要消失了……解先生，我知道您非常富有，多少金錢都無法誘惑您，但這是一個母親在向您求救。我不知道發生了什麼，也不知道誰在傷害我們，但請您救救我們。」

解雨臣深吸了一口氣，沒有想到事情會這樣嚴重，他回頭看了一眼黑眼鏡，發現黑眼鏡已經脫掉手套，正撥開屍體上凍住的頭髮，屍體的後脖頸露了出來，上面有很多注射孔。

「這是什麼？」

「痛苦針，打在腦幹附近，讓人產生強烈的痛性痙攣，摧毀人的意志。」黑眼鏡說道：「你還記得嗎？我說對方是衝我來的。」

「你還是堅持這麼想嗎？」

「這孩子是九門齊家的人，用的是奇門八算的手法『羽化池』反做，教堂的那個風水局是他布的。有人綁架了他，用痛苦針逼迫他做局害人。局成了之後，對方將他弄暈，丟進冰天雪地裡凍死。」

「你說這孩子是個風水師？」

「這行看天賦和家傳的，和年齡無關。」

解雨臣沉默了，黑眼鏡繼續說道：「這孩子是個好人，但是沒有任何鬥爭經驗，他能做的就是利用對方不懂中文，騙他們放了那張報紙進去，希望風水局破了之後，有人能來收拾殘局，避免傷害更多的人。同時，他要通過解家把這件事情傳到我這裡。」

解雨臣忽然想起一件事情：「你到底是不是齊家的人，你從來不肯正面回答。」

「我和齊家有很深的淵源，但我不是齊家的血親。齊家命裡永遠單傳，這孩子應該是齊家最後的血脈。齊家這一門，今天絕了。」

黑眼鏡摸到孩子結印的手，兩個人都沉默了。邊上的老太太沒有插嘴，靜靜地看著他們。

黑眼鏡嘆了口氣：「聽說八爺可是個很溫柔的人，不應該受此報應。」他拍了拍孩子的屍體道：「你傳遞的資訊我收到了，當年對你們齊家的承諾，我會做到的。你已經做得很好了。」

說著黑眼鏡看向解雨臣：「你接不接這個單子？我肯定是要接的。」

「報仇嗎？」

「順便吧。」

特別難得看到黑眼鏡如此正常，解雨臣忽然意識到，這某種程度就是他的悲傷了。

「你有線索嗎？」

「這個結印，代表著東方，你們在東方有產業嗎？」

「在東京，我的小兒子在那兒。」

「下一個目標，就是你的小兒子。」黑眼鏡說：「可以幫我買去東京的機票嗎？」

「兩張吧。」解雨臣說道：「而且，我要和您談一下條件。」

「不用，我們有一架飛機，可以馬上起飛，我和你們一塊去，一切都在飛機上談。」

黑眼鏡看了一眼解雨臣，笑了，似乎是在說，這味道挺熟悉。

第七章　謀劃

飛機是灣流的商務機，航道很高，在雲層中飛得十分平穩。

夕陽在舷窗外，能照進機艙的餐位，解雨臣盯著筆記型電腦的螢幕，不停地看監控錄影。

這是在一個餐廳後巷的雪地裡，疑似有人將齊秋凍僵的屍體抬上車的鏡頭。因為攝影機鏡頭沒有辦法拍到拐角後，所以只能看到非常模糊的畫面，有人在鏡頭的遠處，從雪地裡搬出來一個人形的東西，然後人就被牆壁擋住了。

聖彼得堡的天眼系統中，有些攝影機鏡頭年代非常久遠，所以這一段的畫質非常差，但可以辨認出這是一個男人。

這幾乎沒有什麼用。不過老太太能夠在那麼短的時間裡，動用那麼多人力物力，在全市的攝影機鏡頭資料裡，找出這二十多秒畫面來，已經算是有非常強大的行動力了。

「我們資助了六、七所勞動學校，培養社會底層人士的就業能力，這一次我請了學生們幫忙。」老太太坐回來。「您可以說您的條件了，解先生。」

「和我同行的那位，需要活動資金和報酬，報價我已經讓北京公司發到你們公司了。我不需要報酬，但我聽說你們資助了德國科隆的一個眼科研究所，我要入股你們的這個眼科項目，占董事席位，每月例會的資料要抄送給我。如果你們退股，我要一份善意備忘錄保證我的優先收購權。」

「這是個公益專案，是針對眼科罕見病研究的，預計收益很低，解先生需要利益的話，我們可以提供更好的方案。我們極有誠意，不想虧待救命恩人。」

「我看過那份商業計畫書，我有我自己的收益考量。」

「那好，我們會免費轉讓股份，所有轉讓稅和手續費，我們來承擔。」

解雨臣笑了笑，母親對於子女的愛，就是如此，不計代價。他不會再要更多，他不想利用這種感情獲利，即使他知道利益極大。

「還有一件小事，需要您幫忙，本來我應該親自去做的，但我現在短時間內應該沒辦法回國——」

「請說，我們馬上去辦。」

「基輔教堂裡的風水局用了一具屍體，我本來以為屍體是六十年前就搬進去的，後來發現是被那張報紙誤導了。但即使如此，齊秋被綁架和折磨的時間應該也非常長，因為這個羽化池的風水煞，需要一種特殊的屍體——被人中途打斷，無法成仙僵化的屍解仙。這種屍體不是隨便就能找到的，我查過了，齊秋是在四年前到達俄羅斯，三年前開始頻繁回國的，應該是被人監視著回國去尋找這種屍解仙。整個過程最起碼持續了兩年多——之後他就沒有再入境中國。同時，他也要準確地收集那種蟬的幼蟲，以確保這些蟬在今年能孵化出來。所以這個風水煞應該是在幾個月前才設置好，然後靜默地等蟬出來，激發風水煞凶性害人。」

「我完全無法理解這種邪術的運作方式。」老太太看著解雨臣，目光中有一種很難理解的情緒。「他們還會用這種方式繼續傷害我的家人嗎？」

「風水不是邪術，它是客觀存在於東方文化和地理知識中的，任何客觀存在的東西，一旦被人利用，都會呈現或好或壞的效果。您不用太擔心，既然我們管了，事情就不會繼續惡化。」解雨臣說道：「這具屍體，和其他的屍解仙不一樣，她是被人欺騙的。我的人用最快的速度查了一下，騙她的那個男人，今年大概八十二歲，兒孫滿堂，已經懺悔，成了一個真正的慈祥老人。他也許早就淡忘，他曾用一知半解的知識，騙女孩子屍解殉情的事情了。說實話，現在懲罰他，已經有些晚了，但我還是希望，你們能弄到那具玉化的女屍，在今年農曆四月十二的子時，將它放到那個老人的床上。不要吵醒他，他前列腺不好，起夜的時候他會自己看到的。」

老太太看著解雨臣說道：「看樣子，卑劣的騙子遇到了惡魔。」

解雨臣沒有評論，遞過去一張紙條，上面寫著他查到的那個老人的地址。

老太太離開座位去辦事，黑眼鏡溼著頭髮，溜溜達達地走了過來，坐到他面前，解雨臣發現他剪短了頭髮，還換了一副圓框的墨鏡。

「為什麼去理髮？」

「這飛機上有理髮的地方，你不試試？」

「不了，我覺得並沒有改善多少。」解雨臣喝了一口咖啡。「還有三個小時，你和齊家親近，給我做一下簡報，我們需要交換一下資訊。」

「齊家奇門八算，奇門和八算是分開的兩種術數，非常小眾，全中國知道的人沒幾個，所以齊秋被盯上，一定是有非常懂行的人在背後謀劃。」黑眼鏡看了看窗外，開了一罐啤酒。

「如果非常懂行，那麼他自己就懂風水，為什麼還要利用齊秋？」

黑眼鏡頗有深意地看了一眼解雨臣，就笑道：「二爺為什麼要親自教你，你知道嗎？」

「你說。」解雨臣嘆氣。

「二爺教你，是為了在你這裡掐斷一種知識。關於風水，我們多少都學過一些，但是不是只夠尋龍點穴，預判一下山氣之下墓的大小？傳說中，風水能做的事情更多，為什麼你內心其實是不太相信的？」

「你是說，上一代並不想我們過多瞭解風水的知識？」

「其實我們認識的人所瞭解的風水，都是缺了一條龍的，所以，建在這條龍『身上』的墓，都相對安全，除非是因為某種事故偶然坍塌顯露出來。否則，以我們的知識儲備是不可能找到的。」

「哦，這是為什麼？」

「因為我們的知識，是當年的風水祖師爺們教的，天下的各種龍脈，他們把能教的都教給後人了，但是留了一條龍脈給自己用。這條龍脈，在所有的風水知識裡都被刪掉了，所以我們看不到、找不到。中國最厲害的風水師，都葬在這條龍脈上。」

「這聽上去像個象墳。」（註2）

「對，這條龍脈上全是好東西，現在中國知道這條隱龍脈的，只有八個人，是僅剩的真正的風水大家了。據說他們能做到的事情，和我們想像的不一樣。但風水流派非常不一樣，激發風水凶性，對風水師有非常大的反噬作用。而這種事情，又需要風水師有極強的天賦，所以，齊秋被選中了。背後設計的人，應該是那八個人中的一個。」

「你為什麼會知道？」

「活得久就剩這點好處了。」黑眼鏡又笑了起來。

解雨臣聽過這種說法，他想了想道：「如果他們只殺了三個人，就殺了齊秋，那剩下的兩個人，還要重新再想辦法嗎？齊秋這樣的人沒有那麼容易找的，所以我覺得不對。真實的情況，很可能是齊秋把所有的局都已經設好了，都在倒數計時當中了才對，我們沒有太多時間了。」

註2　傳說大象能預感自己的死期，在快死的時候離開族群，找到隱密的地方藏起來，獨自迎接生命的終結。

黑眼鏡喝了一口啤酒，看了看窗外道：「對了，有風水大家的話，你說他們會不會算到我們要去日本？」

解雨臣看著窗外，夕陽已經快落下去了，能看到飛機下方的雲層上反射的飛機的翼燈。

他忽然覺得機翼的影子看起來有些奇怪，機翼下面似乎掛著一個人。

第八章 人形冰塊

但凡是個正常人，都知道機翼下如果掛著一個人，那也應該是一個死人，高空缺氧加上極度寒冷，會導致人直接死亡。

而且看影子輪廓，這個人應該就在機翼的下方，並不是在起落架艙裡，那基本上已經凍成冰塊了。

解雨臣以為是自己的錯覺，他到飛機的另一邊查看，發現不太對勁，另一邊沒有這個影子。

黑眼鏡此時也發現了，兩個人對視了一眼。黑眼鏡說：「有人非法偷渡？」

解雨臣搖頭，這種商務型私人飛機，機翼下如果有個人，起飛的時候就會立即被發覺，飛起來也不會那麼穩，又不是A380，一邊多個一百斤重量問題都不大。

此時也不能爬出去仔細查看。解雨臣就問老太太，有沒有機外的攝影鏡頭，結果還真的有，商務機就是貼心。他讓機長將拍攝畫面切到機上的視訊會議設備——其實就是一個很大的電視機——就發現，那影子不是一個人，而是一團霜。

機翼下的那個位置結霜很嚴重，並且突出來一塊，竟然還是人形的。

「這是怎麼回事？」老太太有些害怕。「巧合嗎？」

事出有異必有妖，解雨臣不知道這是怎麼回事，但是他知道，這一定是有問題的，因為那形狀太像一個人了。

玄學是分很多層級的，他們以往對付的都是民俗學的部分。真正的玄學中，會有很多無法解釋的現象。這種現象背後甚至沒有任何邏輯和理論，完全是古人的經驗主義。反映到現實，僅僅就是你生活中一個小小的地方，發生了一些奇怪詭異的事情。

「如果這個區域的霜再結下去會怎麼樣？」解雨臣問鄭景銀。

後者呼叫機長，機長回答：「我們會失去平衡，儀表慢慢地失去對升力的判斷，從而在機動的時候給出錯誤的推力，導致墜機。但只要往下降一些，就能除霜了。」他也很奇怪，他們嚴格執行了空中的除冰程序，怎麼還會結霜？

「也許，東京方面已經有人知道我們要去了。」解雨臣開玩笑似地說道：「要在空中解決我們。」

「通過什麼？通過詛咒嗎？」老太太問。

「不知道。」

機長經驗很豐富，他先和塔臺聯繫，降低自己的飛行高度，同時開始除冰工作。然而，四十分鐘之後，這塊冰並沒有融化，面積反而更大了。

它的形狀也開始從人形變成了類似於惡鬼的樣子。攝影鏡頭的角度不好，不能看到全貌，但能明顯知道那是一個有特殊寓意的形象。

與此同時，飛機開始時不時地出現震顫，機長提醒所有人坐好並且繫上安全帶。

又等了一會兒，這塊東西絲毫沒有融化的跡象。機長顯然放棄了努力，跟老太太通訊，意思是要聯繫最近的機場，降落除霜。

解雨臣心中湧起了巨大的不安。

他預感這一次中途降落，有可能會出事。這不是平白無故的臆想，如果是他來設計這樣的計謀，那麼計謀發動的時間，一定是在飛機備降的過程中。事實上，所有的空難，大都發生在起飛和降落時。

飛機在飛行中還是相對穩定的，但起飛和降落的時候，機動操作非常多，不利因素的凶性容易被激化。

他猶豫了一下，覺得有可能是自己的心理作用，但又覺得還是應該小心為上。於是，解雨臣讓機長給他四十分鐘時間，他用機載衛星電話開了一個十分鐘的電話會議，然後就坐在椅子上，繼續喝咖啡。

不久之後，這塊霜慢慢地消失了。黑眼鏡看著飛機上的動畫片，頭也不抬地問他：「你做了什麼？」

「我在東京幾個大型社交媒體上登了廣告，說如果有人在作法想讓我們墜機的話，一定要注意，作法有可能要成功了，但如果墜機，施法人會受到嚴重的反噬。」

「您這很扯啊，巨大的封建迷信。」

「用術數來殺人，往往要利用有天賦但是不知道利害的年輕人。這些人大部分時候都是被騙了，以為只是鬧著玩，但他們做的事情，也許真的在產生效果。」

「你相信嗎？」

解雨臣看著機翼，無法親眼看到的東西，他真的不是那麼相信，也許只是溫度忽然高了，霜就化了；也許是他的提醒讓東京的某個人看到了，他意識到自己被利用了，於是收手了。誰知道呢？但是和這種事情對抗，應該什麼都做到最滿才行。

但在剛才的電話會議裡，他已經讓人全面調查機組所有成員和他們起飛機場地面維護人員的帳戶了。俄羅斯方面他並沒有那麼廣的關係，因此他也拜託了老太太家族裡的人。

機長也能聽到他們說話，所以，到底是他的哪一段威脅起了作用，他也不知道。

大部分時候，也許僅僅是地面維護人員把除冰裝置的電線剪斷了，或者是機長壓根就沒有除冰，就足夠讓飛機掉下來了。

「普通人和這種虛無飄渺的力量對抗，早就精神崩潰了，你是不是過於不害怕了？」黑眼鏡突然問了一句。

解雨臣愣了一下，他忽然想起了自己當家的那天晚上。

那天下著大雨，雖然他一點血跡都沒有發現，但家裡到處是血腥味。

門外有一個賣糖油餅的攤子，那一天的那一刻，糖油餅的攤位已經擺出來了嗎？那是幾點？

「你活了那麼久，看到過的人的樣本肯定比我多，你應該知道，人的種類是非常匱乏的，所以人的行為也不難預測，大部分人都在自己編織的繭裡生活，繭既保護著自己，也容易讓自己窒息。」解雨臣說道。

黑眼鏡繼續看著動畫片：「所以只要是人做的事情，你都不害怕。」

「害怕有用的話，我真想盡情地害怕。」解雨臣說著嘆了一口氣，黑眼鏡抬起頭。

解雨臣說道：「一定要討論這些嗎？你在別人面前都挺有趣的，在我面前真是無趣。」

黑眼鏡笑道：「那是看人下菜碟。」

飛機明顯開始降落，東京就要到了，黑眼鏡看的動畫片放完了，他坐直身子把啤酒喝完：「落地是晚上嗎？」

「對，現在天已經黑了。」

「那就好。」

落地之後，也許馬上就會有很多事情發生，當然是夜晚比較好。

第九章　小尤什卡

東京空氣清冷，從飛機上下來，轎車載著三個人穿過鬧市，往河口湖方向駛去。

夜晚的街道燈光璀璨，解雨臣和黑眼鏡兩個人看著車窗外沒有說話。

車行至一個拐口，有一個中年俄羅斯人在路邊等待，車窗搖下來，他遞進來四、五條白色的香菸，不知道是什麼牌子的。

車窗搖上，車繼續往前開，那個俄羅斯人在後照鏡裡目送他們離開。

「不知道二位的菸癮那麼大，我們只能臨時準備這麼點。」鄭景銀說道。

黑眼鏡拆開其中一條，拿了兩包，將剩下的丟給解雨臣。

鄭景銀繼續說道：「這個車有新風系統，可以抽菸。」

「誤會，這是拿來用的。」黑眼鏡撕開一包，抽出一根，仔細看了看。

一起送進來的袋子裡有打火機，是防風的，他也測試了一下。

他和解雨臣都把香菸裝進自己口袋裡。

鄭景銀並不明白這是什麼意思，但也不好多問。

「施法的人並不知道自己施法的嚴重性，所以才會在看到我們的警告後停止施法。」解雨臣說道：「他應該會質問騙他的人，如果我猜得沒錯，他一旦質問了就會被滅口，所以要去查一下東京今天以後發生的凶殺案。」

「你怎麼知道他一定是在東京？也許是在某個海島上。」黑眼鏡問。

「以後和你說。」解雨臣閉目養神。

黑眼鏡沒有追問，鄭景銀就問：「我們在別館安排了客房，兩位有沒有特殊的宗教習慣或者需不需要消夜？我們會準備好。」

黑眼鏡沒有回答鄭景銀，鄭景銀以為他們發呆沒聽見，又問了一次。解雨臣回答：「對方不會等太久的，今晚什麼都不用準備，因為誰也睡不了。還有，你們少爺家裡最近有沒有發生奇怪的事情，有的話，你可以和我們說說。」

鄭景銀看了看司機，司機搖頭，表示沒有任何不正常。

「如果沒有，就是發生在你們平時無法看到的地方。」解雨臣說道：「沒關係，說一下你們少爺的過往，越詳細越好。」

「啊。」鄭景銀卡住了，似乎這是一件非常困難的事情，他難以說出第一句形容的話。

「說實話，我覺得不知道少爺的事，對你們來說可能會比較舒服一點。」

老太太的小兒子小尤什卡因為喜歡東方圖樣而嚮往東京，他有比較嚴重的精神疾病，平日裡除了自己的貼身醫生，很少見旁人。他的工作是購買日本的老舊建築，並且將其聚集在一個地區。

在國內也有很多人幹這種事情，拆卸老建築的榫卯構件，繪製圖紙後放進倉庫裡，遇到合適的機會就可以重新拿出來蓋成房子。

因為老建築的構件當中有很多珍貴木料，在重建的過程中，很多金絲楠木構件都可以用現在的新木料，做到修舊如舊地換掉，多出來的老金絲楠木很多時候比整個房子都貴。

但在日本，這樣的工作其實賺不到什麼錢，因為日本這樣的老房子太多了，無法囤積居奇。

小尤什卡還有一個愛好，就是讓自己生病。

據說他會購買各種細菌，讓自己患病，去體驗患病的感覺，說是可以藉此通靈。據說他感染過世界上大部分微生物類引起的疾病，並且記錄了厚厚的生病筆記。

這些消息都寫在日本當地的小報上。其實無法確定這些傳言是不是真的，他的母親堅信這只是孩子不喜歡見人所找的藉口。

他居住的房子四周常年聚集著很多蒼蠅，由此還引申出了他是瘟神的說法。

同時，鄭景銀表示小尤什卡並不害怕死亡，是老太太說服他打開大門接受這次調查的。

總之，小尤什卡並不會出來見他們，但會有傭人服務他們。

「這也沒什麼不能知道的。」黑眼鏡說道：「人活在世界上，總有一定的機率壞掉。」

鄭景銀說道：「但那個宅子裡的人確實經常生病，而且都是些奇怪的病。所以有一些區域的傭人也相信少爺不想別人靠近，故意在那些關鍵路口塗抹了細菌，來恐嚇其他人，警告他們不要有好奇心。」

「聽上去有點像藍鬍子的故事。」解雨臣笑了笑。「還挺浪漫的。」

鄭景銀看著這兩個人，覺得自己可能沒有把細節說清楚。對於即將進入那幢房子，他心裡是打鼓的，其實老太太也只能用視訊設備和小兒子溝通，這人到底在那個大房子裡搞什麼，誰也不知道。

車行到河口湖邊上的大宅子前停下。宅子大門就是普通的日式住宅樣子，但能感覺到後面建築群的規模，這裡有點像一個巨大的古代寺院。

黑眼鏡和解雨臣下車，站在門口，宅子裡亮燈的地方不多，建築群宛如一個盤踞在此的巨大陰影。黑眼鏡拍了拍行李，說道：「你看好他們，不要亂動我的行李，如果有可能的話，看看他們能不能提供主食類的消夜，等一下我回來可能會餓。」

說著他也沒有脫鞋，直接繞過在門口迎接的傭人，往建築群深處走去。鄭景銀很驚訝，傭人似乎想要阻止，但被他喝退了，他知道這些人做事都是有原因的，自己不懂，就不要多問。

解雨臣看了看鄭景銀：「帶我去客房那兒吧。」

「您不和黑爺一起嗎？」

「現在是晚上，是他的班。」解雨臣說道：「對了，有主食嗎？」

「他一個人沒事嗎？」

「有事他會喊救命的。」解雨臣說道。

第十章　古宅

這真是一個巨大的宅子，傭人都集中在門口的區域，進去之後，順著複雜的圍廊往前走幾步，燈光就逐漸變得昏暗起來。

黑眼鏡很快就明白了，這一部分是寺廟改建的，宅子的主體建築群應該在後面的山坡上，比這裡略高一點。所以後面的建築顯得更加高大，其間只有零星的燈光，看上去黑壓壓的，猶如巨獸。

從此處看去，整個宅子猶如一隻眼睛長得不太整齊的大蜘蛛。

他路過的這個部分是一個典型的寺廟，順著圍廊可以繞到一個大殿裡去，也可以直接從岔路上山進入後面的建築群。這一部分的建築結構過於複雜，難以用語言描述清楚，只能憑各自想像。

圍廊裡的燈光很暗，但對於黑眼鏡來說，已經過於亮了。他在圍廊裡往前走的時候，這些燈一下子滅了，看樣子是有人提醒傭人關掉夜路照明系統。老闆還是很貼心的，給他創造了主場環境。

當然，野外叢林才是他真正的主場，因為那時候只有一點點月光從參天大樹樹冠的縫隙裡照下來，那是最讓他舒服的光線，這也是他長年願意在東南亞接活兒的原因。

沒有人能真正理解他看到的世界，如果不得不接受這種疾病，那不如享受其異常之美。

但此時的月光還是有點過亮了，他沒打算摘掉墨鏡，於是順手點上了一支菸，狠狠地抽了一口。

吐出的煙霧瞬間四散而去，在他的眼裡，所有的灰塵都開始反射月光，這些細小的光塵會感知到空氣中最細微的氣流。

他看了看手指間的菸，有點恍如隔世。

煙塵用極快的速度以他為中心發散出去，可以到達非常遠的地方。在這段距離裡，隱藏在黑暗中的動物，甚至飛過的蟲子在他眼裡都會十分明顯。

風水的本質是拔氣，在兩晉風水大師郭璞看來，氣是一種沒有任何屬性的能量，但是當它進入到一種形狀的器具之中，就會被賦予一種屬性。

比如說，如果一座山川是高聳如一棵大樹的，當地氣進入這座山，就會體現出樹木的屬性。

氣猶如水，而器具猶如不同形狀的水杯。換句話說，尋龍點穴的時候，你順著山脈經過群山，看到的每一座山都有各自的屬性。

當然那種屬性是由人的意識決定的。

如果沒有人去看它，它就沒有任何屬性。但當有人出現在山中，看到了那座山，山便有了屬性。古人在山中尋找龍脈的時候，夜晚仰望星空，發現星星之間的銜接，也猶如巨大的山脈，於是便開始用天上的星星給沿途看到的山分類。

地上的山和天上的星星因此有了千絲萬縷的聯繫。

只要是高於地面的東西，就一定能把地氣拔出地面。甚至人也是一樣，如何利用這種拔出的氣，就是風水學說的關鍵。

但很多人也由此發現了一個問題：高於地面的東西，有時候形狀是非常複雜的，這就意味著，拔出的氣在形狀複雜的容器中，會出現讓人無法理解的複雜屬性。

這種屬性的氣，在某種情況下，會催生出奇怪的邪祟。很多奇怪的山，因山體變化太多而又蘊含了某種奇怪的規律，成為山中點穴之地，就可以養出「粽子」來。

所以古人喜歡住在形狀簡單的空間裡。

人類發現了規律之後，往往就會以簡單和簡潔為目標，這種規律同時也會開始產生負面的影響。

風水術數用來害人，其實就是這麼簡單。

日本建築的設計都有中國的理論在裡面，氣息大多是簡單的。如果有人在這樣的建築裡，設置了風水局用來害人，就一定會產生特殊的不符合原則的情況。

這樣就非常容易被發現。

黑眼鏡看著四周的細微氣流，暫時沒有發現什麼異常，想來也知道，風水局不會設在離門口那麼近的地方。

但他看到了一個奇怪的東西，在遠處走廊的頂上吊著。

這個距離他看不清細節，但看形狀，竟然像是一隻書包大的蜘蛛。

第十一章 池塘

黑眼鏡慢慢走近，那看起來是一個死物，可能是一個絨毛玩具，但就那麼掛在走廊的頂上，擋住了人的去路。

平時傭人在這裡行走，肯定會被這東西干擾，卻沒有人將其收納起來，可見這應該是主人明令禁止觸碰的。

中國很多景區的商店裡有同樣類型的廉價玩具，走近之後可能會忽然發出聲音來嚇唬你。

果然，黑眼鏡走到離蜘蛛三、四步距離的時候，它的眼睛忽然發出紅光，腳也動了起來，做出順著絲攀爬的樣子。

當然不是真的攀爬，只是一種模擬動作，並且發出了刺耳的「咯咯咯咯」的聲音。

這是一個粗製濫造的東西，掛在走廊裡，和這裡清爽的建築風格很不協調。小尤公子是喜歡日本的審美才來這裡生活的，這裡掛著這個東西，十分奇怪。但如果不是主人掛上去的，那如此妨礙傭人工作的障礙物，肯定會被收拾掉。

黑眼鏡戴上藍牙耳機，撥通了解雨臣的電話，放進口袋裡。

對面傳來吃麵的聲音。

「這麼快就有發現了？」

「這麼快就上菜了？」

「泡麵。」

「那真是委屈你了，這麼大的地方招待竟然這麼差，還真的不想幹了呢。」

「說吧，發現了什麼？」

「有一隻書包大的、用回收塑膠做的那種劣質蜘蛛絨毛玩具，掛在走廊的頂上，走近會發出『咯咯咯咯』的聲音嚇唬你。」

「怎麼，你喜歡？喜歡回去送你一個。」

「想聽聽你的想法，人類為什麼要掛這種東西？玩這種玩具的人是什麼心態？」

「嗯，除了這個，你什麼都沒有看到嗎？」

「沒有。」

「普通人在黑暗中會不會撞上？」

「嗯，會被嚇一大跳。」

「傭人沒有提醒你，這不是待客之道，所以說這東西是為我們準備的，看來有人在表達自己的抗議。小尤公子不是特別正常，和母親之間有著強烈的隱性對抗。我們是他母親的客人，並不是他的客人。這座巨大的宅院是他的領地，平時幾乎完全是由他掌控的，但我們的到來，等於是他母親強行進入了他的領地，應該勾起了他很多不好的童年回憶。」

「你是說，他童年的時候，私人空間一直被他母親強行破壞，所以長大了才努力離開母親，去創造自己的獨立空間。如今他母親的力量重新出現了，所以他很不舒服。」

「他小時候對抗母親的方式，恐怕就是使用這種嚇唬人的惡作劇玩具。他顯然很聰明，希望通過這種方式增加母親進入他的領地的心理壓力。如今我們來了，他也用相同的方式。他可能認為他母親會和我們一起到這裡來。」

「所以才會掛在離門口那麼近的地方，這是一種抗議。」

「他母親是個女強人，必然對於管控帶來的壓力感覺遲鈍，她只會覺得孩子有些怪。」

黑眼鏡笑了笑，內心有問題的小屁孩，他最喜歡了。

他經過的時候一把把蜘蛛扯下來，蜘蛛不停地爬動，並發出奇怪的叫聲，他摸到開關，把它關了。

人與人之間最大的鴻溝，就是對對方心中重要的東西和客觀上真正重要的東西，有著巨大的誤解，人總是覺得對自己重要的，對其他人也一定重要。事實上人和人大不相同，如果不是教育一直在強行統一人對於客觀重要的認知——比如糧食、生存權，那人們會有更大的不同，不同到也許我們並不能真正地群居。

「有這東西對我們來說是個好消息，說明小尤公子應該還沒出事。」

「不一定。」黑眼鏡說。

他繼續順著走廊往裡走，走廊的岔路口到了，一邊是上山的路，通往剛才看到的黑色建築群，另一邊通往這裡的後院。黑眼鏡先走向後院，發現後院的庭院裡有一個巨大的池塘。

但池塘已經乾涸了，似乎在進行什麼清淤的工程。

一個巨大的池塘裡如果沒有水，在夜晚看起來是非常嚇人的。

「這裡的建築分兩個部分，我們現在所處的部分應該是一個古寺，主體建築不小，但總占地面積不大。我已經到了後院部分，這裡有一個沒有水的池塘。」黑眼鏡說道：「大概有兩個標準公共游泳池的大小。」

「池塘裡沒水？」

「嗯。」

「你怎麼想？」

黑眼鏡已經來到池塘邊，直接跳了進去，下面的淤泥一下沒過他的腳踝，還好他穿的是靴子。

這裡有一些星光，他看到池塘底部的淤泥並不深，有些地方的淤泥甚至已經乾了，這裡被挖出了很多大洞，一個一個的，像馬蜂窩一樣。

「小尤公子不是在這裡淘金，就是在池塘底部找什麼東西。」黑眼鏡說道。

第十二章　別里亞克

解雨臣住的地方，是整個建築門口側面的一個別館，竟然是西式的建築，還有那種青銅的歐式頂部。能看得出那也是一個從其他地方拆卸過來，裝在這裡的日本本地老建築。

內飾很多都維修過了，所以看上去雖然古樸但還算結實，走進去不至於會發出踏入古堡一樣吱吱的聲音。

這裡大概有十四間房屋，除去工作用的，能接納客人的應該有七、八間，布置得非常好，裡面都是現代化設備。

耳機裡，黑眼鏡沉默了下來，跳入池塘之後，他需要一段比較專心的時間，來觀察和探索四周的環境。

解雨臣吃著泡麵，默默地等他提問，同時翻看桌子上的一本別館介紹。

介紹是用多種語言書寫的，能看得出別館來自鐮倉的海邊，是殖民時代的有名建築，被購買後移到了這裡翻新搭建。

別館的主人是當時一個鐘錶公司的老闆。

這個鐘錶品牌現在也還是日本的一個知名品牌，既然會出售別館，那品牌的持有方肯定已經換人了。

這份介紹非常厚，像這幢房子的簡歷一般，能看得出小尤公子確實是在收集日本的中古建築，而且是當作這個國家的歷史來收集的。

很快麵就被吃完了，本來這種小桶量就不多，解雨臣喝完湯，處理好湯碗，然後洗了把臉，坐到了房間的陽臺上，從這裡能看到黑眼鏡正在探索的巨大的廟宇式區域。

這個時候，他看到隔壁房間的陽臺上也站著一個人。

那個人正在抽菸，穿著運動服，平頭，髮絲完全是白的。

有些人是把運動服當成常服來穿的，這個人顯然就是這樣。他很瘦，皮膚慘白，一副病懨懨的樣子。

他也發現了解雨臣，轉頭看過來，兩個人對視了一眼。

一看臉型，解雨臣就知道他是東歐或者俄羅斯人，可能還帶一點亞洲的混血。

「你也是被他請來保護他的人嗎？」那人開口說話，竟是相對標準的中文。

「我是他母親派來的。」

解雨臣一聽對方的問題，基本上已經知道了他的身分，應該是小尤公子知道自己有危險之後，找來保護自己的人。

但這人身上有一股子神棍的氣息。

——說實話，東歐或者俄羅斯那邊的神棍，氣質真是太明顯了，很容易分辨出來。加上這個人的身體狀況，其身上宗教棄子、帶著某種詛咒的感覺就更加明顯了。

「老太太還是那麼強勢啊。」說完他吐出一大口煙，並從口袋裡拿出一個菸盒。「到了這個地步，恐怕沒法計較那麼多了。」

對方這句話，說明他和小尤公子認識有相當久的時間了，而不僅僅是甲方和乙方的關係。

如果這個人是個神棍的話，他也許是一直混跡在俄羅斯名流圈裡的，又或者是小尤公子小時候認識的人。

「我的名字叫作扎赫沃基，外號叫作別里亞克。」他說道：「我是宅子主人的神祕學顧問，也是他的老師。」

「你們看上去年紀差不了太多。」

「三人行必有我師。」

解雨臣看著對方，心中「咯噔」一聲——那種喜歡說中國古話的「中國通」讓他很焦慮。

扎赫沃基，俄語的意思是病人，俄羅斯人有時候會將涵義特別可怕的名字賦予他們認為未來會命運多舛的孩子，他們認為這些名字可以嚇走惡靈。

「那你怎麼看待這裡將要發生的事情？」

別里亞克看著那片巨大的建築，吐出一口煙，站直了身體。他個子很高，以至於站直了也顯得有一些佝僂。

「他要買那房子的時候，我就和他說很不吉利。設計師在設計那房子的時候就有不可告人的目的。」

第十三章　三條規則

「怎麼說？」解雨臣問。

別里亞克晃了晃菸，解雨臣再次表示不抽。他點上了第二根，說道：「這宅子價值很高，宅子的前主人在『二戰』結束之後得了重病，其他所有的遺產都給了孩子們，唯獨對這宅子，遺囑非常複雜。」

解雨臣看著對方，他從對方臉上看出一種坦然，沒有說謊的痕跡。

「有三條規則。第一條是，他們家必須有一個有血緣關係的人永遠住在這座宅子裡面。第二條規則是，宅子中如果有人死了，必須埋在宅子裡面，『宅子裡面』的定義是：土地價值包含的區域。第三條規則最奇怪，說的是如果在這座宅子裡，看到任何你認為已經丟失的東西，一定要假裝沒有看見。如果你失敗了，就要立即離開這座宅子，並且遠離這個區域三十公里。」

解雨臣覺得有些有趣了，他在心中默默地記了一下這幾條規則。「這聽上去像某種遊戲。」

「你看到門口那些傭人了嗎？其中一個就是宅子前主人的孩子，就算宅子出售了，他們也一直在遵守這些規則。尤里——不好意思，這是我主人的小名，當時他要買這座宅子的時候問過我的意見，我的意見是，如果他實在想買，那麼還是要遵守這個規則，並且我們要想辦法瞭解規則產生的原因，知道了原因，就能把規則解除。」

「你們有結果了嗎？」

「沒有，我已經很久不參與這件事了。但是尤里很在意這件事，我相信他已經有成果了，但有一些事情讓我們的關係變得有點僵，所以即便有結果了他也不會告訴我的。」

「哦，那你還來保護他？」

「你懂的，雖然關係僵，但有些事情是一定要幫的，這是原則。」

解雨臣點頭，的確是這樣。「那作為你這個派別的人，你就沒有猜想嗎？」

別里亞克皺眉：「我問過那個家族的後人，有沒有人不遵守這些規則，他們都不回答我，而且表情很平靜。尤里找了很多人做實驗，他想看看如果不遵守這些規則會發生什麼事情。我當時很不同意，所以就不再參與了。」

「那些被用來做實驗的人呢？」解雨臣皺起了眉頭。

「我沒有參與，所以不知道發生了什麼，後面他就很少出現了。不過，聽那些傭人說，他開始在很多區域用各種恐嚇的方式設立禁區，只有他能進去，其他人都不知道裡面有什麼。如果那些被用來做實驗的人還在，應該都在那些區域裡。」

「這些被用來做實驗的人就沒有人權嗎？他們沒法離開這個宅子？」

「傭人說，有時候能聽到宅子的那些區域裡有孩子講話的聲音，他們以為是宅子裡鬧鬼了。」

「嗯。」解雨臣深吸了一口氣，他意識到，這個建築的背景是有點深的。

他敲了敲耳機，對面也敲了回來，這是他們簡單的報平安的信號，黑眼鏡也在聽著這些對話。

「你怎麼看？」別里亞克問：「你是風水師？」

「三條規則中有一條規則讓我很在意，就是第二條。」解雨臣說道：「宅子中如果有人死了，必須埋在宅子裡面，『宅子裡面』的定義是：土地價值包含的區域。」

「為什麼？」

「這個規則有一個精確的定義，如果你想知道這類精確定義背後的社會涵義，我可以和你說說，但需要一點時間。」

「要不，你過來，我這裡有茶點。」

解雨臣笑了，搖頭：「不了，我防備心比較強，就在這兒說吧。」

別里亞克沒有想到解雨臣那麼直白，揚了揚眉毛。解雨臣繼續道：「你知道嗎？在數學裡，土地區域其實是無法真正測量的，你無法畫出一條線告訴別人，線中間的區域就是有效區域。因為這條線如果被放大無數倍，就變成了一個面，線的邊緣是否存在，哪個邊緣屬於有效邊緣，這都不是能客觀定義的問題，所以這種表述中必然有人的意識在裡面，叫『差不多是這樣』。」

別里亞克的中文顯然沒有好到能理解這些的程度，他一臉疑惑，解雨臣說道：「意思是，土地價值包含的區域，是一個人為創造的概念，所以這個規則的制定者一定是人。」

「然後呢？」

「只要是人制定的規則，就一定可以不遵守，這世上只有自然規律是難以作弊的，你可以早上起來不去上學，但無法不呼吸氧氣。」解雨臣說：「但這個規則顯然被遵守了很長時間，目前尤里做了實驗之後，也仍舊在遵守，說明這個規則有一個監督者，這個監督者現在仍舊存在，並且能夠知道是否有人破壞了規則。而且，他一定還有懲罰機制，讓人恐懼。」

「然後？」

「人不是全知全能的，這麼大一個區域，就算有監督者，它也不可能全知全能。但我們目前推理出來的情況是，這個監督者的確是全知全能的，那麼這裡就需要更改一個概念了。」

「您說。」

「這個全知全能的監督者，有人的屬性，但它肯定不是人。」

第十四章　黃銅箱子

黑眼鏡踩著已經發乾的淤泥，在池塘的底部緩緩地走著。

到處都是挖出來的深洞，不管小尤公子在找什麼，他肯定已經找了很久。

耳機裡，解雨臣一直在和一個口音奇怪的人對話，內容他聽得也不是很清楚。

他必須小心地行走，以免踩空摔進深坑裡。走到池塘中心的時候，黑眼鏡看到了一個比其他坑都要大十幾倍的巨坑。這個坑起碼有十公尺深，他在坑的邊上蹲了下來，看向坑的底部。

這到底是在找什麼？

坑底什麼都沒有，他剛想跳下去，耳機裡忽然傳來「嘶」的一聲雜訊。

黑眼鏡停了一下，仔細去聽，那聲音又消失了，解雨臣的聲音繼續從耳機裡傳出來。他覺得不太對勁，安靜地聽了一會兒，就發現耳機裡的聲音開始扭曲。

那聲音一會兒正常，一會兒變得尖聲怪語；忽然被拉長，或者忽然變得像說悄悄話。

黑眼鏡敲了敲耳機，這一次解雨臣沒有給他回應。

難道是和對方聊得太專注？不會，解雨臣從不犯懈怠這種類型的錯誤。

他站起來，環顧四周。多年處理這種奇怪事情的經驗，讓他知道，附近開始發生了什麼變化，解雨臣已經聽不到他這邊的聲音了。

四周的細節，他看得一清二楚，這就是他的優勢。普通人在這種黑暗的環境中會被自己的想像嚇死，但他不會。

他笑了笑，打消了跳入這個巨坑的念頭。他只是站著，聽著耳機裡的聲音，辨別他們到底在聊些什麼，並且死死地看著四周的黑暗。

沒有任何東西出現。

耳機裡的聲音繼續變形，已經完全聽不到正常的語音了，所有從那邊傳來的聲音，全部扭曲到似乎在念一種奇怪的咒語。

這是情況嚴重的信號，但四周還是什麼都沒有。有什麼東西在靠近，但似乎是看不到的。

黑眼鏡思索了一下，忽然意識到，也許並不是這樣的。

並不是只有四周的東西才能靠近自己，他猛地抬頭，看向頭頂上方的天空。

天空中也什麼都沒有。

他低頭再去看那個巨坑的底部，忽然，他看到了一個之前並不存在於那個地方的東西。

那是一個黃銅箱子，完全焊死的，它突然出現在了這個深坑的底部。

黑眼鏡深吸了一口氣，此時耳機裡的聲音已經和解雨臣完全沒有關係了，竟然變成了一種日語的廣播。

廣播裡的聲音非常模糊，根本聽不懂，但是從背景音中能聽到防空警報的聲音。

黑眼鏡抬頭看天，天空中還是什麼都沒有。當他再低頭的時候，那個黃銅的箱子又消失了。

坑底又是一堆灰泥。

「你在搞什麼鬼？」黑眼鏡看著坑底說道。就在這個時候，他眼前忽然一白，接著什麼都看不見了。

他知道是有人打著手電筒照向了他，回頭一看，鄭景銀出現在他身後：「有什麼收穫嗎？」

就在這個瞬間，黑眼鏡的耳機一下恢復了正常，解雨臣的聲音傳了過來，但他卻說了一句莫名其妙的話。

第十五章　回憶

黑眼鏡看著鄭景銀，一邊示意他把手電筒往下放一點，這手電筒功率太大了，一邊聽到解雨臣說了一句莫名其妙的話：「你有沒有看到你丟失的東西？」

「丟失的東西。」他覺得莫名其妙。「沒有，我剛才丟失了通話信號算不算？」

「應該不算。」

黑眼鏡覺得有點奇怪，想再詳細問問，忽然他腦子裡閃過一個模糊的影子。是剛剛的那個黃銅箱子。

幾乎就在那個瞬間，他意識到那箱子就在自己塵封的記憶深處，那裡竟然還有什麼東西在努力地與其呼應。他思索著，整個人恍惚了一下。

這記憶太久遠了，但他還是想起了那個箱子。那是二十多年前，在老撾的雨林裡，那滂沱的大雨中，有無數人在慘叫，那真是一段無比恐怖的回憶。

那一次的遭遇都是因為這個箱子，是從哪兒挖出來的？是為什麼去的？他都記不清了。

那個箱子，就是他們在雨林裡瘋狂逃跑的時候丟失的，上一秒那個箱子還在他手裡……是的，那個箱子是他弄丟的。

那段回憶讓他毛骨悚然，他笑了笑，深吸了一口菸。

這東西怎麼會在剛才忽然出現了一下，是幻覺嗎？解雨臣為什麼要問這個問題？他是不是知道了什麼？

強烈的不適讓他立即停止了回憶，他剛想問解雨臣，對方就說道：「如果你看到了，一定不能表現出來，否則恐怕會出事。」

他的話被噎在了喉嚨裡，出來就是「嗯」的一聲。對方也不讓他反應，繼續把三個規則告知給他。

剛才的回憶讓黑眼鏡心裡有一股爆裂的能量，他聽著解雨臣說規則的時候覺得胸口發疼，聽完才恢復了平靜。

「這有意思，今天晚上睡不著了。」他道。

「這裡有兩個問題，到底怎麼樣才算是假裝沒有看見？這個『沒有看見』到底是由誰來判定的？」

是的，黑眼鏡心裡說，剛才自己算是假裝沒有看見嗎？他看了看鄭景銀，這小子應該是沒看出來。

「你那個鄰居是不是在嚇唬你，是尤里想把你嚇得離開這裡。」黑眼鏡繼續說道。他腦子裡忽地又出現一股強烈的欲望，想回憶清楚當年的事情，但被他死死地壓制住了。

現在不是回憶的時候。

「總之，你探索完不要深入，我們可能需要討論一下，這件事情不像我們想得那麼簡單。」

「好的，老闆。」黑眼鏡說道，他回頭再次看了看那個坑底，裡面什麼都沒有。

「正經人同志，都是同胞，你總不會站在俄羅斯人這邊忽悠我吧？」他對著鄭景銀笑了笑。

「我站在老太太這邊，但只要是能協助你們的工作，我都會幫忙。」

黑眼鏡指了指四周：「那老太太知不知道，她兒子在宅子裡挖了那麼多洞？」

鄭景銀看著千瘡百孔的池塘底部，嘆了口氣。

「這我回答不了，看樣子他是在挖什麼東西。他是不是知道有人要殺他，所以和我們一樣，在找設置在他家裡的風水局？」

「嗯。」黑眼鏡不置可否。

黑眼鏡回頭，一邊走一邊問：「你怎麼跟過來了，是來監視我的？」

「宅子裡有很多古董，傭人們擔心你會順手牽羊。」

「啊，有很多古董啊。」黑眼鏡說道。

「我是不是提醒了不該提醒的資訊？」

「沒有，我最不缺的就是古董，你放心吧。」

兩個人回到走廊上，在岔路口，黑眼鏡向通往後面巨大建築群的上山的路走去。

「這麼晚了，不如明天再探索。上面的區域沒有傭人，我們很容易迷路的，而且你這一腳的泥。」

黑眼鏡沒理他，直接往山上走去。很快，後山建築群的正門就出現了。那是一個不起眼的木門，很古樸，年代久遠。門口放著一個石頭的漁夫雕像，上面全是青苔。

有一條非常粗的鐵鍊鎖著門，一副封閉已久的樣子。

「其實你可以和我說說你的思路，這樣我才能真正幫到你。」鄭景銀追著說道：「你要開門的話，我來叫傭人。」

「齊秋提示了我們，下一次凶局是在東方，大機率是在這裡。」黑眼鏡說道：「而設置了風水局的地方，一定有奇怪的事情發生。如今你們公子爺在池塘裡挖了那麼多坑，這很不正常，你們有多久沒有見過他了？」

鄭景銀顯然無法回答，他拿出手機打電話詢問傭人。

黑眼鏡的耳機裡傳來解雨臣的聲音：「你懷疑已經出事了？」

「嗯。」

「你等我一下，我過來。」

「不用。」黑眼鏡說道。這時候，耳機裡傳來別里亞克的聲音：「你朋友今天晚上會死。」

第十六章　建築深處

黑眼鏡沒有理會那句話。

天亮之前，他是無敵的。

有傭人過來開門，臉色很難看，一直在反覆說著什麼。鄭景銀告訴黑眼鏡，傭人說如果夜晚進入這個房子，主人會非常生氣，他只能開門，並不敢進去。

這扇門後面，就是由無數古木結構的老房子堆砌起來的巨大建築群，起碼有六座寺廟和一百多幢最晚是明治時期的老別墅。整個面積非常大，日式建築結構複雜，門又四通八達，且光線昏暗，非常容易迷路。

同時這些房間包裹了幾十個庭院，最小的只有一個茶几大，最大的裡面能容納巨大的古樹。庭院和這些古樹也都是從日本各地收集來的，很多庭院還有大師級別的園林維護人。除了主人特別喜歡的幾個，其他的都雜草叢生，幾乎荒廢。

進入門內，第一個房間一看就是一個小型廟宇的佛堂，很多木質的半人高的佛像貼牆放著，空著的牆壁上掛著各種主題的鎏金木版畫。頭頂的梁很低，上面也全是各種主題的木版畫。

主位置上的佛像已經被移走了，放置著一個奇怪的東正教的陶瓷神像。說實話，他看不懂這供奉的到底是誰，應該是那個俄羅斯神棍在這裡設置的。

「說實話，我們不住這兒，如果哪裡有不正常的東西，我們也不知道啊。」鄭景銀說道。

從這個佛堂繼續往裡，有兩個門，一個往左，一個往右，兩邊都是房間，黑眼鏡指了指左邊：「我們分開，我走左邊。」

「我應該跟著你。」

「我如果想要甩掉你，你兩秒內就看不到我了，所以你別爭論。」

「不行啊，這個——」鄭景銀還沒說完，就發現黑眼鏡已經不在剛才的位置了。他轉身看了看四周，黑眼鏡完全不見了，整個房間只剩下他一個人。

「Hello？」

沒有人回應，鄭景銀覺得莫名其妙。

「Hello？我懂了，我不說話了。」鄭景銀說道：「您出來吧。」

四周只有那些發黑的木質佛像看著他，沒有任何回應。手電筒能照出四、五平方公尺的空間，四周的佛像隱在光暈外，看起來很是詭異。

「Hello？」鄭景銀忽然覺得這個房間裡的空氣都冷了下來，他打了個寒顫。左邊，那個人剛剛說要去左邊，並讓他往右邊的房間去探索。

他用手電筒照了照右邊的房間，那裡一片漆黑。他吞了口口水，決定還是往左邊跟過去。

此時在右邊的房間裡，黑眼鏡已經摘掉了墨鏡，這個房間很黑，讓他無比舒適。

他聽鄭景銀走遠了，點上菸，開始往這個建築的深處走去。他每吐一口煙，就似乎是以他的身體為中心，發出一道聲波，在這個區域內的任何東西，都無法隱藏自己，包括邪祟。

他就這樣在黑暗中走了一個多小時，到了建築的深處。

他發現很多地方都有東正教的瓷像，而且每一個瓷像的朝向，都是對著上一個的，這就可以把這些瓷像當作路標。

這條路線非常乾淨，顯然有傭人會做清潔，那就是他們常走的路線。而路線之外的地方，有些房間的灰塵，都是沉積了十幾年的程度。

房子太大，難以打理。

大部分房間裡放置著東西，都是些日用品，被堆放成一堆一堆的，上面全是灰塵，能看得出裡面有玩具、臉盆等，難道是當時收購的建築裡面的東西沒有被丟棄？現在無法推測。

終於，他來到一個房間。這個房間特別大，可能是某一個大型寺廟裡講經的地方，他走了進去。

絕對的黑暗，他幾乎是靠菸頭上的火星和煙塵配合才能看到裡面的情況。房間的地板是榻榻米，因為無人打理，已經都腐爛了，踩上去的感覺很微妙，似乎有黏液。

他往裡走了一步，僅僅是為了深入一點觀察這個房間，可就是這一步，讓他發現這整個空間在黑暗中湧動起來。隨即他就意識到，這個房間裡全是蟑螂，成千上萬的蟑螂因為他的進入被驚擾了。

牠們在這裡吃那腐爛的榻榻米。

黑眼鏡吐了一口煙，看到這個黑暗房間的盡頭，放置著一個巨大的中式棺材。

是一個明朝的銅角古棺，貼牆放著，四周放滿了東正教的瓷像，全都朝向這個棺材。

第十七章　銅角古棺

「你還在嗎？」黑眼鏡問道，他沒有立即靠近那奇怪的區域，只是站在外沿看著。

耳機裡沒有回應，他戴上墨鏡，掏出手機來看了看，這裡已經沒有信號了。他重新摘掉墨鏡，嘆了口氣，整個房間都在腐爛，空氣中霉爛的腐敗氣味讓他作嘔，黑暗中還有無數的蟑螂，連天花板上密密麻麻的都是。這個品種的蟑螂個頭非常大，因為日本建築的地基下面本來就很適合蟑螂生存，所以十公分長的蟑螂都不算罕見。

這東西在日本歷史上曾有一段時間被稱為「黃金蟲」，寓意富有之家才會出現的蟲子，這其實是一種本末倒置。

如果說要找不正常的地方，那現在這個環境太不正常了，而他也明白為什麼之前沒有人發現這個古棺。它是貼著房間的最裡面放置的，房間太大，光線又太差，這裡就那麼幾個傭人，幾乎不可能找遍所有的地方，很多房間只是打開門看一眼就離開了。而這個古棺在那麼深的位置，只用手電筒照一下是根本看不到的。

他想了想，就抬腳跨進了那些東正教瓷像堆裡，所有的瓷像都如同守衛一樣，死死地圍著這個棺材。如果這東西是那個俄羅斯神棍放置的，那麼他早就發現這個地方，並且做了措施，似乎是想讓這些瓷像來封鎖這個棺材。

希望這些東西是有效的，黑眼鏡心說。在他心中只有一個理論，那就是養屍之地會養出邪祟，各地的地氣不同，屍體的狀態不同，邪祟也各式各樣。

走到古棺前，他一眼就分辨出這東西來自中國的古墓，而且沒有開過棺。要想把中國的古棺原封不動地運到日本，基本上得用貨輪走私進來，然後再神不知鬼不覺地把這個東西從港口運到這裡。

倒也不是太難，因為這裡人手確實非常不夠，一路上也沒有看到太多監控設施。

明朝的棺材，銅角，木頭外殼腐爛得很厲害，但裡面還十分結實。棺頭有一圈雕花，是一隻猴子和一隻鳳凰的圖案，鳳凰在前，猴子在後，托著一個人往天上走。

但奇怪的是，那圖案上的鳳凰飛起來了，猴子卻飛不起來，所以被托著的那個人就做出了一個很滑稽的動作，整個構圖顯得非常活潑。

「跨鳳乘猴？」黑眼鏡嘀咕了一句，顯然在這裡出現這樣的圖案很奇怪。這圖案應該和棺材裡屍體的八字有關，但人都死了，為什麼要把八字術數刻在棺材上？

棺雕一般只有輪廓，看不出更多了。黑眼鏡掏出所有的菸，點燃之後一支一支地立在棺材上。

立到第十七支的時候，再也立不住了。

無論換多少支菸，第十七支只要放到棺材蓋上，就一定會倒。

他坐在棺材前，看著漫天的煙飄起來。根據齊家的技術，要點到第二十四支菸才能開棺。每點八支菸，都要在心中運算一次奇門八算，一共三遍，若結果都是一樣，這件事情才可下鐵口。

這是斷大事的過程，一是問神，二是問自己。很多人到第三遍之前，自己內心就動搖了，也就不斷了。

很多事情，其實能不斷就不斷，棺材能不開就不開，這是他從老齊家學來的最大的道理。那是九門最惜命的一家，所有的絕學都是放棄和逃命用的。

所以齊家是九門中，做事求百分之一百二十保險和安全的奇葩。

每算一次，就要在棺材上放八支菸。當年其實是用香插在棺材邊上的土裡，黑眼鏡經過實踐，知道在棺材蓋子上放香菸也可以。

但第十七支怎麼都立不起來，這是祖師爺讓他走啊，不讓他繼續在這裡待著了。

黑眼鏡是不怕任何邪祟的，特別是在夜晚。他端正身體，決定問老祖宗一個問題。

就在剛才，他心中出現了一種奇怪的感覺，這種感覺叫作易心，就是他預感到哪裡出了問題。

整個過程中，有什麼地方，他的理解出現了偏差。

這是一件很簡單的事情，有一個俄羅斯富豪，家裡被人用風水煞襲擊了，於是向他們倆求救。他們發現了齊秋的屍體，齊秋留下的資訊指向了東方，正好是富豪小兒子所在的方向。

所以他們認為富豪的小兒子是下一個目標，過來保護小兒子。

但是，剛才忽然出現的易心讓他覺得這個過程中的某個環節出現了問題。

黑眼鏡安靜了一下，在心裡提出了第一個問題——

「我們對於事情的判斷，是錯的嗎？」

剛提完這個問題，一隻蟑螂忽然從天花板上掉了下來，正好掉在他面前的棺材銅角上。

黑眼鏡愣了一下，他立即發現那不是一隻蟑螂，而是一隻螳螂。

而且是一隻蘭花螳螂，非常漂亮。

錯了。

自己的判斷錯了。

易心的奧妙來自梅花易，它的本質是你相信這個世界在向你詮釋一切資訊，毫無保留，但你必須有堅信不疑和能觀察到提示的心。

他看了看四周，忽然意識到，四周爬滿的都不是蟑螂，而是這種蘭花螳螂。

黑眼鏡覺得空氣冷了幾分，他接著問了下一個問題——
「對這件事情的嚴重程度，我是否預估得不夠？這件事情到底有多嚴重？」
問完這個問題的瞬間，棺材上的所有香菸都倒了。
倒下的香菸，滾到了牆壁的踢腳線處。
他愣了一下。
也許這是一個提示，或者說，剛才棺材細微震動了一下。

銅角棺所謂的銅角，其實是用銅把棺材的八個角全部包裹住。有傳言說把棺材的木頭漆成金色，可以顯八方富貴，但其實所謂的銅角金棺中的「金」，指的是金絲楠木。

銅片有很強的可鍛造性，古代的工匠會把棺材蓋的四個角做出各種造型來。這個銅角棺材的四個銅角中，正對著黑眼鏡的那兩個，陰刻的花紋是兩個伎樂神。如果他猜得沒錯，對面的兩個應該是文武門神。

裡面的屍體肯定動了一下，這是毋庸置疑的。古法中，在墓室裡，四周的香或煙氣幾乎都是直直上飄的，但只要棺材有一絲抖動，煙就會立即感應到而變了方向。

會有徒弟專門坐在棺材前觀煙，那徒弟年紀要小，心思要穩，戴著口套，紋絲不動。這輩子不學別的，僅觀煙一法，已經夠在九門吃飯。

那時候齊家的香都是特製的，插香的時候，必須完全筆直地插入地。這是特別難練的功夫，因為這樣香燒下去，香灰不會自然脫落，而是留在香燒完的那一段。

整段香燒完，還是一根完整的香灰立在那裡。但這種狀態非常脆弱，只要棺材一動，香灰立即就會落地。看香灰，就能知道棺材裡的東西是什麼種類的邪祟。

當然到了老九門那一代，齊家早就不再下墓，但是這些手藝流傳了下來，說明齊家早年間的各種術數還是為下墓準備的。這個家族在膽小如斯之前，也應該有過草莽的時候。

可惜這種細緻的事情，他是一點都沒學，只能把香菸擺在棺材上。現在這棺材一動，他抬手就按到了棺材蓋子上，立即感覺到了棺材裡細微的動靜。

那動靜不大，黑眼鏡的第一個感覺是裡面有一條魚，或者是某種大概有成年人手臂粗的東西在撲騰。

屍變是屍體整個發生變化，所以要動，一定是多個點同時動，這是人運動模式的基礎。在這種運動模式下，就算你有意輕手輕腳，產生的力量也非常大。

這棺材的震動並沒有那麼大，但也沒有那麼細微，棺內確實是如人手臂粗的活物在動的感覺。剛釣上來的手掌寬的鯽魚，一開始的撲騰，就是這種力度。

黑眼鏡摸了摸棺材的邊緣，所有的部分都死死地釘在蓋子上，明顯是老棺材釘，很多都爛在木頭裡面了。這種棺材裡的屍體要麼已經屍變了，要麼就全乾了，怎麼會有小型的活物在裡面？

他想了想剛才的易心，易心已經過了，心中一片空白，他知道機會剛才已經過去了。

天花板上不停地有蘭花螳螂落下來，這種大螳螂似乎已經適應了黑眼鏡的到來，開始放肆地漫天飛舞，就像櫻花飄落一樣。

這個場景實在太詭異了，黑眼鏡嘗試撥打解雨臣的電話，他知道沒有信號，但希望有渺茫的機會可以打通，他需要一點分析支援。

現在這裡發生的事情，顯然非常複雜，可能當下難以直接下任何定論。而他全部的注意力必須放在當下，沒有辦法再去思考更深層的前因後果了。這讓他非常不爽，因為他現下覺得自己只是一個打手。

電話果然沒有打通。他抬頭，看到整個天花板上全是蘭花螳螂，而此時他才看清楚，棺材的正上方，是蘭花螳螂聚集得最多的地方。

那些螳螂幾乎盤成了一個巨大的球。

天花板上有東西，黑眼鏡心說。他看了看棺材，說了一句：「得罪了，兄弟，我知道你肯定很厲害，但——這裡有點高。」

他一腳踩上棺材當作臺階，直接往上一躍，單手抓住上方的房梁，然後扭動腰部發力，翻了上去。

一落到房梁上，無數的蘭花螳螂被驚擾，直接散開，露出了牠們包裹的東西——那是一具俄羅斯人的屍體。他就跪在棺材正上方的房梁上，已經高度腐爛，身上全是啃食他的螳螂。

「我——」黑眼鏡笑了，想說句髒話但忍住了，他們來晚了？這是不是尤里？

他低頭往下看，隨即就發現從這個角度看，棺材和四周的東正教瓷像，擺成了一個奇怪的圖形。

再看這具屍體，他在飛機上看過尤里的資料，知道一些他的資訊。他湊近看屍體胸口的紋身，直接就確定了，這正是尤里。

尤里和下面圖形的位置對應得太精確了，黑眼鏡立即就明白了——這是一個儀式。

如果是有人設了風水局害尤里，尤里又請了人來保護自己，那他在看到這個房間裡的奇怪東西時，一定會在其凶性激發前就將其處理掉，或者乾脆自己搬走。

但尤里卻以一個跪拜的姿勢，死在了這個東西正上方的橫梁上。

而房梁上方的空間裡，到處都掛著一團一團黑色的東西，正散發出奇怪的味道。

這很明顯是一個獻祭的狀態，尤里是主持獻祭的人，現在卻死了。是獻祭時出了意外，還是他也是祭品的一種？

這到底是怎麼回事？

黑眼鏡繼續低頭看下面的棺材，這裡面又是什麼東西呢？如果是獻祭的話，那祭拜的肯定就是這個棺材裡的東西。

但這是一個中國明朝的棺材。

所以，這到底是一個什麼局？

第十九章 爬行

解雨臣手插口袋站在漁夫雕像前，看著後面的門。門開著，黑眼鏡肯定進去了，但現在完全失聯了。出來的時候，別里亞克勸他千萬不要跟過來，但他還是來了。雖然他相信黑眼鏡不會有太大的問題，但他很擔心這個人破壞現場。遇到危險的時候，黑眼鏡會解決危險，同時，現場也會一片狼藉。如果現場有名貴的東西，賠款也是很驚人的。

他的手電筒是找傭人拿的，並不是探險用的手電筒。如今他們探險都開始帶那種有巨大流明的小太陽，打開可以照亮整個山頭。底下人都說是鬼見愁，感覺對著黑眼鏡一照，就可以把他的眼睛照炸裂。

此刻，他手裡的手電筒只能照亮兩、三公尺的距離。

他從門縫裡走進去，立即就聞到一股特殊的氣味，他適應了一下，這氣味不是普通的霉味。

佛堂裡有很多佛像，他目光淩厲地掃過這些東西，發現這裡有兩條路，他沒有猶豫，往右邊走去。

這個地方如此複雜，所有的房間應該都是相通的。

接著他就看到了那些東正教的瓷像，被放在拐角的位置，他蹲下來，仔細打量。

毫無疑問，這是路標。

路標大機率具有指導意義，黑眼鏡因為性格的原因，對於任何的既定規則，他是不害怕而且希望正面瞭解的。比如說看到路標，他就會順著走下去，不太去管這會不會是陷阱。

所以，順著路標應該能找到他。

他看了看手機，到了這裡，信號已經非常微弱了，往裡走信號大概會消失。

他順著路標往裡走，一路上菸味越來越重。其實跟著菸味走就行了。

奇怪的是，有菸味的地方，空氣中奇怪的臭味就沒了；而沒有菸味的地方，那種臭味又會出現。

一開始解雨臣以為是菸味能夠掩蓋那種臭味，但後來發現不是。

並不是掩蓋，就是沒有。

能夠敏銳察覺細小的異樣，是他從小的生活環境造就的能力，比如他可以通過窗簾的褶皺，就知道有沒有人在今天拉動過窗簾；和別人吃飯聊天的時候，會注意別人的指甲。

解雨臣知道，這些細節裡全是祕密，而且都不是什麼小祕密。

他帶著疑問繼續往前走了一段距離，忽然聽到了人的喘氣聲，從邊上的一個房間裡傳出來。

他看了看四周，將手電筒放到地上，然後側身閃到一邊，緩緩地撥開那道門。這門顯然很久沒有開啟過了，就算這麼慢地拉動，也發出了木頭摩擦的聲音。手電筒光在地面朝裡射入，從裡面看，是有人站在門口開門，但其實解雨臣是站在側邊的，如果有埋伏，對方會先攻擊手電筒的位置。

門被拉開了，裡面的喘息聲更加明顯，且聲音很綿長。解雨臣聽了一會兒，看了看一邊，另外一邊有一個庭院。解雨臣來到房簷下，輕輕一躍，用攀岩的辦法，利用柱子、橫梁，直接翻上了房頂。

從房頂上看整個建築物，連綿起伏，規模巨大，中間不乏參天大樹從各種庭院裡拔起，他聞了聞味道，這裡的臭味反而更加濃重。

他來到剛才傳出喘息聲的房間屋頂，估計著那喘息聲傳來的位置，爬了過去，並小心翼翼地撥開一塊瓦片。

手電筒還在剛才的位置，但它的光線很暗，根本無法照亮整個房間，所以解雨臣只看到一個一個模糊的影子。

整個房間裡放滿了水缸，這是他沒有想到的。

他不知道日本有什麼習俗，會在房間裡放滿水缸。

而且他看到水缸之間，有一個人在爬。

這個人爬的動作非常奇怪，似乎是被什麼重物壓在了身上，努力想要站起來卻站不起來，只能在地上爬行。

就在他看的工夫，那人竟然打開了一個水缸的蓋子，像動物一樣爬了進去，然後非常緩慢地把那個水缸的蓋子蓋好，完全沒有理會門口的手電筒，甚至沒有一絲反應。

之後那個水缸紋絲不動，他等了一會兒，那人似乎完全沒有要出來的意思。

解雨臣覺得哪裡不對，他閉上眼睛，仔細思考剛才那人在昏暗的環境裡的動作。

他是在摸索。

他看不見，那個人進入水缸的動作，看起來完全是一個盲人的狀態。

解雨臣無法得出什麼結論，只是覺得心中有一絲不祥的預感。

這個狀態，他以前似乎見過或者聽過。

他睜開眼睛坐起來，忽然看到自己面前，不知道什麼時候蹲了一個東西。

那東西像剛才在下面爬行的人一樣趴著，就在距離他一臂之內的地方。天上只有星光，四周非常黑，這個距離只能看到一個輪廓，那東西的姿態就像是一隻動物。

他渾身的肌肉瞬間緊繃，直接翻身出去，離開了三、四公尺，然後翻出手機盲開手電筒。

用鍵盤機的時候他可以盲打文字，到了這個時代，技能就只剩下這個了。

手電筒的光照過去，剛照到那東西臉上，他就發現那是鄭景銀，但看狀態，又似乎不是。

第二十章　中邪

說時遲那時快，解雨臣看清對方臉部的工夫，鄭景銀已經快速爬了過來，動作讓人毛骨悚然，就好像他沒有關節一樣：肘部以下的小臂和手他是不用的，直接用大臂支撐，兩隻手像緞帶一樣亂飛。

這肯定是中邪了。

解雨臣冷冷地看著，在鄭景銀馬上就要撲到他身上的時候，一個側翻躲過，並利用翻出去的動勢，單手撐地，整個人旋轉，膝蓋翻回來，全力頂在了鄭景銀的肋骨上。

那種力道，真正打過架的人是知道的，鄭景銀直接被他從房頂上頂得飛了出去。

解雨臣利用反作用力，把膝蓋收了回來，落穩的瞬間整個人力量爆發又衝了過去，同時扯掉了襯衫領口的鈕扣。

鄭景銀落到了一邊的庭院裡，然後馬上翻了起來，動作就像一隻動物一樣順暢。

解雨臣緊跟著落了下來，鄭景銀轉身想再次撲上去，解雨臣直接彈出鈕扣；鄭景銀的眉角被打中，條件反射地閉了眼。就是那一秒鐘的停頓，解雨臣單手撐地翻過去，貼到了鄭景銀身邊，他將左手手指彎曲，用中指做了一個指刺，一下打在了鄭景銀的太陽穴上。

鄭景銀的腦袋被打歪，撞到一邊的日式庭院燈上，人沒了聲音。

對於解雨臣來說，中邪這件事情不能細想，細想就覺得很可笑。如果你中邪是因為有什麼力量控制了你的大腦，那他三秒鐘就可以打得你大腦直接「停機」。

人平時的強弱受制於心理因素，本質上是權衡過利弊的。人中邪之後，不再擔心自己安危地去進攻，其實是非常危險的，因為你的力氣並不會真正改變多少。

你的神經、韌帶、肌肉的反應速度都是不變的量，這就導致了如果你本身能力不行，中邪之後，你的能力還是不行。

他甩了甩手，太久沒有動手了，這種方式有點損傷關節。他沒有下死手，否則這種衝拳如果打在脊柱上，鄭景銀已經變成「鄭景鬼」了。

解雨臣用手機照鄭景銀的關節，關節都脫臼了。這種應力性脫臼很麻煩，不能直接接上，否則會有後遺症，這人醒了肯定會腦震盪加手疼。他又翻了翻鄭景銀的眼白，現在看，這只是一個昏迷了的病人。

解雨臣看了看一邊的屋子，沒有任何動靜，於是把鄭景銀拖到一旁的走道裡，讓他躺在走道的中間，然後小心翼翼地回到門口，拿起手電筒，關掉了手機的手電筒。

解雨臣在門口猶豫了片刻。

如果黑眼鏡也中邪了，就沒那麼好對付了。那傢伙要是把平時受本能壓抑的活動能力全部釋放出來，大概會相當於一隻成年的銀背黑猩猩。

且不說鄭景銀經歷了什麼，又是什麼導致了他中邪，單是目前這種局面，如果自己再中邪，麻煩就大了。他想了想，把門緩緩地關上。

他很想進去一探究竟，但不可以，他必須是最可靠的那個。

他剛想繼續往前，一轉頭，就看到鄭景銀又坐了起來，背對著他，一動不動。可能鄭景銀當過兵，身體水準比較好，所以腦子很快就恢復過來了。解雨臣想了想，這下該怎麼辦，如果還打原來的地方，可能就把他打死了。那就只能打三叉神經了。

鄭景銀猛地翻過來，並朝解雨臣狂衝而來。解雨臣瞇起眼睛，他發現鄭景銀這一次更不對勁了，而且從他那個方向散發出濃烈的臭味，比之前聞到的要濃烈很多。

就在鄭景銀衝到一半距離的時候，黑眼鏡從邊上的房間裡直接撞破木門衝了出來，一把揪住了鄭景銀的頭髮，將他拽倒在地。

鄭景銀發瘋一樣地想拽出自己的頭髮，結果又被黑眼鏡一把抓住。黑眼鏡的力氣非常大，鄭景銀根本無法動彈，只能不停地甩手，畫面非常好笑。

黑眼鏡就這麼死死地卡住鄭景銀，對解雨臣笑：「趕緊跟我來，這事太蹊蹺了。」

鄭景銀發瘋一樣地蹬腿甩頭，但完全無用。

解雨臣看了看門，門被撞得稀碎，剛才門上是不是有一些包漿的浮雕來著？

「你有什麼發現？」解雨臣問道。

「尤里似乎在祭祀和召喚一個邪教的神，這方面你比較在行，你需要去看一個東西，我不知道那是什麼。」

「怎麼個奇怪法？」

「你去看看他祭祀的是個什麼東西就知道了。」

第二十一章　獻祭

鄭景銀被黑眼鏡直接拖到了滿是蘭花螳螂的房間。奇怪的是，越靠近那個房間，鄭景銀渾身抖得就越厲害，似乎正在靠近什麼讓他極度恐懼的東西。等到了那個房間裡，鄭景銀已整個人蜷縮成一團，不停地打擺子。

黑眼鏡把他往地上一放，他就縮了起來，連動都動不了了。

「老鼠看到貓也是這樣的狀態，他在怕什麼呢？」黑眼鏡說著，兩個人都把目光投向了房間深處的那個銅角古棺。

解雨臣撥開滿天飛的蘭花螳螂，來到棺材面前，然後翻上橫梁，去看那具屍體。

黑眼鏡說得沒錯，這是一個祭祀的場面。

「棺材裡有東西，是個活物。」黑眼鏡提醒他。

解雨臣看著那屍體，屍體的嘴巴張著，螳螂不停地爬進爬出，有恃無恐。

「衣服裡所有的東西都查過了，只有一把鑰匙。」黑眼鏡在下面舉著鑰匙。「應該是他貼身收藏的鑰匙，這裡那麼多房間，可有得找了。」

解雨臣看著屍體的鎖骨，那裡有一個紋身，他仔細去看那紋身，又看了看屍體脖子上的致命傷口，應該是一把冰錐，直接刺入喉嚨，又從後面的腦幹刺了出去。

從刺入的角度看，大機率是自殺——這是一次自我獻祭，而且獻祭的不僅僅是自己，解雨臣看了眼四周掛著的紙條，上面寫著俄文的名字。

其中一段字母，他很熟悉，是這個家族的姓氏。

而他的紋身，是他自己的名字。

他獻祭了自己的整個家族。

「齊秋並不是在提示我們下一個受害者在東方，而是在提示我們，凶手在東方。對家族不利的，就是尤里。」解雨臣把屍體從房梁上推了下來。「接一下。」

黑眼鏡單手接住屍體，無數的蘭花螳螂炸了鍋一樣地亂飛，解雨臣跳了下去，身上停了幾十隻，他也懶得撣掉了。

黑眼鏡把屍體放到地上，兩個人面面相覷：「怎麼和老太太解釋？」

「說實話啊。」

「她能相信嗎？而且尤里獻祭全家的動機是什麼？這裡還有明朝的棺材，他信的是什麼邪教？」

解雨臣皺著眉頭，確實需要找到動機。而且，如果是這樣，那個別里亞克顯然是在騙自己。

尤里已經死了很久了，怎麼還會讓他來保護自己？再看這些東正教的瓷像，還有這個祭祀的邪教法壇，搞不好就是他設置的。

那他保護的又是什麼呢？

解雨臣看著棺材，黑眼鏡就問：「打開嗎？」

「一般這種犧牲整個家族的祭祀，都是為了召喚邪教的神降臨，邪神會通過各式各樣的方式降生，過程有點像孕育。」解雨臣說道：「老太太還活著呢，這個家族沒有死絕，犧牲並不充分，這棺材裡的東西還沒有成形。」

「祭祀的主角已經死了，只要有員警發現，這種祭壇很容易就會被破壞掉吧。」黑眼鏡來到棺材邊上。「打開，把東西掏出來烤了。」

「所以需要那個別里亞克來保護這個祭壇。」解雨臣看了看門外。「事情沒那麼簡單，先別動這個棺材，這個宅子裡很快就會發生怪事。」

「什麼怪事？」

「嘖，可能和那三個規則有關。」解雨臣說道。

第二十二章　腥臭邪神

兩個人站在古棺之前，誰都沒有動。

解雨臣只是在想，任何邪教教徒在自我犧牲之前，都會對自己的法壇進行保護。鄭景銀應該是在靠近法壇的區域內中招的，這就是保護的結果。有什麼力量在阻止旁人靠近這個房間，但黑眼鏡和他卻沒事。

為什麼呢？他們對這種力量免疫嗎？

黑眼鏡也許有免疫的可能性，畢竟他也不是很正常，但解雨臣應該和普通人是一樣的。

他們就在古棺前，隨時可以毀掉這口棺材。在這種情況下，有任何怪異的現象，應該都已經發生了，但這個房間裡一點動靜都沒有。

別里亞克和他說的三個規則，是一種什麼意味的提示？

要不要打開棺材呢？

解雨臣陷入了自己特有的猶豫之中，黑眼鏡也紋絲不動，兩個人內心的想法應該是一致的：目前看來，他們能靠近這裡，一定是這個地方的力量默許的。

那麼打開棺材，也應該是這個力量默許的。他們打開這個棺材，說不定是整個儀式的一部分。

所以，就不打開。

解雨臣打開手電筒去看四周，黑眼鏡則死死地盯著那棺材。

他們兩個觀察事物的方式不一樣，黑眼鏡能看到太多解雨臣看不到的東西，但解雨臣也能看到黑眼鏡看不到的。

解雨臣很快注意到，在這個房間的牆壁上，刻了一個巨大的俄文單詞。

這個刻痕太大了，應該是人用刀狂亂地劃出來的。在不用手電筒的情況下，黑眼鏡看到的應該只是牆壁上的破損。但打起手電筒，加上整體調用審美視覺，就會發現這是一個巨大的單詞。

他掏出手機，查了一下這個俄文單詞，是「腥臭」的意思。

而在這面牆壁下方，堆滿了腐爛的魚，這些魚顯然用特殊的藥水醃製過，這就是他一路聞到的那種奇怪的味道。

「這個邪神有些特別。」解雨臣說。

黑眼鏡沒有離開那個棺材，這是他特別良好的習慣，他不會離威脅太遠，只是問：「怎麼說？」

「你所在的地方是法壇，這裡是供奉地，典型的邪教擺法。這些是祭品，祭品堆積的地方要有邪神的形象，如果沒有，就用名字代替。這個邪神的名字，叫作腥臭。」

「寫俄文，邪神看得懂嗎？」

解雨臣又注意到了牆壁上的釘子：「本來這裡掛著別的靈牌，被人拿走了。」他心中隱約有了一種直覺，放下手電筒，對黑眼鏡說道：「我要去尤里的生活區。」

「好。」

黑眼鏡轉身，扛起鄭景銀，兩個人頭也不回地走出了這個房間。

解雨臣從來不需要和他多解釋什麼，其實此時還有一個選擇，就是離開這個區域，明天讓警方來處理。但說實話，他不知道他們往外走的時候會不會遇到什麼怪事。

如果離開會遇到怪事，那麼深入也許同樣會遇到，他們的處境是一樣的。如果離開不會遇到怪事，那什麼時候離開都一樣。來都來了，他要去文字資料最多的地方看看，否則明天人一多，很可能他們這些以遊客身分進來的人就什麼都接觸不到了。

「所有有缸的房間，都要小心，缸裡有爬行的東西，不知道是什麼。」

「可能是之前尤里用來做實驗的人？」

「那些缸是日本古人入殮的棺材，所以搞不明白。」解雨臣說道。

兩個人順著東正教的瓷像繼續往裡走，走廊兩邊都是房間，偶爾會出現庭院，走過庭院又會進入到房間的區域。大概走了十分鐘，前面出現了燈光——他們面前的這個區域，所有房間的燈都是亮著的。

再往裡走，就能感覺到空調系統開著，他們一間一間打開房門，裡面是各種活動間、倉庫、食品儲備間等。

這裡的臭味非常濃烈。他們沿著走廊來到最裡面，看到這裡的東正教瓷像變了，換成了一個一人多高的聖母像。

他們終於來到了走廊的盡頭。

推開盡頭的門，一股更加濃烈的臭味撲鼻而來，裡面燈火通明。這是一個巨大的和式房間，但家具卻完全用歐式的。

房間裡全部都是書架，上面是一堆一堆的書。而在整個房間的最中間，有一張很大的長條形餐桌，上面有一條巨大的說不出名字的海魚，有點像鬼頭刀，非常醜陋，大概四公尺長。

這種海魚不少見，顯然也是被特殊的藥物醃製過，散發著惡臭。但這種惡臭卻不是單純的魚腥臭味。

黑眼鏡進去，打開了冰箱，裡面也全都是魚。他難得地把臉偏了一下，裡面濃烈的味道顯然給了他迎面一擊。

他從魚堆裡面找出了幾瓶酒，又從玻璃櫃子裡拿出玻璃杯，倒出一點，聞了聞，直接倒掉了。

解雨臣觀察牆壁，發現上面被人用毛筆寫了很多「腥臭」，都是漢字。

有很多散掉的中文書頁，被用圖釘釘在牆壁上，都是古書的書頁。還有很多手抄本，上面都有俄文的註釋。

他非常耐心地一頁一頁看過去。

黑眼鏡又來到那條大魚面前，他發現大魚的內臟都被去掉了。剛才那個房間的房梁上掛著的，難道都是魚的內臟？他覺得哪裡不對，就用酒瓶當扳手，把大魚剖開的肚子撥開。

裡面露出來一隻人手，黑眼鏡把裡面的人拽了出來，是一個渾身赤裸的年輕人，已經死了，但看上去死了沒多久。

那年輕人的嘴巴裡塞著東西，黑眼鏡掏出來一看，發現是解雨臣在東京媒體上發的那則威脅廣告的複印紙。

「那個施法想讓我們飛機出問題的人找到了。」黑眼鏡說道：「他死了不到十個小時，可能是看到了你的威脅，不敢再施法，然後被做掉了。」

「尤里死了很久了，他才死了十個小時，這個宅子裡還有活著的殺手。」解雨臣邊看邊說：「現在還沒攻擊我們，應該是覺得我們死定了，不急於下殺手。」

說完，他忽然笑了，他覺得很有意思，這些古籍上記載的東西，讓他少有的覺得有趣。

「你知道嗎？尤里信奉的那個邪神，十分特殊。那個神是新石器時代出現的地方神，祂沒有本體形象，而是一種劇烈腥臭的味道。」

第二十三章　黑暗古神

解雨臣一頁一頁地略讀。

這個腥臭邪神出現的地方，會發生幾種現象，首先是魚類大量死亡。人在湖邊聞到臭味，卻聞不到魚腥味，則說明邪神就在水面上徘徊，只是人看不見祂。

這是因為腥臭味是這個邪神的食物，祂以各種腥臭為食，所有的味道都會被其變成另外一種臭味，這種臭味不可描述，但聞到的人終生難忘。

這估計就是現在空氣中瀰漫的氣味了。

這個邪神之所以被稱呼為腥臭，也是因為區域裡得有腥臭的味道，這個邪神才會出現。古人如果發現空氣中的腥臭味消失了，就會祭祀膜拜，使用大型魚類的屍體或者人的屍體腐爛的臭味，去取悅邪神。

這是一種感謝，因為腥臭的消失，某種程度上代表腐爛過程進入了最後階段，古人由此認為這種邪神在淨化這些屍體上的病毒，從而使得瘟疫不再產生。

但如果邪神得不到很好的祭祀，祂就會發怒，發怒的表現就是有濃烈的腥臭味從空氣中平空產生。

這種腥臭味會讓人直接死亡。

解雨臣皺眉，如果這真是對方的能力的話，的確不好應付。

別里亞克說的第二個規則，必須把屍體葬在這個房子的範圍裡，是因為這些屍體會被定期當作祭品，維持腥臭邪神的穩定嗎？

解雨臣相信一個區域會有特殊的力量，這種力量會產生很多邪惡的結果，但大部分時候這種力量只是力量，並不會人格化。比如說風水的凶性，它只是一種現象，但如果在某種特殊情況下，就會顯得像是有至高的意志在起作用。

這大多是一種巧合，但當人類無法理解這種凶性的時候，巧合就會非常不像巧合。

這裡更有趣的是，這個腥臭邪神本身並不是所獻祭的主神，而是另一個原始古神——黑暗古神的侍神。

腥臭邪神是黑暗古神在人間收容氣味的侍神，祭祀腥臭邪神，其實是為了召喚其背後的黑暗古神，她會在漆黑的環境中從封閉的空間裡降生。

要用其他異神對其進行褻瀆，才會讓黑暗古神帶著憤怒出現，從而達成獻祭者的願望。

而最讓解雨臣在意的是，古籍中寫明了，獻祭大部分時候是無效的。在很長一段時間裡，黑暗古神這種力量似乎在人間消失了，所以古書上認為，這一切在當年是有效的。但似乎有一種力量，把當年最原始的、在石器時代流傳於世界各地幾千年上萬年的力量，一次性消滅了。

當然這些都是邪教書籍，解雨臣只當是看個故事，他對事情有自己的理解。目前看來，當年一些很原始的東西似乎又重新出現了。

他用手機快速拍攝照片存檔，然後把房間也拍了一下。

一轉頭，就看到黑眼鏡坐在沙發上，像看電影一樣看著那條魚。

他也走過去坐了下來，兩個人就這麼看著前面。而魚所在的餐桌的另一邊，主位上不知道什麼時候坐了一個人，也在看著他們。

這是一個臉色慘白的中年人，穿著一身傭人的白色衣服，非常瘦，是一個典型的日本人。

「有什麼發現？」

他端坐在主位上，雙方中間隔著那條醜陋的大魚。

解雨臣是非常警覺的，如果有人進入這個空間，他會第一時間察覺，更不用說黑眼鏡了，但顯然這個人就這麼突然出現了。

要麼他走路的動靜非常輕微，要麼他本來就躲在這裡。

解雨臣看著他的時候，日本中年人做了一個「不要說話」的動作，然後又做了一個非常隱晦的手勢。

一開始的時候，解雨臣不明白是什麼意思，但是那個人接下來非常緩慢地趴到了地上，然後朝他們緩緩地爬了過來。

他爬得非常慢，解雨臣隔了十秒才意識到對方是真的要爬過來，而且是用趴在地上的那種爬法，像蠕蟲一樣。

這場面實在太詭異了，那人爬的時候，發出一種很低頻的喘息聲，解雨臣開始思索該怎麼辦。

他轉頭看了一眼黑眼鏡，這種情況下，黑眼鏡的點子比較準，他看到黑眼鏡忽然笑了，說：「你等下會很痛苦。」

「你先處理眼前的情況，不用做這種沒意義的預判。」

黑眼鏡笑著看了他一眼，忽然自己也趴到了地上，用和對方一樣的動作，開始爬行。

黑眼鏡體力非常好，所以他爬起來就更詭異了，猶如貼地的黑色壁虎，快速朝前面的中年人靠近。

大抵是太嚇人了，對面的中年人一下就停了下來，黑眼鏡瞬間爬到他的面前，和他對峙了起來。

還有這種操作？

解雨臣皺起眉頭，如果是中邪，黑眼鏡顯然把對方身上的邪祟給嚇到了。

他看到黑眼鏡把一隻手往回伸，給他做了一個「你也來」的手勢。

解雨臣看著黑眼鏡的手勢，就明白為什麼他剛才說自己會很痛苦了。

他猶豫了一下，嘆了口氣，也趴了下來，用同樣詭異的動作爬到了黑眼鏡的邊上。

這種動作用來攀岩是很愉快的，但趴在地上爬就感覺很童真了。

他看向面前的中年人，中年人目光冷峻地看著他們，竟然對他們做了一個「跟我來」的動作。

他的表情看上去很冷靜，而且很清醒，不像是中邪了。

那在地上爬行，就是他自己的選擇了，他為什麼要這樣移動？

此時解雨臣發現，趴在地上，臭味非常單薄，似乎貼著地面的這一層空氣，是沒有什麼味道的。

中年人開始往房間外爬去，解雨臣猶豫了一下，這個房間他還沒有探索完。但中年人非常嚴肅地看向他們，並對他們搖頭，做了一個「不要站起來」的動作。

解雨臣想了想，決定先跟過去，因為這個人的表情看上去很真誠，並且沒有一絲動搖。

由那個白面中年人領爬，兩個人跟著，三個人爬出了房間，開始在這片生活區的走廊裡爬行。那場面詭異得不似人間會發生的事情。

第二十四章　地下室

這種情況下，實在是無法帶上鄭景銀了。那中年人示意沒事，解雨臣猶豫了一下，沒有去管。

一路爬行，只要解雨臣產生什麼疑問停下來，前面帶路的中年人就會用很嚴肅的表情，讓他們立即跟上。解雨臣很明確知道，這個人和他們的語言是不通的，所以只能用手勢交流，而且他的表情不容置疑，這種不容置疑是經驗造就的。

順著走廊爬出了亮燈的生活區，他們又進入一片漆黑的區域，這基本上是回頭路。很快，他們就爬回了他和黑眼鏡會合的地方，中年人爬進了那個滿是缸的房間，在缸之間爬行。

然後他指了指其中一個缸，指了指自己，又指了指邊上的缸，並指了指黑眼鏡，讓他爬進去，接著指了指解雨臣，讓他爬進第三個缸裡。

這是讓三個人分別爬進三個缸裡。

示意完之後，他毫不猶豫地爬進了自己的缸裡。

黑眼鏡和解雨臣互相看了看，解雨臣搖頭，看了看中年人爬進去的缸，黑眼鏡點頭。

搖頭代表解雨臣不會聽中年人的，眼神是指，他要進中年人那個缸，黑眼鏡點頭則表示同意。

兩個人快速爬進了中年人的缸裡，並把蓋子蓋好。

進去後他們就發現，缸的底部是空的，裡面有一座樓梯，一直通往房子的下面。

進去的瞬間，如果不是拽住了樓梯，他們就會直接從缸底摔下去。下面是一個很深的空洞，似乎是地下室。

日本的房子都是架空的，所以這個空洞其實是一個連通缸底部的煙囪，連接著地下室和缸體。

兩個人順著樓梯快速滑下去，看到中年人已經點燃了蠟燭。他倆從同一個洞下來，顯然把中年人嚇了一跳。解雨臣抬頭，看到上面的通道口有很多，應該是多個缸的底部，都是連通到這個空間的。

下面是一個狹長的地下室，靠著牆壁擺滿了用白布遮住的東西，有點常識的人一眼就能明白，這些都是大大小小的畫框。

這個地下室大概有三百平方公尺，非常簡陋，只有簡單的木頭牆壁，上面靠著一層一層的畫。

在地下室的中間，有一張床和一個寫字臺，還有一些生活用品堆在邊上，似乎這個中年人就是生活在這裡的。

三個人面面相覷，解雨臣不會先開口說話，因為這哥們一直沒有開口，所以他考慮，開口是不是會有什麼危險。

又等了一會兒，對方終於說話了，說的是非常蹩腳的英語，但解雨臣鬆了一口氣，對方就算說得再蹩腳，配合手勢也能進行非常清晰的溝通了。

以下是對方表達的最終意思，都是利用手勢和簡單單詞進行的溝通。

對方的第一句話就是：「你們出不去了，要想辦法在這裡活下來。」

解雨臣問他道：「你是誰？」

對方道：「我的食物不多了，你們來了，我們會死得更快。我會告訴你們是怎麼回事，但你們聽完之後必須要走，我不和別人合作。」

黑眼鏡在一邊看著那些畫，想動手，那人立即道：「不要看那些畫，那些都是這裡主人的畫，看了你會作惡夢的，我好不容易忘記，你不要看。」

但黑眼鏡已經把一幅畫的遮蓋布掀開了，因為照明的只有一支蠟燭，所以看不清楚畫面，只能隱約看出是一幅這個宅子裡的靜物畫。

那畫，非常不正常。

第二十五章 油畫

那是一幅油畫，整體色調為暗紅色。

在畫的主體位置上，是水果和花瓶擺放出來的傳統靜物的構圖。但水果是腐爛的，花是枯萎的，後面的背景完全扭曲，好像喝醉後看到的場景。

而在這些物品上，包括水果和桌子上，都畫滿了一種奇怪的黑點。

因為油畫材質特殊，其實能看明白，他畫的不是一個一個的點，而是一個一個的洞。

這不是在畫上簡單塗上圓點，而是非常認真地在所有的器物上畫上了洞。那些洞非常密集，有密集恐懼症的人肯定看不了。在這個光線下看，有點像藤壺。

而在這些洞裡，畫著很多螳螂的頭，似乎是躲在洞裡。雖然不是蘭花螳螂，但絕對是一種怪異的螳螂。

透過後面扭曲的背景，能看出是一個深邃的房間，裡面是一個人站著的影子，上面也全部都是洞。

這幅畫很難形容，用文字最多只能描述到這種程度，但如果親眼見到了，你就會知道，這幅畫帶來的壓迫感是非常驚人的。

「這幅畫本來不是這樣的，他剛搬進來的時候，畫畫都很正常，之後他就開始修改這些畫，他說想畫出那種味道來。」那個中年日本人說：「他一搬進這個房子裡，就開始聞到奇怪的味道，他想畫出來。」

「這些細節都是在表現那種味道在他心裡的感覺？」

「對。」

黑眼鏡快速掀開了邊上的那幅畫，那一幅畫雖然小，但是更誇張。整幅畫畫的就是一個螳螂的巨大卵鞘，卵鞘皮處理成半透明的效果，裡面是一條抽象的鐵線蟲。

「鐵線蟲」上全是小洞。而且卵鞘是黏在什麼腐爛的東西上的，似乎是一張狗皮。

整幅畫的構圖很誇張、很有衝擊力。這幅畫有點藝術價值，只是不知道該掛在哪條線上。

「你是誰？」解雨臣沒有讓自己繼續被這些畫吸引，他開口把中年人拉回到現實，他必須回答這個問題。

「我是這裡的傭人，但不僅僅是傭人，這宅子以前是我們家的，後來賣給了阿夫多季家族。」中年人看到畫之後明顯開始焦慮，語速很快，說話結巴而且渾身發抖。「這宅子從一開始建造的時候就是我們家的。很久以前，我們的祖先鋸開了一根從中國運來的木料，那是一整棵樹，裡面有一條死掉的狗，不知道怎麼進去的，非常臭。但我們的祖先沒有管，將那木料用在了橫梁上，後來才發現出事了，那味道從此之後就沒有散過。」

解雨臣想起來，第一個規則，是這個宅子裡必須住一個原來家族的人。

「你就是規則裡那個必須住在這裡的人，就算宅子出售了也一樣。」

「你知道這個規則？」

「我知道有三條。」

「那你才剛開始瞭解這個宅子呢。」中年人笑道：「我快速講完，你們就趕緊走吧。我們家族必須有一個人留在這個宅子裡，是因為祂覺得我們很好吃。祂吃味道，我們身上的味道特別，和祂以前吃的味道不一樣，所以即便我們離開了，祂還是會找到我們，然後逼我們回到這個宅子裡來。為了家族裡的其他人能夠正常生活，我們會輪流住在這裡，讓祂安心。祂喜歡濃烈的味道，所以我們死了之後也要埋在這裡，當祂的儲備食物。」

這些解雨臣大概都猜到了。

「家族的人實在無法忍受這樣的生活，很多人根本不能面對要一直生活在這裡的現實，還有人自殺了，所以後來我們決定，找一個外國人來買這個宅子。因為這東西是從中國來的，祂覺得我們的味道很特別，那如果換一個外國房主，也許祂會更加喜歡，從而放過我們。但尤里先生身邊的那個別里亞克一進到宅子裡就直接說宅子有問題。我當時覺得交易可能不會成功了，可沒有想到，尤里先生直接就買下來了。」

中年人說這些的時候，花了非常大的力氣，結結巴巴用了一堆單詞。

「然後，沒有正式搬到這裡之前，他就先住進來開始研究這個宅子了。那個別里亞克很厲害，他們很快就研究出了一點名堂。我們幾代人都沒有搞明白這宅子是怎麼回事，只覺得是有鬼魂在控制我們，但他們研究出來了。尤里先生對這件事情有點著迷。」中年人頓了頓。「這宅子很神奇，在這裡生活的這段時間裡，我猜他看到了自己失去的東西，他想拿回那個東西，於是他開始對規則感興趣。他發現，如果遵守規則，我們家族之外的人在宅子裡是不會有危險的。同時，他也發現了，如果想不遵守規則，也是有機會愚弄這個房子裡的這種力量的。」

「愚弄？」

「對，當你看到了你丟失的東西，你必須裝作不知道，並且要趕緊離開。你聽到的規則是這個吧？但如果不離開，你知道會發生什麼嗎？」

解雨臣搖頭，對方道：「我也不知道，因為我不敢不遵守規則。但尤里先生直接去觸碰了那個他丟失的東西，並且也沒有離開這座宅子，但他沒事。所以我覺得，那個別里亞克教了他我們不知道的事情。他利用那個規則，用了什麼特殊的辦法，找回了他丟失的東西，而且不用受懲罰。」

解雨臣看著那個中年日本人，對方繼續道：「我一直在學俄語，他們不知道我聽得懂。我聽他們說過一次，這房子裡不只三條規則，還有其他規則……」

也就是說，規則會延續。

第三條規則，如果在房子的範圍內看到了自己丟失的東西，要裝作沒有看到，否則——

如果以上行為都失敗了，那麼你可以利用第四條規則，來規避第三條的負面後果。

沒有人違反第三條規則，所以沒有人知道第四條規則是什麼。

但尤里和別里亞克知道，因為他們違反了。

「你為什麼要住在這裡？」解雨臣問。

「味道在橫梁上，所以我們都住在下面。這裡本來是地下室，我們把家裡人的屍體都挖出來放在上面的房間裡，祂就聞不到我們在下面的味道了。所以，在這裡不會出現規則裡的奇怪事情。你知道當規則裡的奇怪事情出現時，壓力有多大嗎？」

黑眼鏡此時沒有在聽這些資訊，他看著第一幅油畫，覺得池塘底部的那些空洞，和這個油畫裡的空洞，是如此相似。

那個池塘的底部所呈現的，也是尤里的作品嗎？還是說，有什麼他不瞭解的邏輯在背後？

第二十六章　古宅祕密

這個中年日本人叫村田，他並不想救眼前的兩個人。他看著解雨臣，覺得面前這個冷靜的男人雖然看著顯瘦，但其實是一塊鐵板。他甚至感覺到對方既不相信他，也不懷疑他，中立得猶如某些宗教裡的生物。

他的確一直生活在這裡，尤里買了宅子之後成了他的主人。但尤里死了之後，不知道為什麼他就開始服從於別里亞克。可能是之前別里亞克和尤里太親密了，尤里的權威就自動轉移過去，或者是因為別里亞克和他說話的時候，那不容置疑的語氣。

他每一次都想反問，但結果是他每一次都照辦了。

自己的性格就是不爭氣啊，他心說。

別里亞克給他的命令，是讓他講清楚這個宅子裡的祕密，知無不言言無不盡。但他知道自己的能力不夠，沒有辦法自圓其說。他很擔心解雨臣會問，為什麼要救他們。

大部分普通人會認為，人類互相營救是一種底層邏輯，所以不會有這個疑問。

但村田知道，並不是這樣。他在這個宅子裡見過太多，人和人之間，並沒有那些底層邏輯。

這個宅子裡棲息著惡魔，他分不清楚到底誰更可怕一些，是這個腥臭的惡魔，還是致力於欺騙惡魔的尤里。

而對於那個戴著墨鏡的人，村田只有一個念頭——他和自己似乎不是一個物種。他甚至不願意去看那個戴墨鏡的人，總覺得那個人身上有著某種奇怪的氣息，一直在審視整個空間裡的所有東西。

村田在心中祈禱，希望他們不要問自己致命的問題，趕緊離開這裡。

解雨臣卻絲毫沒有要走的意思，他只是審視著村田，然後繼續提問，語速穩定得猶如機器：「說說尤里這個人。你知道他死了嗎？」

「他想要欺騙惡魔，一次又一次的。後來他肯定是被反噬了，越來越不正常，他走到這一步我完全不覺得意外。他不願意去見他的母親，他母親的權力很大，停掉了他在日本的工作。他的資金出了問題，找不到人來做實驗，就開始拿自己做實驗。」

「嗯。」解雨臣道：「我看了他的屍體，他是在召喚什麼東西，看樣子是一種邪教的儀式，非常原始。你說你懂一點俄語，你在偷聽他們說話的時候，知不知道這個邪教的最終教義是什麼？」

解雨臣逼問別人的時候，會使用跳話的技巧，就是在開頭說一個假設，然後強行以假設成立為條件開始溝通。

一開始他只說了看樣子是一種邪教，這個語氣其實很不確定，但他提出的問題卻是這個邪教的最終教義是什麼。這樣提問有很多種好處，首先是很容易讓對方直接說出真話。其次，他可以立即知道對方是自發想說這些資訊，還是被自己逼問出來的。

只要看對方回答的語速就知道了。

村田看著解雨臣，他覺得壓力很大，雖然對方沒有對他表現出任何攻擊性，但不知道為什麼，他就是覺得面前的這個人很危險。

他開始冒汗了。「我不知道，我並不能聽懂那麼深奧的詞語。」

「嗯。」解雨臣點頭，這個回答防守得很好，化解了他的目的。但他沒有反駁邪教這個說法，這說明村田內心也是這麼認為的。他繼續問：「邪教，有一些是求利益的，有一些是求解脫的。比如說，波蘭的提心會，在固定的時間以內，教徒如果不按邪教的要求自殺，自身就得不到淨化。邪教裡的典籍會反覆渲染，大災難來臨之後，沒有得到淨化的人就會受苦，所以大災難來之前，教徒們往往需要提前淨化自己。還有一些比較特別的，比如說和惡魔交換力量。」

解雨臣看著村田的眼睛：「交換力量有兩種——詛咒和犧牲。詛咒是用自己和全家的死亡，來交換其他人的死亡或者殘疾。當然，其成效是加倍的。比如說，你用全家獻祭，往往可以讓一個區域裡的所有人都被詛咒傷害，這種大型詛咒在歐洲是很多的。還有一種是犧牲，是通過犧牲其他人的生命，讓自己獲得力量。獻祭自己的家庭和孩子是很多邪教的共同法則，可以讓舉辦儀式的人獲得健康或者超出常人的能力。還有最後一種目的——降臨，就是希望自己教義中的主神重新降臨到這個世界。」

這一段是用英文說的，村田完全懵了。他聽力很好，都聽懂了，但他不明白這是要問什麼，所以他只好假裝沒跟上。

解雨臣看著他，就笑了。

他的笑容非常標準，沒有任何意味，村田什麼資訊都得不到。

解雨臣看了一眼黑眼鏡，他確定村田是有問題的，但他意識到黑眼鏡也開始有些不對勁，這一點讓他更加警覺起來。

「尤里屍體的痕跡，指向哪一種？」他問黑眼鏡。

「他是心甘情願自殺的。」黑眼鏡說道：「他這種性格，如果有一個他認為很重要的人讓他去獻祭自己和家庭，他也會答應的，我見過這樣的人。場地的擺設，我覺得是要古神降臨。」

「所以，用齊秋殺人，是為了在不驚動員警的情況下，獻祭全家。目前來看，應該只是獻祭了男性，而他自己則作為最後一個男性自殺。同時，他做了一個古老的石器時代的祭祀儀式，用來召喚黑暗古神。」黑眼鏡停頓了一下。「人類是功利的，按照習慣，一般他會有一個召喚目的。儘管他已經死了，但黑暗古神會幫他實現這個目的。」

「如果他可以用齊秋殺人，那麼他就不需要獻祭自己去除掉什麼人，所以目的可以排除殺人。對了，典籍裡有沒有說這個黑暗古神是管什麼的神？」黑眼鏡問他。

「主管失去。她降臨的地方，一切所得都會失去。她也是遺失之物的神祇。」

黑眼鏡笑了，沒有再問。

「你看出畫上的關鍵資訊了嗎？」

「畫得真好看，讓人欲罷不能。」黑眼鏡上去把畫布遮了回去。「那你覺得，他玩那麼大，會不會是為了什麼他失去的東西呢？」

「他自己都死了，尋找失去的東西，有什麼意義呢？」

「有時候，一件東西並不只對自己有價值，可能會對兩個人有價值。自己死了，但另外一個人可以拿回那件東西。」黑眼鏡說道。

解雨臣看著黑眼鏡，他覺得不對勁，很不對勁。

第二十七章　最後一個男丁

解雨臣認識的黑眼鏡，是你看著他的時候，無法具象化他的任何思緒。在漫長的時間裡，黑眼鏡似乎已經把自己所有的經歷和經驗都變成了肌肉記憶，變成了本能，所以他做任何事情根本不需要思考。

不是他不願意思考，而是這些事情他早年已經思考過無數次了，如今再遇到的時候，身體自己就動了。

所以他看似完全活在當下，啤酒、沙發、笑話，他都全身心地去享受，那是因為他是條件反射最豐富的智者，他的身體對於複雜事件有著絕對正確的條件反射，讓他可以活在當下而已。

當黑眼鏡恍惚的時候，說明他遇到了漫長生命裡沒有遇到過的抉擇。

這是非常少見的，就算是生死的選擇，他也經歷過無數種類型，有快速的選擇指南。他剛才就是在做選擇，他在選什麼？

黑眼鏡看了他一眼，用左手食指輕拍了兩下自己的墨鏡腿和鏡片連接的位置，這是讓解雨臣不要過度思考，信任自己的動作。

解雨臣皺起眉頭，這對他無效，因為黑眼鏡每次做完這個動作之後的行為，都非常危險。

但他沒有提問，因為他知道沒有用。

他又看了黑眼鏡一眼，眼神中有一種類似於「我盯著你呢！」的威脅感。

黑眼鏡笑了，問村田：「他還有最後一個問題，問完我們就走了。」

村田做了一個「快問」的表情，解雨臣看了看手機，問：「你為什麼要來救我們？」

村田的冷汗瞬間就下來了，他心說果然逃不掉，於是立即就道：「我怎麼能做出見死不救的事呢？」

「可你當年沒有救那些被用來做實驗的人啊。」解雨臣去看其他畫，邊看邊問，這上面畫的都是一些奇詭的東西，難以形容。

「啊，我也很後悔，但我太膽小了，我太沒用了。我就是想，那個房間太危險了，我得帶你們離開那裡，我沒有多想。但我現在後悔了，你們還是趕緊離開這兒吧，你們現在還是有機會離開的，但是要趴著，不能泡在那個氣味裡太久。」

這是真情流露了，也是村田想對自己說的。

「還有，那個帶你們來的中國人，你們不要去管他了，他沒救了。他剛剛應該是觸犯了規則，沒有及時離開這裡，後面他如果不能通過規則的漏洞跳出來，那他永遠都會是那個狀態。」他最後道：「你們已經無法干預了。」

「一點辦法都沒有了？」

「我不知道，但只有尤里先生和那個別里亞克逃脫過規則。」

解雨臣沒有再提問了，他和黑眼鏡對視了一眼，兩個人就爬出了這個地下室。重新趴到了地上，兩個人都不說話，都想等對方先開口。

「今晚還沒有結束。」黑眼鏡說道：「黑暗古神還沒有被召喚出來，也就說明，尤里的儀式沒有徹底完成。我要回尤里那個房間，你去救鄭景銀。」

「你有沒有想過，我們也是儀式的一部分？」

「不是我們。」黑眼鏡說道：「你應該注意一下鄭景銀的態度，作為助理，他表現得太自信了，我相信他把俄羅斯老太太的女兒睡了。」

解雨臣沉默了一下，在黑眼鏡說「不是我們」的時候，他其實已經明白了這一點。

他的思緒有點亂，可能是因為黑眼鏡的狀態是真的不正常，這開始影響他的判斷。

「鄭景銀才是最後一個男丁，黑暗古神可能認為上門女婿算是婆家的人，但這段戀情還沒有暴露。」解雨臣說道：「如果鄭景銀死了，儀式就完成了。」

「儀式沒有成功的時候，召喚的助手就發現尤里不是最後一個男丁了，但是他搞不清楚這件事情的來龍去脈，估計一直非常疑惑。」黑眼鏡說道：「但陰差陽錯地，我們把最後一個祭品帶過來了。」

兩個人對視了一眼。

黑眼鏡笑著，接著往螳螂房間的方向爬了過去：「在門口會合。」

「等一下。」解雨臣叫住了他。黑眼鏡回頭，那個瞬間，解雨臣大概猜到了一些什麼。

他沒有再說話。

黑眼鏡又敲了敲墨鏡，然後往黑暗裡爬去，似乎帶著一些其他什麼涵義。

第二十八章　逃離

解雨臣爬著回到了鬼頭魚所在的房間，臭味濃烈，鄭景銀還縮在房間的角落裡。鄭景銀穿著黑色的風衣，他確實應該早就留意到，這風衣很可能是一個審美能力較佳的女性購買的。

解雨臣爬過去，搭上鄭景銀的脈搏。脈搏非常紊亂，但還活著，他用手指死死地扣住地面，指甲都外翻了。

看樣子他是在抗爭。他違反了規則，這個規則他只知道前三條，能夠違反的，也只有第三條，也就是他看到了自己曾經丟失的東西，並且表現出來了。

要離開這裡三十公里，如今可能已經晚了，但也不能待在這裡。

解雨臣不知道帶著違反規則的人離開這個宅子會引發什麼樣的變化，但他還是拖著鄭景銀，開始往宅子的門口爬去。

爬出門外，到了走廊上之後，鄭景銀忽然就坐了起來，似乎離開那個屋子，他就變成了行屍走肉一樣的狀態，然後他緩緩地轉頭。

解雨臣看到，鄭景銀的整個眼睛全是眼白，他一個字一個字地說道：「別——

管——我！」

剛說完，解雨臣就看到四周的走廊和剛才的房間，都開始扭曲，一股濃烈的惡臭瀰漫在空氣中。

鄭景銀低聲嘶吼：「跑！」

解雨臣一把背起鄭景銀，他的雙手全部脫臼，像沒有骨頭一樣，根本無法借力。解雨臣只得直接拎起他的後領，開始往外狂奔。

得虧他有極強的核心力量，連摔帶爬，衝出去一百多公尺。解雨臣發現這裡的房屋結構非常混亂，所有引路的東正教瓷像全部都消失了。他在慌亂下，找不到回去的路了。

如果給他時間，他是能記住每一個拐口的細節的，但現在沒有這個反應時間，他就直接衝進了邊上的房間裡，然後不停地穿過一個又一個房間。

所有的房間裡都堆滿了雜物，他拖著鄭景銀迅速穿過這些雜物，同時快速地從雜物堆裡抽取自己要的東西，腦子也飛快地運轉著。

很快，他就不知道自己在哪裡了。

他在一間似乎是廟宇茶堂的房間裡停了下來，裡面全部是雜物，雜物之間堆滿了行軍床，看起來這裡之前睡過很多人。

他看著身後，那種巨大的味道讓空氣雜亂地扭動起來，跟著他們的軌跡一個房間一個房間地穿透進來，在手電筒光下看，空氣扭曲著越來越近。

此時，解雨臣的手裡已經提了三瓶洋酒，他放了兩瓶下來，敲掉了手裡那瓶酒的蓋子，在自己四周灑了一圈，然後反手掏出來一只打火機。

這已經是他在拖著一個人的狀態下雙手可以拿取東西的極限了，打火機是拿了之後甩進袖子裡的。

打火機已經打不著火了，但還能擦出火星。解雨臣蹲下，對著地面的酒打出火星，四周燃起了一圈火，照亮了整個房間。

解雨臣快速把能燃燒的雜物全部扔進火裡，這裡很乾燥，而且下面是榻榻米，所以火勢快速蔓延，整個房間很快開始熊熊燃燒。

濃烈的焦臭味和火焰的熱浪開始翻騰，解雨臣在火光中盯著那扭曲的空氣。對方直逼過來，熱浪滔天，那空氣幾乎貼著火焰了，但是無法再靠近。兩股力量讓四周燃燒的灰燼不停地上下翻轉，猶如火狀的雪花。

在這種木質結構的房子裡，大火是不會停止的，那惡臭無法靠近，同時自己也會很快被燒死。

解雨臣閉上了眼睛，他其實只需要三分鐘時間，來做好計畫。

進來時候所有的路線，每一個十字路口的特徵，剛才逃跑的時候經過了幾個房間，繞過了幾堆雜物……一切在他大腦裡逐漸還原。接著他睜開了眼睛，背起鄭景銀，並把他的風衣撕成繩子，將他綁在了自己身上。

他沒有辦法再拿手電筒了，低頭把手電筒拋到一邊，一腳把剩下的酒踢進火裡，兩瓶酒撞到硬物，頓時破碎，火光暴起。

就在這個瞬間，他往側邊直接躍過火焰，撞出房間來到了走廊上。外面是一個庭院，他背著人翻上房頂，然後開始在黑暗中狂奔。

他的大腦飛快運轉著，跑了多少距離，直線跑了多少步，大概在哪個點左拐才是正確的路。

星光極度暗淡，什麼都看不見，只能聽到身後的瓦片發出「劈里啪啦」的聲音。

解雨臣背著鄭景銀，完全憑藉對於距離的感知，在幾乎全黑的房頂上狂奔。目力所及只能看到前面有沒有障礙物，但因為房頂並不平坦，而且很多建築的房頂很高，形成障礙。

星光下，那些障礙就如同一團一團巨肉，解雨臣像舞蹈一樣翻過這些巨肉。他不停地摔倒，又爬起來，身上多處被瓦片劃破。

他感覺自己已經回到了正確的路的上方，便一躍，並用膝蓋撞擊房頂，撞進了下方的空間。

他落到了走廊上，順手打著打火機，一閃之下他看清了四周的情況。

回到了正確的道路上！

接著他閉上眼睛，完全靠一路過來數出的步數，繼續在黑暗中狂奔。

這裡不會摔倒了，而且一路上沒有任何障礙。黑暗中，他極度精確地踩對了每一步，在每一個該轉彎的地方快速轉身朝向正確的方向。

終於，他衝進了一開始的那間佛堂，而後衝出了大門。

幾乎是在衝出佛堂的瞬間，他看到所有的東正教瓷像，全部出現在了大門口，且都正對著大門。

所有瓷像手上都點著一根蠟燭，那個白頭髮的別里亞克就蹲在瓷像中間，像一個大號的白色瓷像，微笑著看他。

第二十九章　萬無一失

別里亞克看著氣喘吁吁的解雨臣，表情略微有些驚訝，他道：「想不到你能出來。」

解雨臣只遲疑了兩秒，就直接繞過他，繼續往門口走去。

要離開這裡三十公里，這個數字那麼精確，也許是有道理的。

距離肯定是一個關鍵因素。

「祂出不來這個門口，這是祂的邊界，你不用跑了。」別里亞克說道：「我們可以聊一聊。」

解雨臣回頭看了一眼別里亞克。別里亞克愣了一下，這個眼神中的殺氣是他從來沒有見過的。

但解雨臣只看了一眼，就消失在了他的視野裡。別里亞克陷入了沉思，剛才他看得很恍惚，沒有看明白解雨臣的眼神到底是什麼意味。

解雨臣衝出大門，那裡只有一個值班的傭人，他衝到來的時候坐的德國車邊上，摸了摸鄭景銀的口袋，果然摸到了車鑰匙。他直接感應開門，把鄭景銀甩到了副駕駛座上，自己則衝上駕駛座，一腳油門拉滿速度，就往外駛去。

外面還有一個很大的莊園，路況非常簡單，他單手快速打開導航，選擇了一個一百公里外的範圍，隨意點了一個地方，就開始飆車。

車子快速轉了幾個彎道，他看了一眼湖邊巨大怪物一樣的古建築群，抬手摸了摸鄭景銀的脈搏。

已經有所好轉了。

想不到直接跑出來就可以了。

當然，自己跑得也很不錯，世界上能這麼跑的沒幾個人。

鄭景銀已經陷入了深度昏迷，他之前被解雨臣打出的腦震盪是沒有那麼快恢復的。看樣子裡面不管是什麼力量，影響的還是大腦，鄭景銀可能是因為腦震盪逃過了一劫。

車子很快上了高速公路，解雨臣把油門踩到底，急速前進。路上沒什麼車，他們這一代北京古董圈老闆的必備技能是快速過彎，解雨臣檢查好安全帶，調整呼吸，車速越來越快。

那宅子已經離他越來越遠，幾乎看不到了。

此時他轉頭，看到鄭景銀已經坐了起來，雙眼發白地在副駕上看著他，並發出一連串他聽不懂的怪聲。

解雨臣一個甩尾，車子劇烈搖晃了一下，鄭景銀的頭直接撞到一邊的窗戶上，又暈了過去。

黑眼鏡回到了蘭花螳螂聚集的那個房間，尤里的屍體不知道什麼時候坐了起來，身上全部都是螳螂。

黑眼鏡和它坐到一起，看著面前的古棺。

他不由自主地回想起了那個黃銅箱子，那個雨林中的雨夜，他們去尋找二戰中被擊落的轟炸機群，據說上面有當年的特殊貨物，他們進入了雨林深處那座沒有任何理由出現的紅色古城。

他的眼睛當時還是正常的。

那是多少年前的事了，那一次他帶著當時的夥伴進到那個遺跡裡，死了多少人？

黃銅箱子是在古城的中心被發現的，除了他之外，所有人都在古城裡看到了「那個東西」。

「那個東西」有三公尺左右的高度，只要是帶著黃銅箱子的人，夜晚都會看到它，並且在第二天早上陷入夢魘一樣的昏迷中，最後死亡。

只有少數人在死前有機會說一些隻言片語，所以他不知道「那個東西」到底是什麼，他聽到的描述都是非常模糊和混亂的。

他們死前的最後一句話，用的都是當地的一種古老語言，涵義類似於「歡迎到城裡來」。

最後他選擇自己帶著那個黃銅箱子。在一次劇烈的奔跑中，那個箱子被遺失在了雨林的泥濘裡。但這些都不是他在意的，他更加在意的東西，也和那個箱子一起被遺失了，當時的他是懊悔的。

但那是很久很久之前的事情了，他都不能肯定，當時的他和現在的他，還算不算同一種人。

他從來沒有想過能重新看到那個箱子。

他轉頭看了看尤里的屍體，他能理解尤里的想法。

丟失的東西，不知道他們要找回什麼呢？

但不管是什麼，這東西都是為了活著的人找回的，現在尤里已經死了，這其實是不錯的選擇。

他拔出尤里喉嚨裡的冰錐，來到那個古棺前，開始開棺。

需要非常巧妙的辦法，才能用冰錐起出棺材釘，但他知道技巧，操作非常熟練。

最後一個棺材釘很快就被拔了出來，銅角棺材的蓋子很重，他緩緩地推動棺蓋。

濃烈的惡臭從裡面散發出來，他只開了一條縫隙，沒敢全部打開。等惡臭散盡，他才踢開棺材蓋，裡面是一具肥胖的女屍，穿著腐爛的絲綢，戴著一頂奇怪的帽子。接觸氧氣的剎那，女屍的皮膚從慘白瞬間變黑，絲綢也開始像燃燒一樣委靡，褪去了色彩。

黑眼鏡從褲子口袋裡掏出之前在大魚房間的冰箱裡偷的酒，灑到了女屍身上。不管尤里想召喚的是什麼，這東西只能在女屍的身體裡出現。

他毫不猶豫地點燃了屍體，濃烈的惡臭伴隨著焦臭散發出來，屍體以他難以想像的速度開始燃燒。

四周瞬間大亮。

這樣就基本上萬無一失了，他笑了笑，對著身後說道：「為什麼不阻止我？」

「嗯，因為無關緊要了。」身後的人說話了。

黑眼鏡回頭，就看到別里亞克站在他身後，火光中他的白皮膚呈現出一種粉紅色。

此時，別里亞克佝僂的身體直了起來，他的肚子竟然很大，像一個孕婦一樣。

第三十章　祭品

黑眼鏡看著別里亞克，指了指尤里的屍體：「是不是你幹的？」

「嗯，我們都是自願獻身的。」別里亞克說道。他面帶微笑，但看得出來很虛弱。「你們好厲害，我本來以為你們三個都會死在今晚，結果一個都沒有死。」

黑眼鏡看著別里亞克，笑道：「對於別人來調查，你們反應那麼大嗎？其實，給點錢我們就走了。」

「還是很希望你們能死在這裡。」別里亞克說道。

「為什麼？」黑眼鏡看著尤里的屍體。「好好活著不好嗎？一輩子沒那麼長的。」

「尤里涉入太深了，他得了重病，對於他來說，這樣的死亡充滿趣味性，可以滿足他的需求。」別里亞克說道：「他很想知道，古書裡的那些儀式，是否真的有效。」

「我們去了很多地方，找了各種法師，也讓法師表演了儀式，但古書裡有一些需要大量犧牲的大型儀式，沒有人可以做。」別里亞克說道：「有趣的是，那些小法術達成的效果，其實都非常真實，我覺得那是有效的，但那些效果，不可量化。」

別里亞克路過黑眼鏡，去看棺材裡的古屍：「比如說，尤里發燒了，做完驅邪的儀式後，他的燒就退了。我們無法證實是不是法術讓他退燒的，也許就是當下空氣中燒的草藥起效了，也許是尤里自己的抵抗力起了作用。我們覺得似乎是巧合，卻又不是巧合。再後來，我們意識到，只有通過那些大型儀式，才能真正判斷出，古書中那些原始的儀式，是不是真的存在，是不是真的有用。」

「不能做了，是因為沒有人可以祭祀了？」

別里亞克點頭：「對，那些法術都需要獻祭大量的人，那是新石器時代的原始宗教，人類完全沒有開化，都是極端的實用主義者。後來我們遇到了一個法師，他告訴我們，還有一個神可以被降臨，就是腥臭。」

尤里從古書裡找到了降神儀式的紀錄，於是，他想在自己死前，見識一下。

別里亞克說到這裡，就發現黑眼鏡似乎並不太感興趣，他笑了：「不想聽？」

黑眼鏡笑道：「這些天聽到太多這種理由了，有點膩。」

「你不害怕嗎？」別里亞克看著黑眼鏡。「雖然你一看就不是一個普通人，但你應該知道，自己會死在今晚。」

黑眼鏡笑得更開心了：「你在說什麼胡話？」

「太陽出來了沒有？」黑眼鏡問。

「還沒有。」

「你應該聽說過吧，太陽沒有出來之前，我是無敵的。」黑眼鏡說。

「我還以為你是為了救自己的朋友，所以才留下來犧牲自己的，現在看來是因為自大，因為你知道，我只需要一個人就夠了。」別里亞克說道：「我還挺喜歡你朋友的，我本來就不希望他進這個屋子裡，所以他走了也就走了，我有你就夠了。」

「我想問個問題，你們的召喚儀式並沒有完成，你這麼自信幹什麼？」黑眼鏡問道。

別里亞克看了看手錶，說道：「因為一定會完成的。」

「你知道你最後要殺誰嗎？」

「知道。」別里亞克點上一支菸，說道：「那你知道我要殺的人，到底是誰嗎？」

「嗯……」黑眼鏡笑了。「難道是我？」

別里亞克一副「這還用說嗎？」的表情，他非常放鬆，似乎萬事俱備，事情不會再有任何的變數。

看著古棺材裡蒼白的女屍現在已經完全黑化，變得猶如木炭一般，黑眼鏡問：「我和尤里家非親非故的，獻祭我有用嗎？」

「你不用隱瞞了，我知道你和尤里的妹妹有私情。」別里亞克說道，他看著四周的房子。「祂對於祭品非常敏感，會一直縈繞在祭品周圍，你不覺得，那股惡臭在你周圍特別明顯嗎？」

黑眼鏡很平靜地看著別里亞克，對方又說道：「從你進入宅子的那一刻，我聞到宅子裡的惡臭瞬間濃烈起來，就知道是你了。」

「我也注意到了。」黑眼鏡說道：「忽然就臭了起來。」

但並不是我引起的，他心說。見到鄭景銀的瞬間，他就注意到臭味開始濃烈起來，以至於他實在不想和鄭景銀一路走，所以乾脆岔開了。原來那臭味是因為腥臭發現了祭品。

別里亞克弄錯了，他沒有意識到鄭景銀才是那個祭品。可能他比較熟悉鄭景銀，沒有想過會是這個人，這個人在他的盲區裡。

不過在看到尤里屍體的時候，他已經有所察覺，因為那股臭味在尤里屍體的四周也非常濃烈。

是祂在享用祭品吧，用常人無法理解的方式。

「我發現祭祀沒有完全起效的時候，就意識到應該還少了一個人，當時怎麼想，也只能想到是尤里的妹妹和一個男人結婚了。我就打聽了一下，聽說是老太太身邊的一個打手，沒想到你直接就來了。」別里亞克靠到一邊的牆壁上，他已經站不住了。

「打手嗎？」黑眼鏡也點起一根菸，嘆氣。

所以他比鄭景銀更像打手。

別里亞克看著黑眼鏡，露出了讚嘆的表情：「還是絲毫沒有慌張，你不是一個普通人哦。」

黑眼鏡從口袋裡掏出來一條腐爛的魚：「我之前就覺得你應該是根據氣味來判斷到底誰是祭品的，所以我揣了幾條爛魚在口袋裡。」他把魚丟到地上。

別里亞克沉默了。

另一邊的車上，解雨臣從鄭景銀的脖子裡拿出來一個已經完全倒光的香水瓶。那是黑眼鏡卡住鄭景銀的時候，順手倒入他脖子裡的，不知道他是從哪個雜物堆裡找出來的。他打開窗戶，把瓶子丟了出去，讓車子通風。

黑眼鏡活動了一下身子。「你召喚邪神，應該很厲害吧。」他笑了起來。「你是不是覺得我在晚上，只有眼睛特別好用？」

別里亞克繼續沉默，他的表情猙獰起來，顯然意識到自己被設計了。

「來吧，我還有其他疑問要解決。」黑眼鏡說道。

別里亞克往後腰摸去，黑眼鏡卻忽然到了他的面前，速度快到他根本無法理解對方是怎麼做到的。

第三十一章　謎團

別里亞克掏出手槍的手還沒過身體的中線，黑眼鏡的肘部就已經打到了他的下巴。

別里亞克的反應還是非常快的，直接摔出去消解了肘擊的力量，同時抬槍就射。他的手腕非常靈活，開槍的方式一看就是受過極其專業的訓練。

但是他完全沒有打中黑眼鏡。別里亞克轉動腰部，追著黑眼鏡的身形開槍，但他發現自己的眼睛根本追不上對方的速度。

幾乎是在瞬間，他就感覺到黑眼鏡到了他的身後。專業的手槍格鬥術有非常巧妙的快速射擊方式，別里亞克直接把槍抬到耳邊向後盲開，黑眼鏡偏頭躲過。子彈近距離射擊的聲音非常大，槍火灼燒了兩個人的頭髮。

此時別里亞克知道自己失敗了。他的耳朵嗡嗡響，什麼都聽不到，腦殼都被自己的槍聲震疼了，而對方已經在他身後捏住了槍的扳機。

他並不差，普通人無法跟上他的反應速度，他開槍的方式也是專業的，手槍貼著自己，小弧度甩動手腕可以在〇・二秒內開槍，並且能夠在一秒內擊中不同方向的四個人。
這需要非常熟悉自己的手腕，更需要天賦和長期的練習。
但這一切在這個人面前完全沒用。
是自己生疏了嗎？
別里亞克知道不是，黑眼鏡的行動模式，不是正常人類的行動模式。
所以為了擊倒正常人類而設計的射擊動作對他是無效的。
他放手，槍被黑眼鏡收了過去，接著他閉上眼，猜想對方會直接開槍。他被槍擊後，四周的螳螂會聚集起來，吃他身上最有營養的部分。
但是黑眼鏡並沒有開槍，他把槍拆成了零件，藉助金屬疲勞把槍管裡的彈簧折斷，子彈散落了一地。
「你該不是那種會把我交給員警的正義人士吧？」
「我走遠了之後你可以自殺。」黑眼鏡說道，走回到他的面前。
「你到底是誰？誰是最後一個祭品？」別里亞克看著他。「你那個朋友？」
「我有一個問題要問你。」黑眼鏡遞給他一支菸，對方詫異地接了過來。
「你想知道我和尤里到底想幹什麼，對嗎？」
「不是。」黑眼鏡看著他。「我想知道，怎麼利用這個房子的規則，去拿回自己失去的東西？」
別里亞克看著黑眼鏡，驚呆了，然後他就笑了。

「你瘋了？你不是來阻止我的，你是來加入我的？」

「是啊。」黑眼鏡也笑。「說說看。」

「你有這輩子死也想找回的東西？」別里亞克似乎看到了一絲活命的可能性。

「峰迴路轉、峰迴路轉。」

「倒不至於要死。我有一個謎團，我想知道答案，但我弄丟了提示。」黑眼鏡說道：「來都來了，聽說你們有辦法？」

別里亞克看著黑眼鏡：「你拿什麼來交換？」

黑眼鏡指了指他嘴上的菸：「我已經給你了。」

「是不是有點太廉價了，那可是我和尤里用命換來的方法。」

黑眼鏡就說：「如果成功了，我可以把最後一個祭品給你。」

別里亞克眼睛一亮，剛想說話，黑眼鏡卻做了一個「不要說話」的動作：「你要先表達你的誠意，否則我們就不用繼續聊下去了。」

「可以，你跟我去尤里的客廳。」別里亞克說道。

第三十二章　原始村落

別里亞克帶著黑眼鏡回到了尤里的客廳，這裡惡臭熏天，地上還躺著一具屍體。

別里亞克打開冰箱，在冰箱的深處找到了一瓶酒，遞給黑眼鏡。見黑眼鏡看著他，他便說道：「放心，沒有毒。」

「但是臭了。」黑眼鏡說。

「這瓶沒有。」別里亞克說道。他坐到黑眼鏡對面，點上菸，揉了揉肚子。「你要什麼誠意？」

「我要知道事情的所有經過。」

「那是一個很長的故事，你們應該也分析得八九不離十了，沒必要重複吧。」別里亞克道。

「你說你的，我自己會判斷，和你交易是不是真的能拿回我丟失的東西。」黑眼鏡拔掉酒瓶塞子，聞了聞，沒有喝。

別里亞克看著黑眼鏡，最後又確認了一下對方的意圖。他意識到對方應該是真的有東西想找回，否則他現在應該已經被殺或者被交給員警了。

「好，我告訴你。」他看了看牆壁上的書頁。「尤里很小就自封是一個研究者，他對於宗教的理解很深，和一般的小孩子不一樣。小孩子小時候對於教堂應該是厭惡的，但他不是，他很好學。」

「你們是在伊薩基輔大教堂認識的？」

「是的，我比他大很多。」他抽了一口菸，彷彿回到了過往。「我當時在幫教堂抄寫文書，他有問題就會來問我，我們就是老師和學生的關係。後來我發現他家裡很有錢，和他相處的過程中，我得到了很多物質上的幫助。為了維持這段關係，我開始學習神祕學和宗教學，以便能繼續指導他。當然，他進步很快，所以很快我們就不僅僅是老師和學生的關係了，而是變成了兩個一起研究的同事。」

別里亞克的眼神渙散起來：「冬天太長了，總是無事可幹，我們就一起學習東正教，研究天主教，還有東方的各種宗教。這些研究其實最後都歸於一個本源，就是原始宗教學科。有一年的冬天特別漫長，那一年，我們決定開始研究原始宗教，嘗試梳理它和現代宗教的關係。」

黑眼鏡看著別里亞克，帶著非常細微的笑意，但別里亞克已經無所謂了，一說起那段往事，他就變得非常專注。

原始宗教本質上大多發源於石器時代，精確地說，是新石器時代的部落宗教。那時候的自然崇拜血腥而野蠻，現代宗教中所有的野蠻部分，基本上都源於原始宗教。

於是他們開始走訪各種原始的部落，但遇到了非常多困難。對於尤里來說，改良過的宗教並不是最有吸引力的，他想瞭解的是民間最原始的宗教，這方便他去思考所有的原始宗教故事到底是如何變成神話的。

而原始宗教非常雜亂，每個區域的體系都不一樣，裡面還有大量後人杜撰的故事。起初就是用來嚇唬小孩的，後來卻流傳了下來。只有深入到一些偏遠村落裡，才能看到真正的原始宗教。

「血。」尤里向別里亞克坦白道：「我想看到的是帶血的祭祀活動，而不是一些被改進過的儀式。」

那些村落全部都在喜馬拉雅山冰冷的石頭山谷中，馬路不通，只能乘騾馬到達，而村落的祭司也不會把原始宗教習俗暴露給外人。

他們花了很多精力，才找到一個供奉了古神的村落，經過兩個月的努力，終於得以通過一個村落裡的年輕人和村裡的祭司見面。

而他們最大的成功，是尤里不知道用了什麼方法，說服了那個祭司帶他們去幾千年前古神出現的地方，就在喜馬拉雅山深處的一個山谷裡。

祭司告訴別里亞克，古神仍舊留在那裡，只要在那裡施展儀式，古神就會出現。她可以幫他們實現願望，只要他們能提供祭品。

當時別里亞克和尤里都有些不太正常，這個不正常是從尤里開始的，他完全不覺得恐懼，而是開始思考從哪裡能搞到祭品。

別里亞克和尤里的關係，一直呈現出一種惡魔引誘孩童墜入邪惡深淵的狀態。但在那一刻，別里亞克看著尤里，覺得自己一直在對尤里實施的洗腦和控制似乎有點不太對，結果和他所想像的方向，完全不同。

尤里並沒有被他控制或者洗腦過，尤里只是從他身上找到了自己一直在尋找的路。

這種詭異的氣氛讓別里亞克焦慮，同時又讓別里亞克感到沉醉。

第三十三章　尋找古神

別里亞克已經忘記他和尤里當時是怎麼從一個構想，慢慢地脫離現實，開始走向毀滅的。

那是一個很小的山谷，山谷的底部有一個乾涸的深潭，能看得出來在豐水期的時候，這個水潭的水位很高，但現在完全乾涸了。而在潭的底部，有一個奇怪的洞。

那個洞的形狀不是圓的，而像一個舞動的妖冶女性，很抽象，也很形象。祭司告訴他們，這就是古神的祭祀地。在這裡進行祭祀，就可以讓古神出現並且滿足他們的願望——如果她對祭品滿意的話。

祭司在這個洞口完成了非常複雜的祭祀儀式，尤里非常專注地用攝影機記錄了全部過程。

在儀式結束之後，他們把祭品拋入了洞裡，然後祭司讓他們兩個人坐在洞口的兩邊。等到半夜的時候，有一個人會進入洞內，見到古神。

因為古神只會選擇一個人。

在喜馬拉雅山冰冷的夜晚，他們在洞口等待，而攝影機持續地錄著。到了後半夜，別里亞克上完廁所回來，就看到尤里站在了洞口。

「怎麼了？」別里亞克問他：「你聽到召喚了嗎？」

「我要進去了。」尤里說道。

他告訴別里亞克，剛才他忽然看到從那條裂縫之中，伸出來起碼有七隻非常修長、比正常人的手長很多的手。

那手上全是血，手指甲非常長，都指著尤里。

別里亞克去看攝影機，卻發現什麼都沒有，攝影機裡並沒有拍攝到尤里所說的場面。

但等他抬頭，發現尤里走進了洞裡，瞬間就不見了。

別里亞克走過去，用手電筒照向洞裡，發現裡面是一個深淵，已經看不到尤里在什麼地方了。

普通人進入這樣的洞裡，肯定會摔死，但別里亞克卻有一種莫名的信心，他此時已經有點分不清現實和宗教敘述了，他腦子裡一片空白，只是坐了下來。

他在洞口繼續等待，這一等就是三天。

第三天，在他恍神的工夫，就看到渾身赤裸的尤里站在洞口，身體在瑟瑟發抖，臉上卻帶著一種莫名的微笑。他趕緊上去把衣服給尤里，問他：「你看到了嗎？」

「到處都是。」尤里對別里亞克說，他的眼神中出現了一種難以形容的瘋狂。

「裡面所有的地方，到處都是。」

別里亞克當然是疑惑的，他一開始以為古神不是一個，而是一個族群。但尤里隨後就陷入了長時間的昏睡，他沒有得到答案。

這種昏睡形似昏迷，別里亞克只能照顧他。

尤里整整睡了七天，除了幾次醒來排泄和進水，剩下的時間就是徹底地熟睡。七天之後，尤里發著高燒醒了過來，祭司過來接他們，兩個人隨即離開了這個地方。

在剩下的日子裡，尤里寫就了他的第一本神祕學著作，叫作《古神之路》。裡面詳細地描繪了他對於古神體系的理解，和他進入山洞之後的全部經歷。所謂古神就是新石器時代產生的原始宗教裡的神第一次人格化之後的狀態。尤里告訴別里亞克，古人在塑造神的時候，並沒有現代人那麼死板，古神會以各種奇怪的方式存在，群山、氣味、聲音等。

而他們祭祀的這個古神叫黑暗古神，是以「活著的黑暗」這種方式存在的，就是那個洞的本體。

尤里說，那個洞口的樣子，使得洞裡的黑暗很不均勻，從而在黑暗中產生了古神。

這本書裡寫的內容，基本上類似於尤里吃了迷幻藥之後產生的幻覺。

他描繪了一種會活動的黑暗，呈若隱若現的灰色，但那的確是女性，他能肯定對方是女性。

對方一直在詢問他——不是通過語言，而是通過一種大腦裡的聲音——他想要失去什麼，可以幫他實現。

第三十四章　古神之路

腦海裡出現的這個聲音，讓尤里非常疑惑。

他湧起了一種難以形容的奇怪的感覺。

如果說一定要形容的話，只能堆砌文字，繁複地去解釋。

當時在山洞之中，這不是一個具體而清晰的念頭，而是一種非常模糊混亂的、神志不清之下的感覺。

可能是這個山洞深處的黑暗造就的，那種黑暗，讓人一眼看去，很容易產生「失去」這個暗示。所以他的潛意識裡，一直在翻滾這個詞語。

他有一種強烈的欲念：他只要把什麼東西丟入這個深淵，那個東西就會永遠消失。

這種感覺非常像站在樓頂看著樓外，就有種想跳出去的奇怪衝動。

這種狀態，如果不是親身經歷，僅從書本上看是根本無法理解的。尤里忽然明白了為什麼宗教很多時候要講機緣，因為文字確實無法描繪感覺。他過往的人生中，沒有任何一種感覺可以精確地通過文字描述出來，讓別人感同身受。

即使是對他萬分瞭解的別里亞克，他也無法與別里亞克共情。

他開始嘗試把原始宗教分成兩個部分，用理性的方式讓別里亞克理解他的感悟。

第一個部分，是世俗常規的原始宗教。

尤里和別里亞克幾個冬天努力的成果其實非常豐富，他們整理了各種神話，大概總結出了幾類古神的來歷。

巨大的自然災害，整個現象往往被塑造成一種古神的形象，特別是那些能被看見的，比如說龍捲風、海嘯。

食人的異常動物，比如說比以往更大的蛇、巨大的野豬，這些體型容易變得超大的種類。

險惡的自然環境或地貌，比如說，一個深不見底的洞穴，一種聞到就會死的氣味。

新石器時代的人，在所有的自然災害、食人巨獸以及險惡的自然環境或地貌上，都遭受過巨大的人口損失，這就讓古人產生了一種錯誤的認知：古神喜歡取人性命。

而在那個時候的人類的思維方式裡，食物是最重要的，所以他們產生了一個誤會：神之所以取人性命，大抵是為了吃。

當然，自然災害同樣會導致很多動物死亡，所以使用動物進行祭祀也是非常常見的。但祭祀大多發生在飢荒、旱災這些特殊時候，動物早就被吃光了，部落中能夠用來祭祀的便只有人了。

於是這些祭祀方式就被保留了下來，成為規定習俗的一部分。當然祭祀是沒有用的，但災難總會過去。人口多的部落，災難過去後，巫師就得到了至高無上的地位。人口少的部落，沒有熬過去的，就消失得悄無聲息，也沒有人在意。

這是原始宗教的第一階段。

如果我們從語言中——不懂文字，只靠口口相傳的偏遠村落的祭司嘴裡，聽最老的古神傳說的版本，我們會發現，第一階段的古神是動物性的。

古神得到了祭品，大機率不會滿足人的願望，就和動物一樣極度不可捉摸。古神的脾氣是喜怒無常的，比如西門豹時期（註3）的巫婆只能將少女作為祭品，一個一個地溺死，以等到神滿意的那一刻。

到了第二階段，文明發展到一定程度，神開始被人格化。古神被人格化的原因很簡單，就是易於描述。因為必須讓所有人，以最簡單的方式知道古神是什麼。和他們說古神是一個山洞，大概是會受到一些質疑的，但如果說山洞中住著一個古神，就會簡單很多。

註3　西門豹是戰國時期人，在他任鄴令期間，破除了「河伯娶親」的陋習。

所以如果根據任何官方體系來解讀原始宗教，大概會這麼分析——喜馬拉雅山中的一個山洞，演變成了當地的古神，有了人格。

但在古代文獻中，對於原始宗教還有第二種紀錄，那種紀錄就完全不同了。尤里稱呼其為生物演變的古神神話。

這些有關奇怪古神的記載，在某些古代典籍中，大多數都像是一種對於幻覺的紀錄，裡面的內容非常晦澀難懂，似乎是古代語言系統難以描繪的抽象的東西。

當年有一批新石器時代的先民，他們在探索這個世界的時候，會進入各種極度偏遠的自然環境中，比如一些極端的洞穴、冰川、高山上。

長時間的探索和孤獨，讓這些人神志不清，或者在那些地方有某種毒菌、病毒，直接損傷了他們的大腦，讓人產生奇怪的想法，甚至出現幻覺，於是他們就會依據幻覺開始造神。

比如鐵線蟲會讓螳螂無比渴望反光的表面，以前的螳螂會跳入波光粼粼的湖面，如今的螳螂有時候會跳到汽車的玻璃上。在螳螂的心中，那種閃光就是牠們的「古神」。

當這些神志不清，產生幻覺並開始造神的人從深山中回來，就帶來了古神的傳說。他們精神錯亂地胡說一通，之後將更多的人帶入深山裡他們被感染或中毒的地方，然後一批接一批的人中毒，並產生幻覺，從而生成了同樣奇怪的崇拜。

而那個地方，就是病毒繁衍的地方，人們開始在這些地方的四周聚集，不停地繁衍。

這就是病毒宗教起源論。

病毒腐化人的大腦，讓人神志不清，而他現在就是被感染了，所以他篤信，那個深淵可以滿足人內心讓東西失去的願望。

這也可以解釋，為什麼他之後一直高燒不退。

這個理論讓尤里非常興奮，因為他意識到，如果那個洞裡真的有病毒，那麼他一定可以利用這種原始宗教，做一些大事。這是他一直以來的追求。

他決定先順應自己的幻覺，允諾古神丟失一樣東西，然後看病毒是如何在他大腦裡發揮作用的。

而讓人意外的是，他當時選擇丟失的東西，是別里亞克。

從他選定之後，就再也無法看見別里亞克，別里亞克在他的整個世界中消失了。

事實上，別里亞克並沒有消失，而且還時時刻刻和他在一起，但是他感覺不到別里亞克，也看不到他。

他的大腦把這個對自己非常重要的老師屏蔽了。

第三十五章　分道揚鑣

尤里知道周圍發生的一切，但他無法感知到別里亞克。

這個孩子從小就非常特別，別里亞克可能是唯一能理解他的人。別里亞克的消失讓尤里開始產生巨大的恐慌，而他家族裡的人發現他似乎有精神分裂的症狀，便開始強迫他進行治療。

人類永遠會忽視對自己真正重要的東西。

尤里許願失去別里亞克的時候，大約只是出於小孩子惡作劇的心態，但很多惡作劇的結果不是普通人可以承受的。

尤里在夜裡哭號，別里亞克就在他的身邊，他卻無法感知到。

別里亞克開始想辦法讓尤里意識到這一點，因為尤里的大腦對任何關於別里亞克的資訊都會強行屏蔽，所以無論是別人告訴他，別里亞克就在邊上只是他看不見，還是寫信給他，都無濟於事。

別人和他說話，只要提到別里亞克，他的大腦就會把這些對話重新加工成其他資訊。因此，他的瘋病顯得越來越嚴重。

但別里亞克非常聰明，他意識到了這個操作是由尤里的大腦決定的。也就是說，只要騙過尤里的大腦，讓他認為自己不是別里亞克，自己就可以重新出現在尤里面前。

當然這很困難，大腦的潛意識非常強悍，尤里從小跟他在一起，只要一個細微的相似動作，就可以讓大腦立即識破戴著面具的別里亞克的身分。

同時，尤里也非常聰明。當他多次看到面前出現了一個戴面具的人，但是時不時又會忽然消失，他就開始意識到其中的奧妙。

大腦可以阻止他接收任何有關別里亞克的資訊，但無法篡改他的記憶。所以他可以看見一個戴面具的人，但當他意識到那是別里亞克的瞬間，那個人就會消失。

尤里做了一個簡單的實驗，他設計了一個規則。

他拿出三個從外面完全看不到裡面的盒子，讓傭人在紙上寫字，放進盒子裡，然後端到他的面前來。

他打開那些盒子，把裡面紙上的資訊全部背了下來。當他背那些資訊的時候，他並不知道哪一張是別里亞克寫的，所以他能夠看到三張紙條。

他會一一回覆三張紙條上的事情，他並不去判斷哪一張是別里亞克寫的，而是全部都正常地和對方交流。

在這個過程中，如果他的意志力薄弱，他就會一直猜想，到底哪一張上的內容是別里亞克的真實意思。那個時候，可能會出現一種極端情況——三張紙條他都看不見了。

但如果他的意志力足夠強大，他可以不去思考，不去猜，那麼他就可以和三個人都保持溝通。

因為他真的無法辨別哪一張是別里亞克寫的，但他知道的是，三張紙條都是在幫助他找回別里亞克。

這是他第一次抓古神的漏洞，也就是抓到了他所認為的病毒的漏洞。

如今，他仍舊同時執行著三個計畫。他完全相信這些紙條中的資訊，並且如奴僕一樣地執行著。

他回覆，得到新的紙條，再回覆，周而復始。

尤里和別里亞克的溝通與相處，就以這種極其扭曲的狀態維持了下來。

甚至在外人看來，他們之間已經完全正常了，可以相互溝通了，除了尤里看不到別里亞克。

尤里有時候似乎能看到，只是別里亞克知道，尤里其實看不見自己，他只是會猜測自己在某個地方。

他總是可以猜對。

別里亞克並不滿足於此，他要實行一個計畫。這個計畫其實非常簡單，就是以古神戰勝古神，所以他需要找到一個可以找回失物的古神。

在古書裡，別里亞克發現了那個古神，祂的本體是一種腥臭的味道。

因為都和失去有關，古書把這兩種神聯繫在了一起。同時，發生了另外一件事情，就是尤里的家人開始驅逐別里亞克。畢竟只要這個人不在，這個小兒子就是一個正常人了。

而那個時候，三張紙條其實都是被別里亞克控制的。

別里亞克開始有了一個瘋狂的念頭。

第三十六章　瘋狂的念頭

產生這個瘋狂的念頭，其實還有一個非常特殊的原因，就是在經歷了幾年的折磨之後，別里亞克發現尤里開始動搖了。

在一次溝通之後，尤里在三張紙條上都寫了：我們放棄吧。

並且在之後很長的一段時間裡，拒絕給別里亞克回覆。

別里亞克第一次開始恐慌，一直以來他所有的花銷都來自尤里的家族，而尤里的家族已經開始驅逐自己，連尤里也逐漸動搖了。

別里亞克無法去勸服尤里，因為他只要在紙條上表現出任何的哀求，尤里就會發現三張紙條都來自別里亞克，那麼紙條上的文字，尤里以後就再也看不見了。

他什麼都不能做，只能等待尤里重新燃起希望，這個過程是極度痛苦的。

人生最大的痛苦，就是無能為力。

當然，尤里最終還是重新開始了治癒自己的計畫。

為了能夠讓尤里盡量遠離家族的影響，別里亞克想辦法讓尤里來到了日本，並且開始了壓抑的獨居生活。

當然，選擇日本，也是因為別里亞克在這裡發現了這幢奇怪的宅子。

「事實上——」別里亞克對黑眼鏡說：「很多古書中記錄的古神，也就是他們理論中的遠古病毒，似乎被某種力量清除了。」

在過去漫長的歲月裡，一直有力量在清理這些東西。

雖然別里亞克通過自己研究神祕學的朋友，最後找到了這幢宅子，並且確定了這裡肯定隱藏著一個古神，可以讓人找回失物。但他也越來越確定，所謂的找回失去的東西，只是讓大腦產生那個東西仍舊存在於自己四周的幻覺。

如果祭祀古神，可以讓一個人在你的大腦裡消失，那麼也可以讓另外一個人在你的大腦裡出現。

他們開始做大量的實驗，利用別人做實驗，但出現了問題。所有的人都認為腥臭古神能夠讓別里亞克重新出現在尤里的大腦裡，但事實上並不能。出現在尤里大腦裡的，是另外一個別里亞克，並不是真實的別里亞克。

這就是卡漏洞的後果。

這件事情之後，別里亞克絕望了。

他和尤里的感情非常特殊，是文字難以描述的。

尤里在當時的略微動搖，讓別里亞克對他產生了異樣的感覺。

尤里非常容易控制，又極易失去控制，這種極致的矛盾在他身上同時存在著。

他永遠不會解除對別里亞克的依戀，卻又在別里亞克看不到的地方，毫無顧忌地做出一些極度瘋狂的行徑。

尤里當年看別里亞克的眼神，到底是誰在吞噬誰，其實是無法定論的。

同時，尤里代表著金錢和地位，這讓別里亞克在對待尤里的家族的時候，卑躬屈膝。而尤里強勢的母親，更是讓他極其不舒服。

但他知道，如果沒有尤里，他只是一個患病的神棍。

所以當尤里出現第一次動搖之後，別里亞克開始覺得，尤里離開自己這件事情，已經出現了可能性。

而一件事情一旦出現了可能性，那麼這件事情就大概率會發生。

別里亞克覺得尤里要離開自己了。

他最後的計畫是殺死尤里，然後通過古神將其找回。這樣世界上就只有一個尤里，並且，這個尤里只存在於他的世界裡，永遠不會背叛他，因為這個尤里只能通過他存在。

當然這是一個瘋狂的念頭。

別里亞克是一個懦夫，他不像尤里，可以直接進行那些瘋狂的行徑。所以他只是一直在大腦裡籌劃，卻永遠沒有勇氣去做這件事情。

直到有一天，他在一個神祕學聚會上碰到了一個中國人，那個人聽完別里亞克的描述，就和他說道：「我來幫你吧，我不僅可以幫你實現想法，還能幫你把尤里再變成真人。」

別里亞克當時並沒有相信他，但那個中國人說道：「其實很容易，但你要回報我。」

「你要什麼？」別里亞克只是隨口一問。

「那幢宅子，你要給我。」對方說道。

黑眼鏡坐直了身體，這個俄羅斯神棍終於說到他想知道的部分了。

第三十七章　神祕人

當時是在一個KTV裡，包廂裡有很多人，那個中國人帶著別里亞克來到了陽臺上。

兩個人一起抽菸，中國人對別里亞克說：「最原始的宗教流傳下來很多法術，裡面有一些很神祕的東西。就我個人所知，現在世界上還在使用所謂的法術的那些宗教，所用的很多法術都是從原始宗教發展而來的。」

「你的意思是，如果這些東西沒用，是不可能流傳下來的。」

「系統騙術是很容易被拆穿的，而單純的痴愚也必須要看到實惠才能堅持。人這種東西太功利了，沒有那麼好騙。」中國人說道：「大部分法術在施展之前，施法的人都會做一點小魔術，主要是讓人篤信接下來發生的事情，都是超自然力的作用。小魔術是很容易被拆穿的，特別是現在這個時代，很多宗教儀軌裡的法術也被人破解了，現在很多人認為，這些小魔術就是法術。」

那個中國人看著別里亞克，繼續說道：「這裡就存在一個誤解，我們不妨先思考法術是怎麼產生的，你就能理性地思考這個問題了。在最早期遭遇災難的時候，人類對於大自然能做的事情，除了神化之外，只能是祈求。而現在的法術則積極很多，似乎人類可以通過方法、運用力量去干預。你仔細想就會發現，二者不是一種東西，中間的類別發生了變化。」

別里亞克覺得很有意思，他看著這個中國人，他已經很久沒有這麼暢所欲言地和別人聊這些有的沒的了。

「如果一開始只是祈求，到後來卻有利用，中間一定有一個階段。其實我剛才說了，人很功利，這個中間階段開始的時候，一定是有人去統計分析了每次祈求的有效和無效這兩個不同的結果。」那個中國人吐出一大口煙。「然後，他們會開始把所有祈求相對有效時的地理位置、巫師、天氣等各種因素整理出來，歸納總結。通過成千上萬次的祭祀，他們總結出了第一批規律，並且踐行了這種規律，想要提高祭祀的成功率。這個時候，這些儀式中一些特殊的規則，就開始變得像一種法術了。」

「經過了幾萬年，最後一直流傳下來的那些原始宗教的法術，其實就是人們總結出來的那些最終的、最有效的規律？」別里亞克問道。

「不一定。」中國人說道：「有一些法術非常有效，但是只在當時有用，後來生產情況發生變化，法術就沒有人使用了，慢慢地也就荒廢掉了。現在再在古籍中看到這種法術，就會覺得有一些詭異。」

「你試過？」

中國人沒有正面回答，只是繼續說道：「比如說，讓你的朋友消失之後重新真實地出現，在原始宗教中就有一種叫作幻人的法術。你不要小看這種法術，你在各種論壇都可以看到，現在依然有很多人在修煉這種法術。這種法術的目的，就是把想像中的一個人，投射到現實裡。」

別里亞克很少遇到比自己還神棍的人，他看著對方道：「這是一種幻覺，過度冥想，腦子容易壞掉。」

「有人曾經成功地把自己的化身投射到了跳舞的人群中，很多人都摸到並和其跳過舞。」中國人說道：「只是所有人事後的印象，都覺得那東西的氣質猶如妖怪。而且很有意思的是，只有在那個地方才能夠完成這個法術，如果離開了那塊土地，幻人就無法成形。」

「可能是因為那裡有一些特殊的病毒，或者氧氣更加稀薄，讓人的腦子更加容易出問題。你怎麼相信這一切是真的呢？」

「我當然相信，比任何人都篤定。」

那中國人說完就笑了，就是那一笑，讓別里亞克毛骨悚然，並且相信了這件事情。

他從來沒有見過這樣的表情，那表情之詭異，讓他心裡直接蹦出來一個念頭：這個人不是人類，而是他口中的妖怪。

這種感覺是極難模仿出來的，也絕對不是被暗示產生的，只有真正看到那個表情和那張臉的組合，才能明白別里亞克的感覺。
那不是一個人，別里亞克忽然意識到，這個中國人，似乎就是他口中說的「幻人」。
「我應該怎麼做？」別里亞克鬼使神差地問道。事後想來，他當時的精神恍惚得太厲害，沒有經過考證就直接開始追問了。
「你答應我的條件了嗎？」
「我當然能答應。」
那中國人很滿意：「我會先給你試用的，之後我會再聯繫你。」
回到KTV包廂之後，別里亞克沒有再看到那中國人。當他冷靜下來，開始後悔的時候，忽然聽到身後有人叫他。
他轉身，就看到尤里站在陽臺下的馬路上。當時的日本正在下雪，尤里穿著在俄羅斯時經常穿的那件風衣看著他，身上落滿了雪。
「別里亞克。」尤里對他招手。「你這段時間去哪裡了？」
別里亞克看著尤里，渾身顫抖，眼淚完全無法抑制。
他很久沒有聽到這麼正常的呼喚了。
「尤里，你能看到我？」
「你開什麼玩笑呢。」尤里用俄語說。
別里亞克瘋了一樣從陽臺爬出去，直接摔了下去。這裡大概是三樓，下面是綠化帶草坪，他摔得七葷八素，爬起來發現自己的手斷了，但他還是衝向馬路。

馬路上什麼人都沒有，但讓他駭然的是，雪地上有尤里的腳印。沒有來處，也沒有去處的一對腳印。

別里亞克知道了，這就是那個中國人所謂的試用。他衝了回去，在KTV包廂裡沒有找到那個中國人，於是到處喊：「我相信，我相信！馬上，我們馬上開始！」

他不知道那個中國人是怎麼做到的，但那時候他完全相信了，他發自內心地相信，那個中國人可以做到一切。

但從那之後，他卻再也找不到那個中國人了，對方也沒有再來找過他。

別里亞克憑藉記憶畫出了中國人的臉，卻發現無論自己怎麼畫，都只能畫出一個妖怪來。那張臉莫名詭異，讓人作嘔。他陷入了更大的瘋狂，並且開始不停地通過各地的神祕學俱樂部尋找、研究。在這個過程中，他只查到了一絲資訊。

那個中國人似乎去其他朋友那裡確認了一下宅子是否屬於別里亞克，發現不是之後，他就厭煩地離開了。

別里亞克意識到，必須擁有這幢宅子，才有可能回到那一天的雪夜。

「只有一個可能。」別里亞克和黑眼鏡說：「尤里家的小女兒早就放棄了所有的財產。尤里憎恨他的母親，這宅子，在他的遺囑中排除了他母親的繼承權，那麼只要殺光他們家剩下的男性就可以了。我有尤里最末位的繼承權，如果他們都死了，這宅子就是我的了。」

「那你是怎麼想到利用齊秋去幹這件事情的呢？」黑眼鏡終於忍不住問道。

整件事情裡他最想知道的，是誰讓別里亞克找到了齊秋，並且逼迫一個無辜的人殺了那麼多人，之後又將他拋入了冰涼的河裡。

別里亞克當然不會說這些，因為齊秋對他來說根本不重要，他完全沉浸在了自己扭曲的世界裡。

看樣子他是很難說到點子上了，但黑眼鏡不想讓他產生警覺，一直很有耐心。

別里亞克說道：「那個小孩啊，在查那個中國人的時候，我發現他去過一次俄羅斯，拜訪過那個小孩，然後我就跟過去了。起初，我只是希望齊秋替我傳話給那個中國人，我很快就會擁有那幢宅子，我們的交易可以繼續。但我找到齊秋的時候，發現他似乎有一種特殊的能力。」

第三十八章　齊秋

齊秋非常低調，但別里亞克在他身上，立即感受到了一種和尤里很像的氣息。齊秋在俄羅斯，似乎只是在安靜地完成一項普通的學業。

別里亞克看到了齊秋背後的陰暗面，那種對於自己是異類的渴望和恐懼。但齊秋的自制力很好，他並沒有像尤里一樣瘋狂。

別里亞克開始努力地接近齊秋，希望在齊秋身上重塑當年他和尤里的那種關係。在那個過程中，他發現齊秋有著極高的風水造詣。

他知道風水，卻是第一次系統地聽齊秋講解。他開始理解中國的神祕學和國外的有很大的不同，卻又有非常相似的地方。

在中國的神祕學裡，有個因素非常清晰，比國外的清晰很多，就是法脈。很多風水術數必須要特殊的人才可以使用，其他人是無法使用的。而這種特殊的人往往都來自一個家族的血緣親族，甚至需要在父親死的時候，設計一個風水局才可以傳遞給下一代。

齊秋來自一個奇特的法脈，他和別里亞克說完這些之後，就看著別里亞克，並對他說道：「你會傷害我，並且殺死我。」

別里亞克很驚訝，他確實準備了一批打手，準備劫持齊秋。別里亞克就問：「你能知道？」

「嗯，我們家族的人都知道自己的死期。我甚至知道你是怎麼死的。」

別里亞克笑道：「那我是怎麼死的？」

「你會死在一個臭氣熏天的屋子裡。」齊秋說道：「不過有一個辦法可以讓你免於死亡。」

「什麼？」別里亞克饒有興趣地看著他。

「你如果有機會把你所有的經歷和一個中國人全部說完，你不僅不會死，還會實現你的願望。」

別里亞克當時以為齊秋說的就是之前和他講述幻人的那個中國人，心中一動。

「有一件事情，還請你幫忙。」齊秋對他說道：「如果你有機會遇到那個中國人，在說你的故事的時候，你會提到我，那麼請你替我傳一句話給他：門已經沒有人守了，他們該出發了。」

別里亞克莫名其妙，他當時當然不相信這些，就招手叫來打手，綁架了齊秋。

雖然齊秋號稱知道一切，但讓他設局殺人的時候，他仍舊流露出了那個年紀的痛苦，他被施以酷刑，最後才就範。

在巨大的痛苦中，齊秋最難受的時候，他會一直念叨一句話：這是必然的，我應該接受，這是必然的。

黑眼鏡默默地看著別里亞克，別里亞克講完這一切，舒了一口氣：「我最後殺他的時候，他既平靜又痛苦，我很難想像，這兩種情緒會同時出現在一個人身上。現在我把這句話帶到了，真神奇，當你沒有提出和我談條件的時候，我還以為他算錯了。對了，你們中國的占卜結果，無法逃脫嗎？」

「普通人不行，但他是可以的，只是他選擇了酷刑和死亡，因為他肯定算到了比死亡更可怕的未來。他可能只有這個辦法，把訊息傳達給我了。」黑眼鏡說道：「不過這麼說來，殺死這些男丁，不是因為這個法術需要獻祭家族所有的男性，只是你想擁有一套自己的房子。」

「是這樣的，齊秋的法脈，最大的能力在於占卜。他告訴我，當我殺死了所有的男丁，那個滿足我願望的神祕中國人就會出現，因為他可以立即知道這房子已經屬於我了。只要我能滿足他這個要求，他就會出現，他有這個能力。我同時需要把所有的獻祭儀式準備好，他來了就可以直接開始。」

「哦，這是一個對未來的預言，一種可能實現的未來。」

「對，但必須是所有的男丁都死亡，那個未來才會實現。而那個中國人出現之前，我還需要滿足一個條件——尤里必須要死，所以我引誘他自殺了，用了迷幻藥。」

別里亞克看著黑眼鏡，後者不為所動。

「所以你做這一切，並不是在召喚古神。」

「我們是在召喚古神，至少尤里是這麼認為的。」別里亞克說道：「否則我怎麼能說服他自殺呢？我騙他說，通過腥臭召喚的黑暗古神，可以解除他之前的要求。他需要把自己的血祭祀給腥臭，但他吃了太多迷幻藥，已經不知道用冰錐刺喉嚨要刺多深了。」

黑眼鏡看向了別里亞克的肚子。

別里亞克摸了摸自己的肚子：「你以為最後一個男丁死了之後，這裡面的黑暗古神就會降臨，對吧？不是的，我肚子裡不是一個魔胎。等最後一個男丁死了，那個中國人就會出現，他會把尤里從那個世界帶回來，而我的肚子有其他用處。」

他摸著肚子，解開了衣服，黑眼鏡看到他的肚子上捆著一顆定向地雷，後面有一個承壓的鋼片圍著腰。

「火藥已經調過了，我不會受致命傷，但我面前的生物都會死。那個中國人把尤里帶給我之後，我就對著那個中國人引爆，這樣世界上就不會有人知道，尤里是從哪裡來的了。」

「有必要嗎？」

「他是個妖怪。」別里亞克說道：「沒有生物可以在這種火藥的襲擊下倖存。」

黑眼鏡問：「齊秋有沒有說過我和你的結局是什麼？」

別里亞克笑著說道：「你失去的東西，那個中國人也能替你拿回來，你和我會變成同一種人。」

黑眼鏡就笑，說道：「你知道齊家人傳法脈，第一課是什麼嗎？」

「是什麼？」

「如何撒一個讓人到死都不會懷疑的謊。」黑眼鏡笑得非常欣慰。

別里亞克不明白，黑眼鏡就說道：「齊秋做了那麼多，無非是希望你相信，他相信宿命，所以他說的每一個資訊都不可能有假。也確實如此，他和你說了那麼多，全部都是真的，但這一切都是為了在最關鍵的事情上騙你，而那個時候，你早就對他失去了戒心。」

別里亞克還沒有明白，黑眼鏡說道：「至少有一點齊秋說得很對，你會死在一個臭氣熏天的房子裡。」

「你並不會帶我去找最後一個男丁，那個中國人也不會出現。他騙了我？」

「嗯。」

「你不想找回你要的東西嗎？我們需要那個中國人！」別里亞克吼道，然後笑了。「你是不是動搖了？沒關係，你可以動搖，你最後會下定決心的，他不會算錯的。」

「你知道哪裡的螃蟹好吃嗎？」黑眼鏡忽然問。

別里亞克愣住了：「什麼？」

「算了，我自己查吧，我想下班之後去吃點好的。」黑眼鏡站起來，解雨臣放的那把火，火勢已經蔓延開來。

他從口袋裡挑出三個銅板，丟在地上，看了一眼，然後直接往宅子外走去。

「這是什麼？」

「奇門八算，算你能不能活到天亮。」黑眼鏡說道：「不過你死定了，注意走路。」

別里亞克莫名其妙，他發了一會兒呆才反應過來，此時黑眼鏡已經走遠了。他衝過去想抓黑眼鏡，忽然腳下踩到了一條爛魚，他一下子滑倒了，腰上的地雷勾到了邊上的桌子角，直接被勾了下來，落到地上。他摔了一個狗吃屎，眼看著地雷落到自己面前，正面寫著英文：此面向敵。

幾乎是同時，桌子上一瓶臭掉的酒落到了他的手上，他手裡的引爆器按鈕被碰了一下。

黑眼鏡在走廊裡聽到身後傳來一聲巨響。

他走到門口的時候，就看到外面的傭人都在打電話叫救護車。

古神的房子不會那麼容易被燒掉的，否則這裡的老主人早這麼幹了。

他看了看，外面已經沒有車了，就開始往山路上走。山路冷清且長，但他真的需要時間，好好想想即將要發生的事情。

第三十九章　下班了

在一個路邊加油站的餐廳裡，鄭景銀醒了過來。

解雨臣正在吃薯條，他不喜歡吃這些東西，但天快亮了，他一晚上的體力消耗太大了。

剛才他的手機響了一下，他看了一眼，是黑眼鏡。

黑眼鏡出來了，但是走到這裡，估計得兩個小時。

鄭景銀摸著頭，莫名其妙地看了看四周。解雨臣問：「你和你東家的女兒，什麼時候結的婚？」

鄭景銀沒有馬上回答，直到天邊露出了一線天光，他才緩緩道：「你怎麼知道？已經四年了。」

「為什麼要隱瞞這個消息？老太太不同意？」

鄭景銀摸著腦袋：「要是你，你能同意嗎？這是哪兒？」

「尤里死了。」解雨臣說道：「可能得要你對老太太報喪了，你夫人應該是在四年內放棄了遺產繼承權吧。」

「是的，她和她媽媽關係不太好，你說小公子死了？你們失敗了？」

「我會給你一份簡報的，但如何去和老太太說，你自己決定。」解雨臣喝了一口可樂。

「我是怎麼回事？」

「簡報裡都寫了，剛才我已經用手機寫完發到你信箱了，你回去就能看到。但不要回那個房子了，去東京住酒店吧。」

鄭景銀顯然還沒有反應過來。

「如果有什麼異常的情況，記得聯絡我。」解雨臣說道。

「啊，我記起來了，我看到了一個東西，那個東西我丟失好久了。那是我和我妻子當年丟失的一個瓶子，我就想拍給我妻子看看，然後慢慢地我什麼都不記得了。」

「嗯，那瓶子對你們來說很重要嗎？」

「很重要。」鄭景銀說道。

「所以你還是想回那個房子裡找那個東西的。」解雨臣說道。

鄭景銀說道：「我看到了，就在那個房子裡，我不明白為什麼會在那裡，我不該去找嗎？」

「不要回去。」解雨臣說道。

鄭景銀看著他，解雨臣的眼神很堅決，他只好點了點頭。

解雨臣看著窗外，天色很快亮了起來。

兩個小時以後，天完全亮了，鄭景銀問解雨臣，要不要安排飛機，解雨臣搖頭。

黑眼鏡從馬路上走來，解雨臣走了過去，兩個人並排走著。路上還沒有多少車，他們找了一個口子下去，下面是一片湖灘，邊上能看到巨大的河口湖，黑眼鏡把大概的過程說了一遍。

解雨臣沒怎麼搭話，只是安靜地聽著。

湖面波光粼粼。

「下班了，我要睡一覺，然後去吃螃蟹。」黑眼鏡說道。

「然後呢？這件事情還有沒有疑點？」

「有一個中國人是這件事情的催化劑，但他最終沒有作惡。」黑眼鏡說道。

「齊秋那句話，是我理解的那個意思嗎？」

「吃完螃蟹再討論吧，別浪費了好天氣。」黑眼鏡笑了笑，活動了一下肩膀。

「我好疲倦啊。」

兩個人轉身向馬路走去，天氣極好，解雨臣忽然覺得一陣輕鬆。

可能從現在開始，他的日程表裡，只有一件重要的事情了。

這對於他來說，竟然是一種解脫。

第四十章　未解之謎

回北京的飛機上，兩個人都很沉默。他們的穿著很休閒，但都有些疲憊。

良久，解雨臣忽然想到了什麼，問黑眼鏡：「你在那個老宅裡，到底看到了什麼？」

「很久以前的那個黃銅箱子。」

「你也有那麼想找回來的東西？」

「嗯，那個箱子牽扯到一個未解之謎。」黑眼鏡笑著喝了一口啤酒道：「時間太久了，我都以為我不想知道了，可惜，都只是幻覺。」

「原始宗教體系，難道都是迷幻藥的世界嗎？」解雨臣看著窗外的雲層，聲音低得像是在自言自語。

「也許不是。也許那個時代和現在是不一樣的，但是那些不一樣都已經淹沒在地殼裡了。」黑眼鏡說道，他手裡拿著從古宅裡順出來的筆記本，正在看尤里的筆記。

「你離開古宅之後，還有看到那個箱子嗎？」

黑眼鏡看了看前方，似乎在前面的空位上看到了什麼，但他沒有說話。

兩個人沉默了一會兒，黑眼鏡問：「你對於原始宗教沒有自己的見解嗎？」

解雨臣也沒有回答他，開始閉目養神。

黑眼鏡沒有追問，他知道解雨臣可能會在某個時間，忽然回答這個問題，所以他只要提問就可以了。對方不會忘記他的問題的，但對方會挑選回答的時間。

原始宗教到底是什麼呢？

解雨臣閉著眼睛，內心閃過很多思緒。

說實話，原始宗教存在的時代，在曆法上都處於神話時代前後。

如果把神話時代的故事當作是浪漫主義的描繪的話，原始宗教就是當時的現實。人類文明在西元前三千年再往前，還有漫長的歷史，那些歷史幾乎是從西元前一萬年就開始了。

那些時間裡發生了什麼，誰也不知道，如黑眼鏡所說，這些東西存在的證據，現在都在山底的深處，或者地下的深淵裡，隨著地殼運動，很多東西已經深入地殼，不可能再看到了。

在這些漫長的歲月裡，人類先是創造出原始神靈和法術儀軌，後來慢慢發展出了各式各樣的宗教，產生了各式各樣的神。

這些神一開始的形象和現在完全不同。

人類賦予了這些古神很多浪漫主義人格化的色彩，但事實上，在地下洞穴裡，在龍捲風裡，當有人看到了某些無法理解的形象，而這些人又得以倖存下來的時候，其所描繪出的第一個形象，才可能是人們記憶中一些神的真正樣貌。原始宗教是研究這些真相的一個難得的入口，因為原始宗教幾乎是一種活化石文化。

想著，解雨臣睡著了。

黑眼鏡看了看他，也閉上了眼睛。

他回到了當年的熱帶雨林裡，當地人告訴他，叢林裡面有一個遺跡，人進入之後，經常會發生一些奇怪的事情。

這些年有十幾個人，在這個遺跡裡失蹤了，於是當地人開始供奉這個遺跡。在某個雨水特別多的夏天，那些人的屍體才陸續被發現，完好無損，都出現在遺跡四周的林子裡。

屍體沒有絲毫的腐爛，從身上的痕跡來看，他們顯然在失蹤之後仍然活了很長一段時間，身上有好多後續生活的痕跡。

但他們失蹤之後去了哪兒，誰也不知道。他們似乎去了另外一個地方，而且活了下來，但一直被困在裡面，直到死後才重新出現。

在對這些屍體進行解剖時，還發現了非常多可疑的和無法解釋的細節。

比如說，他們的胃都變得非常小，而且身上有很多蚊蟲叮咬的痕跡。但這些叮咬的痕跡，有一些是在皮膚下形成的。

當時有人對黑眼鏡說，感覺在這些屍體生前活動的地方，蚊子是活在四維裡的。

後來他們就發現了那個黃銅箱子。

箱子上有非常多已經看不清的浮雕，當時有一個說法，那些浮雕上的資訊似乎在詮釋箱子裡有另外一個世界。

接著他們隊伍裡的人，也開始消失了。

這是一個漫長的故事。

也許，他們也進入了那個箱子。

可惜，箱子最後沒有被帶出來。

是什麼時候丟失的呢？

黑眼鏡也睡著了，他沒有時間再想那個箱子了，他需要好好休息，因為他知道落地之後會發生什麼。

活了那麼長時間，終於等到了。

外面雲海漂泊，日落下去，出現了瑰麗的黃昏，再之後，應該是漫長的黑夜。

第四十一章　尾聲

1

伊薩基輔大教堂，阿夫多季尤什卡老太太正在祈禱。

整個大教堂裡沒有人，也只有老太太的這個家族，可以在這個時候清空教堂。

老太太明顯更蒼老了。

鄭景銀帶著一個中國人走了進來，老太太站起來，看著他。

「聽說你可以讓我的孩子們都回來，對嗎？多少錢？」

那個中國人看著四周的教堂：「我要這個教堂，可以嗎？」

「這可比錢珍貴多了。」老太太面無表情地說道。

「放心，我會給妳試用的。」中國人摸著邊上的祈禱椅說。

2

河口古宅的大火已經撲滅了，村田看著幾乎還是完好的房子。

無論發生多少事情，這幢宅子依然強悍地立在這裡。他感慨，這樣的日子，什麼時候是個頭呢？

那個阿夫多季家族，似乎又把這裡掛牌出售了，不知道下一個主人是什麼人。

他想著，忽然有日本的仲介上門，對他點頭。

「出售成功了。」

「辛苦了，這麼快嗎？」村田非常驚訝。

「是一個中國的公司。」仲介說道：「他說他會負責修繕的費用，這裡起火他有責任。」

仲介給村田看對方的照片，村田看了一眼，就認出是之前那個他看不透的中國人，相對矮一點的那個。

這個老闆看上去不太好伺候。

村田問：「需要我做什麼嗎？」

「什麼都不要做。」仲介說道：「他說過一段時間，會帶一些朋友過來旅遊，保持客房乾淨就可以了。」

村田點頭，嘆了口氣，大家似乎還是學不乖啊。

這時候，一個俄羅斯姑娘從外面的車上下來，她長得非常漂亮，穿著昂貴的大衣，面色複雜地看著這房子。

村田迎過去：「小姐。」

「在簽約之前，這房子還是阿夫多季尤什卡家的吧。」俄羅斯姑娘說道：「讓我進去，我要去找個東西。」

3

祕書把購房合約放到解雨臣的桌子上，他最後還要再看一遍。

此時他看著窗外，沒有回頭，祕書沒有說話就走了出去。

窗外一片朦朧，今天北京有大霧。

他拿出手機，最後再和阿夫多季尤什卡確認眼疾專利的事情，對方並未回覆他。

成功和失敗總是一半一半的，他心裡知道。

他靜靜地坐著，他很少有時間能那麼安靜地回顧自己的一生。

裁縫發來消息告訴他，關於那件衣服，還有很多細節不是很清楚，希望和他交流。

解雨臣回頭看了看旁邊桌子上放著的一個瓷瓶。

那個瓷瓶上有一個起舞的舞姬，青花畫的圖案。

盜墓筆記之花夜前行

千面

引子一　關於千面的研究

講一下我身邊一個非常神奇的行業。

面具，這個行業在古代叫作易容術，很多時候並不是如我們想像的，或是電視裡說的那樣，整張人皮從臉上撕下來。大部分時候，這種技術是通過將類似人皮的材料貼在關鍵部位，從而改變容貌。

女性比男性更加擅長這個技術，按照理論來說是在對相貌結構的分辨上，女性比男性能力更強。比如說，我們在日常生活中，男性看到一些女性，會以為她們沒有化妝，但是女性一眼就能看出對方在臉上做了修飾。當然關於這些我都沒有看到過專業的論文，所以不可考證是否是真實的。

面具這個體系，目前有兩個流派，我都接觸過。阿透，是我師父之一，就是給我戴上三叔面具的那個女孩子。她有著非常深厚的美術功底，會使用大量的現代材料和現代化妝技術。張家則完全使用傳統技術，幾乎沒有改良。所謂人皮面具，以前是不是用人皮做的，我沒有細問過。但張家做面具用的特殊材料，配方只有他們知道。我則自創一派，用麵粉或者福建肉燕的做法，可以做出臨時的面具來，有效期取決於天氣熱度和我出汗多少。

這兩個體系的源頭，我估計都是一致的，阿透習得這種技術的經歷，可以寫一個很長的故事。她說她只聽說，祖師爺是在邊關起家的，早年幫富人修窟，做佛像。富人們有一個不成文的規定，就是希望佛像的臉像自己，祖師爺在捏臉上逐漸展現出了天賦。打造佛像之前，要先做好準備，因為沒有那麼多材料可以用來做模具，所以起先是綳紙人做臉的模具，人皮面具由此開始成形。後來祖師爺家裡有親戚犯事，要出關，他鋌而走險做了一張紙面具給親戚貼在臉上，竟然真的混出去了。祖師爺自此名氣漸大，就不做佛像了，光做送罪人出關的面具生意。後來材料改良，漸漸成了一門特殊的手藝。

這個手藝在當時只傳外姓，不傳本家，只為流傳，子孫後代是不能連續兩代做這個的。據說因為這個面具，閻王爺經常收錯人，怪罪了下來，所以這一行人都命短。我想是因為這一行被滅口的機率太大，所以很多人不得善終。

張家的面具，用的應該就是這種古法，阿透的技術則是後來經過很多人改良過的。這項技術後來被應用在整容醫學裡，已經是一項非常專業的現代技術了。

在張家的面具裡，有一個流派不得不說，就是張海琪下屬的南洋檔案館的一支，他們有一個髒面的傳統。南洋檔案館進行除惡、暗殺、突襲時，每個人會戴著自己設計的面具，這種面具不像人皮面具是用來偽裝的，它只是用來遮掩面部和恐嚇對手，我曾在南洋收藏過一個。

這種面具製作非常精良，一般都是由製作者心中最恐懼的形象演變而來，目的是第一時間讓被襲擊者心裡產生恐懼，所以樣子都異常可怕。張海鹽的髒面是一條蛇狀的臉，非常逼真，戴著如同蛇頭人一樣。他還收集了很多其他人的髒面，讓我印象最深刻的是一隻鳥的面具，不知道是誰做的。從這張面具上我明白了繪畫的妙處，原來一個恐懼鳥的人心中的鳥臉，和我們正常人看到的，是完全不同的。

那張臉恐怖得令人髮指。

所以恐懼來源於內心，而不是具體的現實存在，你的大腦會把很多東西塑造得十分可怖和邪惡，遠超你眼睛所看到的。

張起靈也有髒面，是張海鹽為他做的，據說是一張沒有五官的面具，看著猶如一個黑洞。張海鹽說是只有混沌才能配得上族長，但我從未看他戴過。對於我來說，張起靈的髒面就是張禿子，他最害怕的應該是掉頭髮吧。

髒面蘊含著民俗美學，製作既精美，又有實用價值，是一種極其珍貴的藝術品。製作髒面需要很長時間，有時候甚至長達一生，髒面都在不停地被完善、豐富、修補。有些人一生有多個髒面，分成不同色系，可以搭配著衣服佩戴。我有一段時間深深著迷於這種面具。

接下來有機會，我會深入收集這方面的資料，收集一千個和面具有關的故事。有一些人面，有一些髒面。統稱為：千面。

引子二　阿透

解雨臣其人，時常想來，不知道該怎麼去描述他。

大部分人無法感知解雨臣的情緒，我是可以感知到的，但十分輕微，這大概是從小相識，也熟悉老九門家族風格的緣故。

但這種感知又沒有用，因為解雨臣的行為處事，和自己的情緒毫無關係。

有時候我覺得他是一個由很多原則堆砌而成的人。

人過於聰明就會變成這樣，當時黑眼鏡晃著解雨臣的肩膀這樣和我說，把他搖晃得腦袋似乎都要掉下來了。

如果非要形容的話，解雨臣就是一個在大家狂歡爛醉之後，還能夠拔掉所有電器的插頭、拉掉電閘、檢查瓦斯開關，然後把所有人一一送回家的人。

他也喝了不少酒，但是絕不會在人間沉醉。

他的活動範圍比我大很多，我算是一個「國內蹲」，但他因為業務廣泛，世界各地到處飛。也不像黑眼鏡只在東南亞晃蕩，他什麼地方都去。

關於他的故事在業內有很多傳說，因為多是在各種地界發生的，所以聽上去都比較炫。

我和胖子聽到這種傳說，大多會呈現痴呆狀，因為故事太離奇，無法共情。

他身邊的人也都非常怪。

我稱呼他們為旁觀者聯盟，因為所有人似乎都有種向死而生、疏離於人世的氣質。如果把他團隊裡的人在我面前一字排開，就像是一群神仙在看我這個凡人的感覺。

阿透是怪中之怪。

童年的時候，阿透遭遇過嚴重的燒傷事故，做了植皮手術，植的皮膚來歷成謎，而且上面布滿了紋身，所以阿透的雙臂是一雙花臂。

因為不喜歡上面紋身的表現形式，阿透去學了美術，並且不停地完善紋身。

花臂上的紋身，有著一股特殊的氣質。它一定來自一個非常特別的人，她不停地修改，就是希望自己的氣息，能夠壓過那個人的氣息。

她人生中最大的謎題，就是這雙花臂的主人是誰。

在她十七歲的時候，她收到了一張紙條，就貼在她房間的窗戶上。

她的房間在三樓，顯然是有人爬到了她的窗口，貼上了那張紙條。

上面的文字是：

照顧好我的手，我未來會回來取。

能看得出來這明顯是女孩子的字，那麼她手臂上的皮膚，大概是這個女孩子的。

當時她就明白了，給她皮膚的人，並沒有死。

那對方為什麼會在活著的情況下捐獻皮膚給自己呢？

這裡面應該隱藏了一個十分悲慘的故事。

阿透從此開始了尋找此人的旅途。

她和另外一個女孩的故事，我也是從她們的隻言片語中一點一點拼湊出來的。

而阿透也非常肯定一件事情：那個女孩就在她的附近，一直在注視著她。

她不願意欠別人人情。

這雙手上的皮膚，還給妳。

她在自己的窗戶上回貼了一張紙條，但是再也沒有人回應。

第一章　甲方

這是十年前的事了，故事要慢慢講。

阿透在看到那棟別墅的時候，是憧憬過有錢人的生活的。

這麼大的地方，打掃起來應該非常累吧，不過，有錢人應該不會擔心這個。阿透覺得自己很好笑，有錢人還會自己打掃別墅嗎？估計會有很多清潔工，也許還有園丁什麼的。

阿透決定恢復淡定。

別墅是新蓋的。阿透知道這個老闆名下有很多老建築，似乎他有收集老建築的習慣。姓謝還是姓解，她記不清楚了。老闆是做古董生意的，年紀不大，應該是繼承的產業。她多少知道一些所謂的「新貴」，這個年紀能這麼有錢的，得涉足網際網路行業才行。古董行業看天吃飯，又是資金密集型產業，不太可能少年暴富。就算是少年天才，也得真刀真槍有入市的第一桶金。

進入別墅，她的甲方和別墅的主人都在客廳裡等她。她的甲方也是她的委託人，同時還是這個別墅主人的祕書之一。那是一個三十七、八歲的女人，她們認識有一段時間了，但那是另外一個故事，和今天的故事關係不大。

別墅的主人穿著一件粉紅色的襯衫。

看到他，阿透心裡想，好看，顏色駕馭得不錯。主要是，這張臉有點東西。

三人坐下來，阿透就把手裡的合約遞過去：「喏，實際業務工商部門是不認可的，所以我寫了顧問費，房屋裝潢顧問。如果沒問題，簽了合約我就開始幹活了。」

解老闆看了看甲方說：「她行不行？那麼貴。」

「絕對可以。」

得到了甲方的肯定，解老闆很快簽下了名字。阿透掏出畫板說道：「好了，先說好，我只能根據你們的描述畫出那個人，你們描述得越精確，就越不浪費時間。我沒有開天眼，沒法猜你們見到的那個人長什麼樣。」

阿透有非常多能力，大多集中在美術方面，尤其是筆頭功夫。通過別人的描述，速寫出一張臉來，是她的眾多能力之一。對，就是很多警匪片裡，刑偵技術人員根據受害者口述，完成凶手畫像的那種能力。只不過她是民間的。

這個解老闆不知道想完成誰的畫像，只有一面之緣的夢中情人？沒有照片的多年之前的初戀？生意上的詐騙犯？無所謂，阿透不關心，這種小活能夠賺四萬塊，她很滿足了。

「來吧。」阿透拿起鉛筆，草草地打了一個人像的輪廓。

解老闆看了看手錶，對阿透說：「時間還沒有到，我先和妳說一下接下來工作的來龍去脈，可以嗎？」

阿透點頭，你是老闆。

她注意到解老闆的脖子上有一塊溼疹，看起來皮膚狀態不太好。

她胡思亂想著，壓根不在乎解老闆之後會說什麼，這項工作其實不需要前因後果，但很多人有傾訴欲，很多人要整理自己的思路，她都可以理解。吧啦吧啦……隨便他說什麼，她可以放空，繼續看這張臉。就憑這張臉，她甚至可以打五折接這個活。

「我不會和妳說細節，比如告訴妳眉毛是什麼樣之類的，這次不是這麼來工作的，可能和妳以往的工作方式不同。」解老闆說道：「等一下妳得自己看，看了之後畫下來。」

「看什麼？」阿透愣了一下。

「看妳要畫的那個東西。」解老闆說。

阿透第一次有點疑惑，想了幾秒：「你是說，等一下我要畫的那個人，會到這裡來？」

解老闆點頭。

阿透就笑了：「我對著他畫？你以為我是街頭畫遊客素描的？來自有錢人的誤解？」

阿透覺得有點被侮辱了。不行，這張臉也架不住讓她這麼去賺這四萬塊。她看了看甲方，甲方應該也不知道自己的老闆會來這麼一齣，她們認識這麼久，甲方還是挺瞭解自己的。她沒有立即走，是給甲方一個面子。

甲方沒有說話，阿透發現甲方似乎有一些害怕。

解老闆繼續說：「這個房子不是老宅子，卻存在一個按道理來說不應該發生的現象。我就實話實說了吧，每天晚上八點到十二點，這裡的鎮上都會斷電，原因不清楚。在這四個小時裡，會不定時地來電，不定時地斷電。」

阿透不知道解老闆想說什麼，但她覺得渾身有些發涼。

「斷電和來電的頻率非常高，有時候，剛斷電幾分鐘就會立即來電，一秒之後，又會斷電。」

「嗯。」

「這幾天，我都是一個人在這裡辦公。因為別墅靠海，所以周圍沒有其他照明，斷電之後，四周一片漆黑，我就會坐在原地，等供電恢復。這幾天，每一天都有斷電、恢復、立即又斷電的情況，燈會亮起一秒鐘然後再次熄滅。」

「嗯。」

「那一秒鐘時間，在燈光閃爍的瞬間，好幾次我都看到這個房子裡有一個人。」

「告辭。」阿透渾身的雞皮疙瘩都起來了，她站起來就要走。

神經病啊，叫我來畫鬼！收你四萬塊，要我來畫鬼，我寧可去畫城市宣傳畫。

「我確定當時別墅裡只有我一個人，等後來燈亮的時間長一些，我幾次找遍別墅，都找不到那個人。那個人，只有在反覆斷電的那幾秒裡，才會出現。」

阿透說道：「解老闆，你腦子不正常不要扯上我，玩笑不是這麼開的。」

解老闆看了看手錶，也不去攔她。他講的時候很平靜，不像是在開玩笑。阿透來到門邊，這時候，燈一下子滅了，阿透聽到空調熄火的聲音。

一座房子裡有電器運轉，會在環境裡產生輕微的雜訊。平時我們待著待著會焦慮，就是因為這些聲音。長期處於這種環境中，我們其實已經適應了、聽不出來了，但它確實存在，讓人煩躁。

斷電的瞬間，你才會感受到真正的安靜，它一下子直逼過來，將你淹沒。

「八點了。」解老闆說道：「妳沒仔細看合約，妳不能中斷服務。我們在外面的車上等妳，請妳務必畫下那個東西的臉。如果成功了，除了四萬塊奉上，我還能告訴妳，妳在找的那個人的消息。」

手機燈光亮起，解老闆和甲方站起來，甲方率先跑了出去，解老闆用手機照了照阿透。阿透臉色慘白，渾身冰冷，想大叫跑路，但心中另外一股欲望，把她死死地按在了椅子上。

她確實在找一個人，找了很久都沒有找到。

她看了看四周，別墅裡一片漆黑。這裡怎麼這麼黑啊？別墅那麼大，一個人住不害怕嗎？她心說。

黑暗中，冰冷的氣息襲來。

第二章　停電

解老闆很快就走遠了。現在，除了外面的月色透進來的一點點光，整個房間一片漆黑。阿透渾身瞬間起滿了雞皮疙瘩。

其實，一開始的幾秒鐘她還是有點懵的，不明白為什麼就剩她一個人了。在她意識到這個房子裡只有她一個人的時候，強烈的恐懼如潮水一般湧來，她差點失控衝出去。

接著她想到這會不會是一個惡作劇，解老闆他們上車就走了，她被留在了這裡。

這個別墅離市區太遠了，她肯定叫不到車，公車站也不知道在哪裡。燈呢？如果來電了，燈是雙向開關，還得找到開關才能再次打開。哦，不過別墅的燈控應該不會那麼「弱智」吧？

還有，解老闆怎麼知道自己在找人，似乎還知道在找的是什麼人？

這件事情自己沒對幾個人說過，或者說，一直是自己親力親為在找。也不可能是甲方說的，她和甲方的關係沒有好到分享這件事的程度。

她找了那個人很久，一直沒有消息，但是否值得為此在這裡畫鬼呢？畢竟自己找那個人只是出於興趣和好奇。

她正想著，黑暗中忽然傳出塑膠袋被動了一下的聲音。突如其來的聲音，把阿透嚇得幾乎從椅子上跳起來。

她掏出手機，按亮螢幕，照向聲音傳來的方向——什麼都沒有。

客廳呈正方形，非常大，中間放著一張大長桌子，是能容納十幾個人聚餐的那種西餐桌，左邊是開放式廚房，還有一個吧檯，那是吃早餐的地方。靠牆是西廚設備和步入式冰箱，右邊是一個下沉式的會客空間，裡面有一臺大電視和很多書架。

聲音從開放式廚房那個方向傳來，在手機微弱的光線下，阿透看到那邊有很多塑膠袋，都放在吧檯上，裡面應該是食材。

那個解老闆說這幾天他都住在這裡，他是自己做飯？還挺禁欲的。不，不，應該有管家，這些應該都是管家買的菜。看他的手應該做不了飯。

自己是什麼時候注意到他的手的？

不對，蔬菜為什麼沒有放進冰箱裡？是水果嗎？

到底在胡思亂想些什麼！

阿透深吸一口氣，竭力讓自己冷靜下來。這時——

「啪」一聲，「滴」一聲。

雖然聲音不算大，但還是把她嚇了一跳。

電力恢復了，空調開始運作，所有的燈瞬間點亮，強烈的亮光讓阿透幾乎睜不開眼睛。

好在她連黑暗都沒有適應，所以沒有目眩的感覺。整個空間變得亮堂起來，客廳的燈光是暖色調的，剛剛的陰霾一掃而空。

這客廳真大——再次看清客廳，阿透還是同樣感嘆，頓覺自己好沒有出息。客廳裡沒有任何怪物或者鬼魂出現，還是之前的樣子。她目光掃過所有的角落，掃了兩遍，什麼都沒有。

她鬆了口氣，看了看門外，外面一片漆黑，看著有點恐怖，但強烈的照明光流讓她覺得這個屋子很安全。

她鎮定了一會兒，走到開放式廚房那裡。有一個塑膠袋掉到了地上，她撿了起來，裡面是泡麵。

她又看了看其他袋子，還是泡麵。

這怎麼行，沒有營養。阿透嘆氣，男人多有錢都一樣，呵。

還沒接著往下想，「滴」一聲，所有的燈又滅了。阿透嚇得手腳慌亂起來，很多塑膠袋被她碰到了地上。她貼在冰箱上，大氣都不敢出。

這個角落比剛才那個角落更加糟糕。

剛才那個角落還有外面的月光，這個角落因為靠近客廳的邊角，什麼光線都沒有，絕對黑暗。

沒等她反應過來，電力又恢復了，客廳又亮了起來。這個電力故障和抽筋似的，她心中暗罵。

接著下一秒鐘，燈又滅了。阿透此時已經決定放棄了：算了，不找那個人了，甲方的關係不起作用了，四萬塊也不要了，沒有車回去也沒關係，自己在路上攔車。

再待下去要窒息了。

黑了有三分鐘左右，阿透已經開始往門口摸，燈又亮了。這一次是閃亮，只亮了一瞬。就在那一瞬間裡，阿透看到，在自己面前大概一臂遠的吧檯上，站著一個人。

她在那一瞬間裡，以自己藝術寫生的習慣，直接抬頭看向這個人的頭部。瞬間，她感知到這個人超出了常理的高，起碼得有兩公尺，所以他站在吧檯上，高得臉都看不清楚了，顯得更不像人類。

客廳裡瞬間又陷入了黑暗，眼前什麼也看不到了。

阿透之前完全沒有想過，解老闆說的事情會是真的。以前聽鬼故事，雖然很嚇人，但從來也沒有見過鬼。

這是其一。

其二是，它怎麼會離自己那麼近，竟然在自己面前一伸手就能夠觸摸到的地方？

其三，它竟然站在吧檯上，這也太嚇人了吧。

阿透無法抑制地尖叫起來，心說：「千萬別再來電了！」可話沒說完，燈就亮了，她看到那個東西竟俯下身子來看她。

阿透趕緊拉開冰箱，將裡面的隔板扯出來，自己躲了進去。

第三章　邪物

冰箱是真的大，大到能走進走出。她扯掉一邊的隔板躲進去，皮膚貼著冰箱內壁，冷氣也讓她逐漸冷靜了下來，她開始回憶剛才發生的事情。

——在燈光閃爍的瞬間，這棟別墅裡多出來一個東西，似人非人。

冰箱裡非常黑，外面似乎又斷電了，她動也不敢動，生怕那東西會瞬間移動。或者，那東西現在已經在冰箱裡了，就在她臉邊貼著。

不對，黑暗裡似乎確實有東西，就在她身邊。她用力地把自己貼近冰箱內壁。「嗡」一聲，冰箱的壓縮機啟動了，又來電了。外面的燈全亮了，有光射進來，阿透愣了一下，立即就意識到，自己剛才沒有把冰箱門關嚴。

光從門縫中射進來，她用餘光能感覺到，縫隙的外面站著一個東西，那東西正瞄著縫隙。阿透尖叫起來，同時冰箱門被人從外面打開，冰箱燈亮起，光線完全照射進來。

是解老闆，他就站在外面。

阿透繼續尖叫，把能抓到的東西都丟了過去，解老闆單手都接住了，說道：

「請從我的冰箱裡出來，妳踩的東西是我朋友送我的調味料，這東西我自己調不來的。」

阿透看了看自己的屁股下面，又是一堆塑膠袋。他說的調味料，是黑松露嗎？她趕緊抬起屁股，黑松露可是非常昂貴的。她拿起來一包，發現是某種醃菜。

「速食麵配料？」

解老闆進來把她提起來放到一旁，開始把隔板插回去，接著整理冰箱。阿透大叫：「真的有個人！」

「我已經見過好幾次了。」解老闆把東西全部整理整齊後，將阿透拉出冰箱。

阿透看了看吧檯，上面已經沒有人了。電力供應好像穩定了，但是她仍舊不敢靠近吧檯。

「放心，今晚不會再斷電了，斷電斷得很規律。」解老闆走出來，把襯衫挽起來，開始洗手。「妳可以開始畫了。」

「你們、你們為什麼要出去，留我一個人？」阿透看到甲方也回來了。她臉色煞白，看著自己，一臉又抱歉但又不想待在這裡的表情。

「超過兩個人在，這東西就不會出現。」解老闆說道：「這別墅是別人抵債抵給我的，我暫時用來避開北京那邊的事情，沒想到會出現這種問題。」

說著他把畫板和筆遞給阿透：「聽說妳對人臉過目不忘，請吧。」

阿透繞過吧檯，吧檯上沒有人站過的痕跡。她回到桌子邊坐下，有另外兩個人在這裡，感覺好多了。她看著畫板，覺得這事情很荒謬，但是她現在不敢一個人回去。

解老闆非常嫻熟地幫她泡了一杯熱咖啡。

「等一下，你說你能幫我找到人，你怎麼知道我在找人？」她忽然想起這事來。

「有些人不能亂找，妳雖然找不到他，但是他立即會知道妳在找他。他會先對妳好奇，再來觀察妳、試探妳。如果妳居心不良，也許他會在妳找到他之前，就對妳做點什麼。」

解老闆說道：「據我所知，妳要找的那個人，也一直在觀察妳。我猜想，妳是因為任性，覺得自己能夠面對世界上的各種挑戰，在毫無敬畏的好奇心驅使下才去找這個人的。但是妳有沒有想過，他可能會對妳不利？」

「我和妳要找的人有業務聯繫，我可以幫妳。當然我也有自己的目的，妳得先幫我——」解老闆敲了敲畫板。

阿透妥協了，拿過畫板，閉上眼睛，開始回憶之前的那個瞬間。

她能回憶起來，她有一種特殊的能力，就算當時沒有看清，事後也可以在腦子裡還原出當時那個瞬間，然後再次仔細觀察。

她畫了幾筆，詫異地發現，那是一張普通的男人的臉。

沒有任何特別之處，是人的臉。她對於人臉是有充分研究的，這張臉屬於亞洲漢族，三十多歲，很普通。她很快畫了下來，細節更多了，是南方的漢族，顴骨有點高。

這比鬼臉還嚇人。

這人是誰？

顯然解老闆他們也不認識，阿透畫完之後，他拍了一張照片，輸入網上的人像識別系統。系統搜索圖示轉了半天圈圈，啥也沒搜出來。

「妳沒有耍我吧？」解老闆問：「這看上去是一個潮汕的漁民。」

阿透搖頭。她仔細回憶，忽然抬頭，指著房頂上的一個方位：「它出現的時候，並不是只有它一個，還有另外一個東西掛在那兒。」

別墅的挑高非常高，房頂有點像東南亞茅草屋酒店的頂，上面裝有燈組。

阿透指的地方是房梁，在這個角度看不出來什麼。但在她的記憶裡，燈光亮起的瞬間，房梁上還吊著一個東西。

解雨臣上梁查看，什麼都沒有。

第四章　三張畫

阿透最終把當時的各種細節都畫了出來，一張畫紙都不夠，一共畫了三張畫。

解老闆看著三張畫，陷入了沉思。阿透不知道他到底在想什麼。

過了一會兒，解老闆把三張畫捲起來，對阿透和甲方道：「我送妳們回去吧。」

在路上，阿透知道了這位解老闆名叫解雨臣，是開古董典當行的。

阿透坐在副駕駛座上，對解雨臣說道：「你打算怎麼辦？這麼大一房子鬧鬼，租售都不太方便吧？放心，我口風緊，你趕緊出手。」

「這不是鬧鬼。」解老闆說道：「這棟房子裡有一部分木頭是用老船的龍骨做的。蓋這棟房子的人，喜歡修舊如舊那一套。長條形的老木料，現在只有去南方海邊買老船、拆龍骨，才能找到最好的。船這種東西，是有靈性的，這種現象可能和老船的材料有關。」

「那我們看到的是什麼？」

「不知道，這個得專業人士才能判斷。」解老闆沉默了一會兒，接著說：「最奇怪的是房梁上還吊著東西。」

阿透也沒追問，覺得越問越害怕，不如不知道算了。今晚估計不太好睡，明天還要早起，睡不著就完蛋了。

解老闆轉身對身後的甲方說道：「把我的手機號碼留給阿透，她如果有什麼事，可以直接找我。」

甲方應了一聲，阿透就愣住了：「什麼事，我能發生什麼事？」

「萬一呢？妳已經看見房間裡的東西了，也許會沾上什麼。」

阿透的心吊了起來，驚恐地看著解老闆，心說：你為什麼要說這個？你是惡趣味想嚇唬我嗎？我就……真的一定會被嚇唬到的！

接下來的一路，阿透腦子裡全是那句話——也許會沾上什麼東西，她一下子連後照鏡都不敢看了，生怕有什麼東西真的跟著來。

她住在一個藝術區的廠房裡，自己一個人在這裡開美術工作室。她把廠房隔出來兩層，層高不足兩公尺，樓上做睡覺的地方。這個藝術區裡其實住了不少人，但是她性格孤僻，誰都不認識。

走進廠房的時候，到帳簡訊就到了。她看了看數字，嘆了口氣。

面前的廠房一片漆黑，她把燈按亮，今晚估計要全程開燈睡了。廁所在樓下，最好不要喝太多水吧。

廠房是她熟悉的環境，她看著自己的作品——都是一些版畫和油畫，還是心安的。

「丁丁！」她叫了一聲，一隻貓從一邊的廢紙堆裡探出頭來，看著她，這是一隻大緬因。

丁丁非常黏人，阿透心裡一暖。「丁丁會保護我的。」她心裡說，在我睡著的時候，丁丁是一隻神獸，會穿上靴子保護我。

呵呵呵，要是貓靠得住，男人也就靠得住了。阿透轉瞬又朝自己翻了個白眼，幾歲了。

這個時候，她忽然發現丁丁沒有像往常一樣過來黏她，而是在原地看著她。

不，不是看著她，是看著她身後的位置。而且，頭慢慢地抬高，似乎她身後有什麼非常高的東西。

阿透太瞭解自己的貓了，她瞬間僵在原地。但長期的獨居生活讓她有一種勇於面對的果敢，她立即回頭。

身後什麼都沒有。

阿透看著面前空無一物的空氣，再回頭看貓，貓還是看著那個位置，沒有看她。

她衝過去抱起貓，衝上樓，躲進了自己的被窩裡。

解雨臣並沒有走多遠，他將車開出廠區後，就在一個路燈下停了下來。

後面的甲方也開了窗，點燃了一根菸。

解雨臣問她：「妳看得怎麼樣，這個人？」

甲方順手用指甲去剝自己的下巴，很快就剝出了一個裂口，然後順勢把臉上的人皮面具撕了下來。

面具後是一張二十七、八歲的女人的臉，不是甲方，比甲方要漂亮很多。

「似乎是個普通人。不過她沒說想找我做什麼，我還想再觀察一下。」

「妳還挺上心的。乾脆別再見了，我幫妳打發掉。」

「你是想留著自己用吧？」

「和妳比起來，我這算正當生意吧。妳知道的，我這裡有朋友正面臨一場大變革，正是用人之際。」

「吳家的事和我沒有關係。」女人說道：「這個女孩子，我不會留給你的，我和她的淵源，比你想得要深。」

說著，那女人探身從解雨臣的手裡把三張素描畫拿了過來。

「我需要這三張畫。我有種直覺，要想處理掉那個房子的問題，事情還是比較棘手的。」解老闆說道：「而且，我付了錢的。」

「我來幫你解決。我需要一個理由，和這個女孩子相處。」女人下了車，脫掉高跟鞋，一手拎著鞋，一手捏著菸，往阿透家走去。

第五章　梁煙煙

阿透抱著貓躲在被子裡，瑟瑟發抖。

她有種強烈的直覺，有東西進入了她的房子，雖然她看不見那個東西。

阿透是相信自己的直覺的，她認為這來自她熟悉的環境的細微改變，雖然很難被直接發現，但會引起人的不適感。人一旦感覺不舒服，肯定是哪裡出問題了。

她太熟悉自己的貓了，牠表現出來的狀態是：有東西跟著她進入了這間屋子。

貓在被窩裡被捂得很難受，她一不留神，貓就跑了。她抓了一下沒抓住，也不敢出被窩，只能蜷縮得更緊，然後就聽到貓落地後在地毯上磨爪子的聲音。

阿透凝神靜氣，強迫自己冷靜下來。被窩是軟的，但她仍舊覺得芒刺在背。

很快她就發現不太對勁，貓又跳上了床墊，能感覺到貓在床墊上走動，但是，地毯上磨爪子的聲音並沒有停下來。

阿透的冷汗一下就下來了，這一次是徹徹底底的冷汗。

貓在她身邊偶爾走動一下，磨爪子的聲音也偶爾在地毯上出現一下。

很快，阿透意識到，磨爪子的是貓！聲音很熟悉。這隻貓最近幾天一直想抓那塊地毯，自己不知道阻止了多少次。

那就是最糟糕的情況了——床上，自己身邊，那個踩在床墊上的東西是什麼？

正想著，忽然，邊上的東西一下子靠近了她，「貓腳」踩到了她的手邊，她的手隔著被子被踩了一下。接著，她感覺到被子被掀起了一條縫隙，有東西想要鑽進來。

阿透汗毛直立，立即伸手扯住被子，把自己完全裹成一團。瞬間，床墊上的重量消失了，貓也不磨爪子了，四周恢復了死寂。

阿透冒著冷汗在被子裡捂著，整個人開始發懵，身上所有的感官都打開來，一分鐘過得像是幾個小時一樣。

在這種煎熬之下，四周的黑暗慢慢變成了一個宇宙般的空洞。雖然身上有被子，但是自己的感官卻似乎可以感知到周邊的空間，她能察覺到有一個高大的東西，正站在床頭俯視著她。

這種恍惚感，最終被門鈴聲打斷了。

阿透瞬間從恍惚狀態下恢復過來，沒等恐懼重新襲來，她本能地一下掀開了被子。

突然，四周一片漆黑。斷電了？她管不了了，憑著自己身體的條件反射，摸黑直接衝下了樓。

她猛地拉開門，外面路燈的燈光射過來，照出了門口的剪影——是個女人，提著高跟鞋。

「怎麼不開燈？」那女人說道：「把燈打開。」說完，那女人吐了一口煙。

阿透就覺得有一股氣——陽氣，順著煙直逼進房間，自己身上的雞皮疙瘩全被壓了下去。接著，整個廠房的燈也全部閃爍著亮了起來。

阿透呆立在當場。

女人穿著襯衫和包臀裙，外面披著短風衣，頭髮紮了起來。如果是平時，阿透能發現她的穿著和甲方一樣，但此時她嚇壞了。女人推開她走進去，看了看房子，又回頭看了看她的花臂。

「妳是誰？」阿透語無倫次。

女人把高跟鞋和脫下來的衣服放在一樓的沙發上：「我叫梁煙煙，解雨臣叫我來救妳。」

阿透剛想說話，梁煙煙做了一個手勢：「別動，別回頭。」說著，她解開了自己襯衫領口的幾個扣子，衣服領口一鬆，阿透就看到她的後背上也有紋身，雖然只露出來一點點。

第六章　羈絆

解雨臣回到別墅，在門口看了看客廳，裡面的燈還亮著。他不是不怕鬼，只是知道比鬼更可怕的是人心，他經歷得多了，有時候更願意處理那些不是人為的問題。他坐到院子裡的躺椅上，戴上耳機，撥通了電話。

對面的人接通電話，電話裡傳來了開啤酒的聲音。

「年紀一大把了，不怕痛風嗎？」解雨臣問道。

「是蘇打水。」對面就笑，是黑眼鏡。

「應該查出結果了吧。」

「梁煙煙嗎？外號叫作裁縫，你今天見到她長什麼樣子了？」

「二十七、八歲，不難看。」

「哦，和我兩個月前見她差不多，這應該不是她本來的臉，最近她基本都會用這張臉。但據說，大概每半年她就會換個樣子——她有獨門化妝技術，能改變相貌。很少見她主動找人，她找你，你很緊張嗎？要繼續查她的底嗎？」

解雨臣忽略對面的調侃，說：「我一開始以為她對我有什麼企圖，現在我覺得不是，她是真的有事找我幫忙。」

「我看她又是醫生，又是化妝師，又是個那種人，你看人準，你覺得她為什麼要弄那麼多身分？」

「她有那麼多張臉，可以體驗不同的社會生活，很正常，有一些人喜歡體驗各種人生。她也很聰明，化妝、整容醫生本質上是一種工作性質，她又經常替九門裡的人動臉，對於那些奇奇怪怪、神神鬼鬼的事情或多或少都有瞭解，我覺得她有更多的職業都很正常。」

「聽上去類似於女版的你。」

「嗯，我是被迫的，她是自己喜歡這種生活。」

「你要招攬她嗎？」

「我對她沒興趣，我對另外一個人有興趣。」解雨臣說。

「阿透嗎？普通人。」

「看梁煙煙對她的態度，我覺得她不像普通人，你是不是偷懶了？」

「她們之間有很深的羈絆，我覺得你插不進去。」黑眼鏡無奈地回答，見解雨臣沒有回應，只好繼續說道：「梁煙煙十六歲的時候——大概是十六歲，遭遇了大型火災。那場火災造成了六十個人死亡，整個廠區都燒完了。她煙霧中毒，被宣布死亡。阿透的父母當時也在那個廠裡工作，去支援邊疆地區。發生火災的時候，阿透才七、八歲，雙手皮膚全部被燒傷。當時阿透的爺爺奶奶權力很大，就逼迫梁煙煙的父母，捐獻了梁煙煙的背部皮膚，給阿透進行植皮。」

「嗯？」

「聽我說完。」黑眼鏡喝了一口啤酒。「當時梁煙煙的背上有整片紋身，也同時被移植給了阿透。後來梁煙煙在停屍房裡活了過來，原來當時她的死亡是誤診。為了掩蓋這件事情，發生了一連串衝突，但事情已經變成這樣了，梁煙煙他們家只能息事寧人。」

兩人沉默了幾分鐘。

「哇哦，上帝真是個好編劇。」解雨臣調侃。

「梁煙煙對阿透有特殊的感情，是很正常的。這個羈絆你插得進去嗎？你還是去插手吳家的事吧，那個比較適合你。」

「所以，這姑娘的大花臂是意外給的。」

「是的，她後來嫌紋身不夠好看，自己學了美術，又做了加工。加工紋身很難，她不停鑽研，就成了這一行很有名的人。」

「阿透知道植皮的事兒嗎？」解雨臣繼續發問。

「植皮的事情發生在她七、八歲的時候，她昏迷之後再醒來，事情已經全都解決了，所以具體發生了什麼，阿透可能是不知道的。」

「你覺得梁煙煙有沒有可能是想把自己的皮拿回來？」解雨臣問道。即使是給七、八歲小女孩的手臂植皮，所需面積不大，但在背上取皮，一定也是慘不忍睹的。當時梁煙煙才十幾歲，她一定恨透了自己的人生。

「我——不知道。」黑眼鏡老實回答：「有研究表明，器官移植的捐獻者對於被捐獻者，都會產生特殊的感情，你可以去研究一下。怎麼，你對阿透有興趣？」

「我需要她這麼一個人，幫我完成一些事情。」

黑眼鏡就笑了：「資本家。」

解雨臣掛了電話，露出了很感興趣的表情。

另一邊，阿透的房間。

「解老闆推薦妳過來，我得問個價。我小本生意，請不起大神。」阿透冷靜下來，對梁煙煙說道。

梁煙煙看了看她的作品：「解雨臣已經付過錢了，妳不用給錢，給一張畫就行。」

「啊，要畫什麼？」阿透鬆了口氣，但也很意外。

「我想好後告訴妳，妳先告訴我，我這幾天睡哪兒？」說著，梁煙煙拿出阿透剛才在別墅裡畫的素描，指了指畫中的房梁和吊著的那個東西。「然後我有正事要和妳說。」

第七章　貓

阿透幫梁煙煙安排妥當，心裡終於舒坦了起來，她自己睡樓下沙發，讓梁煙煙睡樓上的床。不是阿透客氣，是那個床她實在是不太敢睡了。

不知道為什麼，梁煙煙進來之後，阿透就感覺房間恢復了正常，梁煙煙像是驅魔驅鬼的法師一樣。貓雖然還在二樓，但是她立即就覺得，房間裡的那個東西不見了。

但她仍舊不敢上去二樓。

兩人坐在一樓的沙發上。梁煙煙人如其名，進來之後一根接一根地抽菸，兩個人不知道抽了多少。梁煙煙指著阿透的畫問：「妳只看了一秒鐘，就能記住那麼多細節？」

「這其實不難，很多畫畫的人都可以做到。普通人不畫畫，所以他們不記憶空間結構和線條，但是我們習慣了。」

「這能持續多久？」

「如果沒有新的和繪畫有關的工作進來，可以一直記著。但如果要畫一個其他東西，妳投入進去了，這些資訊都會忘記。」

梁煙煙似信非信。

看梁煙煙陷入了沉默，阿透不知道她在想什麼，就小聲問：「跟著我的是什麼東西？它還在不在？今晚咱們能完事嗎？」

「那東西未必是鬼。放心，我會陪妳一段時間。」

「那會是什麼？」阿透看向自己的畫，畫上那個兩公尺多高的奇怪的人，似乎正從畫裡看著她。

梁煙煙又忍不住看向她手臂上露出的紋身，漫不經心地說道：「一九二四年，德國波爾卡諾小鎮旅店的閣樓房間327號房，有一個人上吊死亡。這個房間從一八〇五年開始營業以來，已經有二十三個人在裡面上吊，原因不明。似乎只要住進這個房間，就會被什麼力量影響，尋求上吊死亡。而一九二四年的這次上吊事件發生的時候，327號房其實已經被改成了酒店的一個樓梯間，但就在那個房間的原位置上，還是有一個人上吊自殺了。很多人都嘗試查清楚這個位置到底發生了什麼，但毫無結果。酒店在二十世紀四〇年代被完全拆毀，327號房的磚被轉賣到其他地方，散落在波爾卡諾鎮附近的很多建築物裡。結果在二十世紀四〇年代之後，波爾卡諾鎮附近，上吊自殺的人數增長了四倍。」

「什麼意思？」

「有時候會有力量影響妳的腦子。327號房的那些磚是這樣，別墅裡的那根房梁也是這樣，只不過有時候對妳的影響是好的，有時候是要害妳的。」

「其實有問題的是房梁？我聽不懂。」阿透其實聽懂了，但是她希望對方解釋得再清楚點。

梁煙煙沒有回答，而是皺起了眉頭：「妳養貓？」她看到了貓砂盆。

阿透點頭，心說怎麼又扯開了。

「妳的貓呢，怎麼沒看見？」

「在二樓呢。」

梁煙煙回頭看向二樓，正看到一個貓頭從二樓的欄杆空隙探出來，盯著下面，她的臉色瞬間就變了。

看到自己的貓，阿透心裡一軟，對貓做了一個「過來」的動作，但是貓沒有動，只是好奇地看著她們。

「牠叫什麼名字，應人嗎？」梁煙煙問阿透。

「叫丁丁，叫牠會有反應。」

「丁丁。」梁煙煙叫了一聲貓的名字，丁丁還是沒有動。

「妳喜歡妳的貓嗎？」梁煙煙接著問。

「怎麼了？我現在和牠相依為命。」

「妳的貓已經死了。」

阿透愣了一下，難以置信，再次看向丁丁，丁丁依舊一動不動，直勾勾地看著她們。阿透知道貓有一動不動地看著某個東西的能力，覺得梁煙煙是在開玩笑，她拍了一下手，想吸引丁丁的注意力。

丁丁還是沒有動，阿透的冷汗就下來了，她開始意識到，貓的確不太對勁。

她想立即上樓去看丁丁到底怎麼了，但被梁煙煙拉住了，梁煙煙說道：「來得比我想的要快。」

梁煙煙說完從邊上扯了一個垃圾袋就往樓上走：「把頭轉過去。」

「牠死了？丁丁真的死了？我得看看牠。」

阿透非常想看，但梁煙煙在樓梯上轉過頭對她說：「妳要看牠的話，等一下我的頭也會卡在欄杆裡看著妳。」阿透沒聽懂是什麼意思，但顯然梁煙煙不想讓她跟上去。沒等阿透回話，梁煙煙已經開始往上走了，阿透只好作罷。

很快，梁煙煙提著垃圾袋下來了，垃圾袋沉甸甸的。阿透這才看了一眼樓上，丁丁的頭已經不在那裡了。她又看向垃圾袋，腦子裡一片空白。

梁煙煙吩咐她：「把妳的畫架子拆了，我要在外面點一堆大火。」

火熊熊燃起，塑膠袋瞬間化為一團溶膠，空氣中瀰漫著塑膠被燒焦的味道。阿透蹲在很遠的地方，梁煙煙沒有讓她靠近。冷風中，阿透逐漸清醒了過來。

因為沒有辦法確定貓的狀態，所以她不知道自己是應該難過，還是應該疑惑。但阿透不是那種會在混亂中困頓很久的人，她深吸了幾口氣，給自己點上菸，就往屋子裡走去。

梁煙煙有點好奇地看著她，她發現阿透的背沒有剛才的蜷縮感了，已經完全舒展開來。

「性格上有點問題啊。」梁煙煙心裡說，這樣的女孩子，做事情比較衝動，但也難以被打敗。

阿透走進房子裡，梁煙煙也跟了進來。阿透要上樓，再次被梁煙煙拉住了。阿透抓住梁煙煙的手把她扯開，用了很大的力氣。梁煙煙皺了一下眉，鬆開手，阿透就看到梁煙煙手上有了一道抓痕。

「對不起，但我得上去看看。我這個人只相信自己的眼睛。」阿透鬆開手。

「貓死了。」梁煙煙說道。

「妳沒讓我看見。」

兩人沉默了一會兒，梁煙煙帶頭上樓。

「好吧，妳自己要上去看的。」梁煙煙說道：「這樣，妳跟著我，我們到樓梯一半的地方，妳偷看一眼。」阿透點頭。

阿透鼓起勇氣往上走，跟著梁煙煙走到一半的地方，她們偷看了一下，發現二樓平臺什麼都沒有。梁煙煙繼續往上，回頭看了她一眼，示意她在這裡看看就可以了，但阿透還是快步跟了上去。

這一次梁煙煙沒有攔她，到了平臺上，發現上面確實什麼都沒有，她才鬆了口氣。

就在這個時候，一樓的門被打開了，她回頭看樓下，就看到梁煙煙走了進來，她愣了一下。

阿透非常迷惑，梁煙煙怎麼剛進來？她怎麼在下面？等等，那剛才和自己一起上來的是什麼？

阿透忽然冒出一身冷汗，立即回頭看向身後，就看到帶著她上來的「梁煙煙」幾乎就貼在她身後站著，個子變得很高很高。

第八章　對抗

阿透瞬間呆住了，她就這麼看著那個奇長無比的人，長到臉都看不到。就在這個時候，她背後風起，梁煙煙直接從一樓翻上二樓，從欄杆外面抱住阿透，然後一個翻身，把阿透從二樓拽了出去。

兩個人落在了一樓的沙發上。阿透感覺一陣天旋地轉，剛回神，就看到那東西從二樓探下頭來。它太長了，以至於頭幾乎探到了沙發的前面，臉也變回了阿透在別墅看到的那張男人的臉。

梁煙煙瞪著那東西，大喝了一聲：「滾！」阿透感覺到一股熱氣從梁煙煙身上散發出來，瞬間那張臉就被沖散，消失了。

兩個人躺在沙發上，不停地喘氣，喘了很久，不適感才開始產生。阿透一身冷汗，梁煙煙則一身熱汗。

阿透看著二樓：「它呢？」

「還在上面。」

「我不行了，這裡我待不下去了。」阿透爬起來。開什麼玩笑，還在上面，這是鬼，是異形……會攻擊，還有欺騙性，這誰受得了？自己連真實和假象都分不清楚了。

「它從別墅跟著妳來到了這裡，無論妳走到哪裡，它都會跟著妳，妳只有和我在一起才是最安全的。妳再不聽話，我就和解雨臣說，解除妳和我的合約。」梁煙煙看到阿透手臂上戴著一圈皮筋，就順手擼下來幫自己綁頭髮，她自己的剛剛斷了。

「而且，我和妳說，人生遇到了困難，最好待在離困難最近的地方，去對抗它、解決它。如果妳遠離了，妳就不會如坐針氈，也就不會有壓力去解決它。」

沒有被困難經久折磨過的人不會有如此感悟，阿透想聽梁煙煙的話，但是身體卻很誠實，她的腦袋和身體朝向了不同的方向。

「七天時間，我會和妳一起解決這件事情，妳的生活會恢復正常。說不定我們會成為閨密，我會敲解雨臣一大筆錢，這麼多好處，何樂不為。妳剛才看到了，我在這裡，妳就是安全的，放心！」

想起剛才的畫面，阿透覺得渾身發冷。她看看二樓又看看門口，雖然感覺非常不舒服，但她還是坐回到沙發上，然後掩面。

「貓呢？」

「貓真的死了。」

那些是真的？失去貓的痛苦、巨大的恐懼和無助感，讓她哽咽起來。

梁煙煙沒有打擾她，她靠著門看著阿透，眼神最後停留在阿透手臂的紋身上。

梁煙煙最終沒有睡在二樓，而是睡在了一樓的沙發上。

兩個人背對背擠在一起。阿透問梁煙煙：「煙姊，妳是法師嗎？」

「我不是，至於我做什麼工作，很難形容。」梁煙煙看著二樓的黑暗說。

「那妳為什麼那麼厲害？」

「妳在面試我嗎？」

「不——不是。」

「睡吧。」梁煙煙說道：「晚上聽見任何聲音，都不要睜開眼睛，接著睡就沒事了。」

這一晚，阿透不知道自己是怎麼睡著的，梁煙煙的體溫很高，她感覺有種能量一直籠罩著她，竟然讓她睡得比平時還好。她醒過來的時候，梁煙煙還沒有醒。阿透小心翼翼地坐起來，做了一番心理建設之後，才看向二樓。

外面的陽光射了進來，二樓似乎沒有那麼可怕了。

陽光下，她又看了看梁煙煙，這才發現梁煙煙長著一張嫵媚而可愛的臉，一點也沒有昨晚夜色下那種冰冷的氣場了。

她想：吃飯吧。

不管有什麼事，先吃飯再說。

第九章　紋身

早餐是在外面吃的，有糖油餅和豆漿。

阿透喜歡到攤子上吃早餐。在家裡吃，吃完還是犯睏；在攤子上吃，有人氣。早起的人那麼多，吃完回去也精神了，可以開始工作了。

梁煙煙沒有帶其他衣服，就從阿透的衣服裡挑了幾件大一點的穿上，仍舊是有些小。阿透有很多款式的皮衣，梁煙煙穿著很好看。

早上起來時，兩個人隨便在鏡子前化了一下妝，梁煙煙只是在臉上隨意描了幾筆，就沒有昨天晚上卸了妝之後顯得那麼可愛了。

「妳很會化妝。」吃早餐的時候，阿透對梁煙煙說道。

「妳覺得這是化妝？」梁煙煙看著免洗筷，非常仔細，確定沒有什麼汙跡之後，才下筷子夾了一個小籠包。

「嗯，簡單幾筆就改變了妳整個氣質，我覺得好厲害。」

「其實要改變狀態，光靠描描畫畫是不夠的，還要靠整體的修整，甚至是對身體的修整。」梁煙煙看著阿透，忽然做了一個可愛的表情，然後又做了一個很男性化的表情，接著又做了一個衰弱的表情。

她表現得唯妙唯肖，阿透都看呆了。

「妳其實是演員？」

「妳覺得是控制臉部導致的變化，讓我變成了不同氣質的人，但事實上，我身體的所有細節都改變了，所以妳才會覺得沒有破綻。」梁煙煙說道，她吃了一個包子就不吃了。「不乾淨。」

「早餐店，妳覺得能乾淨到哪兒去。」阿透繼續吃。「妳學過表演嗎？」

「我不是演員，我做的事情比這些要難得多，也危險得多。」梁煙煙點上菸，看著邊上人來人往的街道。

兩個人都沉默下來。

阿透把兩個糖油餅、一屜小籠包、一根油條、一杯豆漿全部吃完後，滿足地伸了個懶腰。

梁煙煙突然問：「妳身上的紋身是從哪兒來的？」

「啊？」阿透說道：「我自己紋的，怎麼，妳不喜歡不良少女？從氣質上來說，妳有比我好嗎？妳也有紋身啊。」

「紋身的主要心理暗示是宣誓自己身體的主權，有紋身的人是想告訴所有人，她的身體是屬於她自己的。在中國的傳統家庭裡，很多孩子只有通過這一條路，才能向父母宣告自己的自由意志。」梁煙煙說道：「我看妳剛才還在裝可愛，行為和這個理論不匹配。我紋身，因為我就是這麼一個孩子。妳呢？」

「我啊，我就是單純地覺得好看。」阿透說道。她手上的紋身，故事很複雜，她不想提及。

梁煙煙笑了笑，忽然問：「妳喜歡在人體上繪畫，化妝、紋身都是重塑人體的過程，包括肢體控制。妳似乎對此很感興趣，想學嗎？有空我可以教妳。」

「妳怎麼看出來的？」

「我在妳家裡看過妳的作品，妳在油畫布上畫的那些作品，遠沒有妳紋在手上的生動。妳畫在素描本上的自己，也不是妳自己，上面修正了很多地方，而且涉及各種可能性，說明妳不喜歡做自己，而是喜歡做別人。而且，不是某種單一的人生，妳內心裡渴望的是無數種人生。」梁煙煙說道：「妳是個極度貪婪的女人。」

阿透看著梁煙煙，沒有接話，她有一些震驚。

說實話，她沒有思考過這個問題，但經梁煙煙一說，她覺得好像是那麼回事。

阿透結了帳，看著梁煙煙說：「現在，我們要去抓那個東西了嗎？要不要去買點裝備？」

「先等人。」梁煙煙說道：「解雨臣都給我們準備好了。」

「還有隊員？」阿透更驚訝了。

這個時候，邊上的座位走過來一個人，左右手一共拎著四瓶啤酒，放到了早餐店的桌上。

阿透抬頭，看到來人戴著黑色墨鏡。

「您諸位早啊，向妳們問好。要不要來一杯？」說著，來人對阿透笑了一下。

梁煙煙一把將黑眼鏡那邊的凳子抽走，沒讓黑眼鏡坐下來：「解雨臣讓你來搶人了？東西放下就走，你不走，我走。」

「怎麼還急了？說話那麼衝。」黑眼鏡放下身上特別鼓脹的包。「真不要我幫忙？免費的。」

第十章　準備

梁煙煙沒有理他，黑眼鏡打開包，把東西拿出來，都用報紙包得特別好，特別整齊。梁煙煙掂量了一下，拿了其中兩包東西，就拉著阿透離開了。黑眼鏡看著她們離開，喝了一口啤酒，慢慢跟了上去。

在阿透租的房子的隔壁樓棟，有一個攝影棚，黑眼鏡來到攝影棚二樓，正好能看到阿透家二樓的窗戶。攝影棚應該是歇業了，沒有人，二樓落了一層灰，就一套沙發和一個書架，書架上幾乎都是攝影方面的書，還有很多雜誌。這是個等待室，是拍攝者助理等待拍攝完成的地方。

黑眼鏡把沙發搬到對著阿透家二樓的窗戶前，坐到沙發上，就開始撥電話。

「相處得挺好的。」黑眼鏡說道：「阿透似乎被她征服了，我看你沒什麼希望了。人家住對方客廳裡挖人，你一個大老闆遠端遙控，誠意就天差地別了。」

「阿透不會被征服的，這個女孩子和普通人是不一樣的。」對面是解雨臣，他說道：「不要被她的表面騙了。」

「你何時這麼瞭解她的？聽說你們就相處了幾個小時。」

「我見過的人很多，有些人是真的膽小，但阿透不是。她和我們認識的一個人很像，她一直在努力扮演一個普通人，膽小，碎碎念，但事實上，她能掌控任何場面。」

「這麼高的評價。」黑眼鏡就笑。

「這不是我對她的評價，是另外一個人說的。你應該猜得到是誰。」

「那個姓屠的嗎？如果你和那傢伙合作，我就不接你的生意了。」

「放心。」

黑眼鏡掛掉電話，就看到梁煙煙走上了二樓，阿透沒有上來。

他喝著酒，準備看好戲。

阿透在樓下拆梁煙煙拿回來的兩包東西，裡面都是鋁箔紙，還有一些奇怪的金屬色的漆。梁煙煙在樓上說道：「把地上都鋪滿鋁箔紙，然後準備一些粉底液，我們要在身上作一些文章。」

阿透立即照辦，好不容易才把樓下鋪完。這時，梁煙煙走了下來，隨後兩個人在裸露的皮膚上，都塗了粉底液。

梁煙煙對阿透說：「再用這種金屬漆，在我們身上畫一些紋路，稍微密集一點。」

「啊？為什麼？」

「今天晚上肯定會發生衝突。這種油漆裡有特殊的材料，可以保護我們。」

「哦。」阿透不疑有他，拿出自己的油畫筆蘸了點油漆，看著梁煙煙問：「妳要畫什麼圖案？」

「隨便。」

阿透想了想，就開始畫，畫了很多扭曲的圓圈和線條。

梁煙煙看了看便問她：「這是什麼？」

「梵谷的《星夜》。」

很快阿透便幫梁煙煙畫好了，然後又幫自己畫。畫完之後，兩人站在全身鏡面前，阿透就笑了。

完全沒有自己以為的驚豔的感覺，就是，好笑而已。

現在也不能出門了，別人會以為她們是銀色的阿凡達。

兩個人坐了下來，看了看手錶，現在離天黑還有八個小時，離睡覺還有十三個小時。

梁煙煙看著她：「聊聊天吧，我有很多好奇的事情想問，妳也可以問我，怎麼樣？」

「好。」

「我先問吧。聽說妳在找一個人，是嗎？妳找這人做什麼？」

第十一章　生變

阿透有些意外，這件事情果然引起了風雨，不然怎麼是個人就都知道了。她確實想找一個人，她是在主課老師那兒聽到的傳說，說北京有一個女醫生，可以給人重做一張臉。她親眼看過照片，那個毀容的人，半張臉連同骨頭都已經沒有了。女醫生用塑膠和鋼釘修復了骨骼，從臀部取了肌肉，然後在上面覆蓋上背部的皮膚。那張毀容的臉被修復如初，完全看不出來是整過容的。

整個過程只用了二十四臺手術就完成了。這是第一個傳說。

第二個傳說，曾經有人讓她切開自己的面部，把自己的面部骨骼修改成敦煌壁畫上佛像的樣子，然後再自然地縫合起來。

第二個傳說一直找不到任何資料證明，但阿透看過一張照片，照片上的人就是一尊活的敦煌佛像，穿著佛像的衣服。

這些傳說當然讓人印象深刻，卻不是最吸引阿透的。最吸引她的是老師的最後一句話：這個人是因為自己的身體毀容，才開始學習人體修復這一行的。她的身上有著世界上最可怕的兩道傷疤。

「因為兩道傷疤。」阿透說道。

「哦？」梁煙煙看著阿透。「傷疤對妳來說，意味著什麼？」

「我不想說。」阿透說道：「這是我的祕密。」

「很複雜嗎？」

「很複雜。」阿透也看著梁煙煙。「當然，只和我私人的事情有關。」

梁煙煙沒有再問下去，只是看著阿透的眼睛，阿透被她看得有點不自在。

「也許，以後我們再熟悉一些，我會告訴妳。」

「這樣的人會幫很多人修改臉部，做地下手術涉嫌違法，肯定不會讓妳輕易找到的。」梁煙煙道：「我以為妳是因為以前和她認識，才要找她。」梁煙煙說著看了看手錶，又看了看阿透的手臂，似乎在思索什麼。

「就是私事。」阿透似是決心要結束這個話題。

兩個人又對視一眼，都沉默了一下。

「這麼乾聊也沒意思，做點什麼打發時間吧——畫我。」梁煙煙把畫板遞給阿透，然後把外套脫了，整個人靠到沙發上。

陽光照在梁煙煙身上，地上的鋁箔紙反射出的光非常強烈，梁煙煙身上的油漆在陽光下變成了金色，她看起來彷彿是希臘神話裡的某個神祇。

美是很美，阿透卻想拒絕，哪有說畫就畫的。但轉念一想，畫畫就可以不用找那麼多話題了，也是自己擅長的。算了，畫吧。

阿透開始畫梁煙煙，梁煙煙卻小心翼翼地爬了起來，對她做了一個「噓」的口型。阿透才剛打了一個輪廓，見狀便停了下來，就看到天色忽然快速黑了下去。

「剛才還是大太陽，怎麼就要下雨了？」阿透心說。她放下畫板，走到門口的時候，發現外面全黑了，黑暗中還有一層濃濃的霧氣。

同時，在隔壁的樓裡，黑眼鏡戴著耳機，聽著從他放在油漆桶裡的竊聽器中傳出來的聲音，裡面突然傳出強烈的干擾。他抬頭看了看窗外，窗外陽光明媚。

竊聽器裡很快就什麼都聽不到了，傳來的最後一句話已經聽不清是誰說的：

「妳聽到貓叫了嗎？」

黑眼鏡摘掉耳機，思索了一下，就看到對面的窗戶裡，忽然出現了一個黑影。這個黑影非常高，只能彎腰看著窗外，姿勢詭異。

黑眼鏡舉了舉手中的啤酒，對黑影笑了笑。

第十二章　幻境

阿透與梁煙煙走到窗邊，外面一片霧濛濛的，剛才的陽光明媚一下子就變成了大霧天。阿透摸了一下霧氣，發現什麼都感覺不到，這層霧似乎就是一層灰色。

「這是怎麼回事？」

「提前開始了。」梁煙煙說道：「妳聽聽。」

外面特別安靜，鳥叫、遠處的車喇叭聲、隔壁的聲音，全部消失了，從來沒有這麼安靜過。

阿透開始明白四周不太對勁，這裡已經不是自己居住的地方了。這裡是哪裡？雖然一切都是她熟悉的，但她本能地發覺，所有的氣息都不一樣了。

「我們這是在哪裡？」

「我們就在妳家裡，但妳家可能——」梁煙煙看了看二樓，有一個影子忽然閃過，她把阿透往自己身後一推。兩人同時聽到，從二樓傳來一聲貓叫。

阿透愣了一下，她認得那聲音，那是丁丁的聲音。接著，似乎有一隻貓在二樓欄杆後面出現了一下。這一次阿透完全沒有動，她不是恐怖片裡的無腦女主角，她明白這不正常。

「妳說那東西影響我們的大腦，會從最親近的東西開始？」

「對。」

「妳聽見貓叫聲了嗎？」

梁煙煙點頭。

「貓已經死了，對吧？」

「對。」

「那這就是幻覺。」阿透說道：「對嗎？」

「不知道，我並不清楚妳惹的具體是什麼東西。」梁煙煙說道。

就在這個時候，梁煙煙看到在她們正對面的全身鏡裡，反射出了她們兩個人的樣子：阿透被她護在身後，阿透的身後是窗戶，而窗戶的外面，不知道什麼時候站了一個人。那個人只露出了半邊臉，另外半邊被阿透擋住了。她立即轉身，把阿透拽了過來，卻發現窗外什麼都沒有。

「怎麼了？」阿透被驚到了。

梁煙煙沒有說話，立即把窗戶關上了。她拿出手機，撥了解雨臣的電話，還好手機顯示信號是滿的。很快，電話就接通了，但電話裡傳來的並不是解雨臣的聲音，而是一個老人的聲音。老人的口音很重，說的似乎是潮汕話，梁煙煙聽不懂，但聽起來像是在罵人。

電話裡一直在說話，梁煙煙按了好久都掛不掉，只得將電話反扣，塞進了沙發下面——聲音小了很多。接著她看向阿透：「有個壞消息，這東西，好像一定要殺掉妳。」

「為什麼啊，我只是去幫解老闆畫畫的，房梁不在我的房子裡，房子也不是我的，為什麼要殺我啊？」阿透覺得特別不公平。

梁煙煙走到沙發前，從茶几上拿起那張畫，然後看著阿透，阿透被她看得發毛。梁煙煙猜測道：「也許和畫有關。」

阿透點頭，梁煙煙立即把畫點燃了。畫燒得極快，梁煙煙將畫丟進垃圾桶，接著把茶水倒進去。

火滅的時候，畫也差不多燒盡了。

結果，天色更加暗了，直接變成了晚上。阿透把燈打開，就發現窗戶外面沒有一戶人家是開燈的，四周所有的房子裡都是一片漆黑。

突然，有燈光射了過來，隔壁樓裡有燈還亮著。

梁煙煙拉住阿透的手，披上衣服走到屋外，外面的涼意非常不尋常，兩個人都起了雞皮疙瘩。梁煙煙撿起石頭，想丟向隔壁的窗戶，但是她立即控制住了自己，拉著阿透又退了回去。她們兩個人都看到，有一個奇長的人的上半身，從她們二樓的窗戶裡探了出來，正爬向黑眼鏡的窗戶。

它的上半身就像一座橋一樣，橫在兩棟房子中間。

第十三章　長條形的人

梁煙煙拽著阿透縮回來躲著，貼著牆根蹲了下來。

貓一直在屋子裡叫，但是阿透本能地知道，那不是她的貓。

阿透這一次看得非常清楚，這就是一個很高的人，想要爬到對面去。她看著梁煙煙想要詢問，梁煙煙搖頭，讓她不要說話。

四周一片漆黑，彷彿已經到了深夜，除了遠處的一條馬路，什麼都看不見。整個廠區雖然不那麼景氣，但人非常多，如果不到深夜三、四點鐘，這裡是不會這麼安靜的。

遠處的馬路上沒有車，上面的路燈非常亮。阿透有時候失眠，在門口抽菸時，看到的就是這副情景。

發了一會兒呆，梁煙煙拉著阿透往外走了二十多公尺，阿透問：「怎麼了？那東西要去隔壁？」

「它的注意力好像被隔壁的瞎子吸引住了，對我來說是個好機會。」梁煙煙點起一根菸，這根菸是紅色的，非常惹眼。

「這是什麼？」

「傳說這是用某種特殊身分的人的血浸透過的菸，辟邪很猛。」

「妳要做什麼？」

「試試能不能弄死那東西。」梁煙煙看著阿透。「這一根，可以換一根金條，解雨臣如果不幫我報銷，妳要為我作證。」

阿透雲裡霧裡，只能點頭。

梁煙煙抽了一口，拉起阿透：「妳得跟住我，不能落單。」

兩個人貼著牆根移動到牆的邊緣，探頭去看兩棟房子中間的弄堂，那東西還橫在兩棟房子中間，似乎一直在觀察對面的黑眼鏡，但並沒有進入對面的窗戶。

那情景太詭異了，就像一條巨大的深海鰻魚從她們的房間窗戶探頭出來。

阿透看了一眼就縮了回來，梁煙煙做了一個手勢讓她待在原地，又狠狠地吸了一口菸，然後走了出去。

橫在兩棟房子中間的長條形傢伙立即發現了她。阿透探頭出去偷窺，就看到梁煙煙踩著牆壁，兩下竄上二樓的窗沿，單手翻上去，一下就到了窗邊，對著那長條形的東西就把煙吐了過去。

那東西似乎被驚擾了，瞬間扭曲了起來，阿透竟然聽到那東西發出了類似於方言的咒罵。

梁煙煙又迅速抽了一口菸，那東西剛停下來，她再次吐煙，那東西扭曲得更加厲害，似乎十分痛苦。

就在阿透覺得有效的時候，那東西忽然伸手按住梁煙煙的胸口，力氣非常大，梁煙煙被這一推，重重壓在黑眼鏡的窗玻璃上。她大罵一聲，把菸屁股插進了那東西的眼睛裡，那東西疼得瘋狂扭曲，發出了一連串方言一樣的咒罵，接著直接鬆手，瞬間縮回了阿透家的二樓。

梁煙煙吃痛，把不住窗沿，掉落下來，就在她覺得自己要摔斷尾椎骨的時候，阿透衝了過來，一下把她接住了。兩個人一起摔到弄堂的水泥地上，皮都擦破了。阿透的後腦杓撞到地上，發出可怕的聲音，她心說腦漿恐怕要撞成糊狀了。她「哎唷」叫出聲，眼淚差點流出來。

兩個人捂住各自的傷口站起來，阿透就問：「贏了嗎？」

梁煙煙看了看手腕上的擦傷，見地上的菸頭還在，撿起來又抽了一口，吐向阿透。阿透咳嗽了一聲，梁煙煙就看到，阿透身後有一團東西瞬間隱入了空氣中。剛才那東西竟然又悄無聲息地偷襲過來，被煙一嚇，又快速退了。

這麼想讓她死嗎？居然寸步不讓。

梁煙煙非常疑惑。

阿透看到梁煙煙的眼神，立即回頭，卻什麼都沒有看到。

梁煙煙皺眉，看得出她肋骨很疼。阿透去扶她，她推開阿透。「肋骨斷了。」她站不住，一下子跪倒在地。「去敲隔壁的門。」

「啊？」

「我們兩個人不夠，我們需要那個瞎子幫忙，快！」

阿透扶著梁煙煙過去，死命敲隔壁的門，但敲了半天，沒有人來開門。

她衝回去看向二樓的窗戶，黑眼鏡就在窗口喝酒，但似乎什麼都聽不見，也什麼都看不見。

「這是怎麼回事，這哥們兒真的是瞎的嗎？」阿透罵道。

梁煙煙說道：「估計他看到的世界，和我們所處的已經不一樣了，不然他不會無動於衷的。」

阿透繼續敲門，但是依然沒有人來開門。

「怎麼辦？」

她回頭看著梁煙煙，梁煙煙看著手裡已經燒得非常短的菸頭，捂著肋骨，似乎在思索什麼。她忽然抬頭對阿透說：「妳可一定要為我作證，讓解雨臣幫我報銷。」說著，她從口袋裡掏出了一盒菸，裡面的菸全部都是紅色的。

「妳要做什麼？」

「別說話，讓我思考一下。」

解雨臣的手機「叮咚」響了一聲，他看了一眼，是微信，委託別人查的那張畫，有了結果。

對方發來一張黑白的報紙照片，是一份廣東的鎮機關報紙，裡面有一則新聞，被紅筆圈了出來。上面有一張合影，合影中的一個人非常高，一看就和其他人不同。

報紙是十六年前的，標題是——高燒醒來之後，人持續長高，並且能憑肉眼看到人體的疾病，醫療組下鄉檢查後，疑為腦垂體疾病。

這個高個子的臉，和阿透所畫的人臉，一模一樣。

他發消息給黑眼鏡，發現消息被退了回來，心中頓時覺得奇怪，於是開始撥電話。

與此同時，他繼續盯著那則新聞，上面有那支下鄉醫療隊負責人的名字，是潘播達醫生。

解雨臣搜索了一下，網上有不少他的論文，內容都是關於罕見病的，但基本上發表於十六年之前，似乎帶著這個醫療組下鄉之後，就沒有更多關於他的消息了。

解雨臣看到，那張合影的背景裡，還有一棵樹，樹上吊著一個長條形的麻袋。

第十四章　舊照片

解雨臣將照片放大，一邊仔細去看大樹上掛著的那個麻袋，一邊繼續撥打黑眼鏡的電話，還是沒有人接。他把阿透所畫的那個懸掛在橫梁上的東西，和這個麻袋對比，雖然兩者都很模糊，但一眼就能判斷出，這是同一個東西。

事情發展到現在，雖然還不知道是怎麼回事，但也算是有一個很大的進展了。電話還是沒有打通。

在解雨臣看來，黑眼鏡有個「特異功能」，就是隨時隨地會接電話。就算是在熟睡中，電話一響他立刻就醒，如果有活兒立即就會起床，毫不含糊。

他不接電話的情況太少見了。黑眼鏡只是去監視的，怎麼可能不接電話？

解雨臣突然想起這別墅抵押給他的時候，抵押人的表情很奇怪。他當時以為是房子的基礎設施有問題，對方擔心抵押不出好價錢，但現在看來，這別墅背後有很大的故事。

他有些心神不寧，把照片導入電腦，一邊滑動滑鼠，想看看照片的邊邊角角中還有沒有線索，一邊繼續撥打電話。

忽然，他瞇起眼睛，一下坐直了。他看到在照片裡樹的後面，有一幢房子的模糊形狀。

他把照片的這個部分放大到鋪滿整個螢幕，那確實是一幢房子，而且形狀怎麼看怎麼像他現在住的這一棟別墅。

照片中，那棟建築更老，有民國時期的建築風格，屋頂的飛簷上還有一些閩南風格的裝飾。

應該是當時下南洋的豪紳留下來的老宅，這些老宅一般都是由國外設計師設計，然後由中國的工匠建造的。

這張照片裡的老房子在廣東的海邊，快一百年前的建築了，怎麼會和自己現在住的現代別墅那麼相似？

解雨臣看著照片沉思了一會兒，心中開始出現一個可怕的聯想。

他把照片放大，列印出來，來到別墅外面，走到比較遠的地方，找角度將照片裡的房子和眼前的別墅作對比。

太像了。

接手這幢別墅的時候，他就感覺到這幢別墅有一股暮氣，一種陳舊的氣息，這是其中一個他不滿意的地方，但當時沒有找出原因。

他站在相同的角度對比了幾個細節，後背開始有些發涼。

一模一樣，絕對不是巧合。

就算重新蓋，用同一張設計圖，也不會這麼像。

外觀上唯一的區別，是老照片上房子的一處屋簷有龍盤的裝飾。那邊的建築，屋簷飛起的那個角上的裝飾會比較誇張，龍鬚很多，而且會誇張地往屋脊上延伸。而自己這幢別墅的同一部位，是東南亞風格的茅草頂，用的是現代的木結構做的裝飾，沒有龍盤。

解雨臣看了看院子裡的大樹，是棵香樟樹。他躍起後，單手掛在一根樹枝上翻上去，踩著樹枝跳到屋脊上，來到屋頂的位置，開始扯屋頂的茅草。

很快，他就看到茅草下面露出了瓦片，是那種老瓦片。

他扯掉大片的茅草，撬掉木頭裝飾，就看到龍盤裝飾出現在茅草裡面，和老照片上的一模一樣。

他明白了。

自己住的根本不是什麼新房子。

有人把廣東海邊的老房子整體拆卸後，在這裡重新搭建起來，然後偽裝成一座現代化的新房子，再原封不動地抵押給了自己。

這老房子的問題，估計是有什麼邪性，整體搬遷又抵押給自己，也把問題帶到了自己這裡。

這是搞什麼鬼？

解雨臣看了看手機，電話還是沒有打通，他轉撥了抵押者的電話，發現對方的電話號碼已經註銷了。

他又撥打梁煙煙的電話。這次，電話很快被接通了，梁煙煙的聲音傳來：「我沒見到他，我現在在阿透家裡，你過來嗎？這裡有一些問題，你過來我們一起商量。」

解雨臣沒有應答，而是直接掛了電話。他一聽就知道，對面的人不是梁煙煙。梁煙煙和阿透，應該也已經出事了。

大意了，這不是一棟簡單的邪性別墅。

有人搬了一座凶宅過來給他，設了一個大局。

第十五章　好奇害死貓

沒有頭緒，只能從頭開始查，首先得知道更多這張照片背後的資訊。

解雨臣看著照片，有點不悅，因為自己的疏忽才有了這些麻煩。

通過衛生系統，很容易就能問到當年在廣東漁村發生的事情。

解雨臣坐在別墅門口的臺階上，一邊安排自己公司的員工收集情報，找出照片上的當事人，尋找他們現在的聯繫方式，一邊一個接一個地打電話。有野貓過來，他一邊打著電話一邊用狗尾巴草逗貓，貓在他面前翻滾。打了好幾個小時，他終於聯繫到了當時的一個當事人。

對方的聲音一聽就很謹慎，還一再追問他是誰，解雨臣用了一個假名。他有很強的溝通經驗，一聽這種謹慎的態度，就知道對方不太容易說實話，只是礙於長官的面子才接他的電話，所以他決定先掩蓋關鍵問題，從周邊開始問起。因為周邊問題往往不會那麼讓人敏感，但是如果提問的角度夠刁鑽，對方就不得不使用關鍵資訊回答你。

解雨臣把狗尾巴草插在一邊的臺階縫隙裡，位置比貓高，貓不得不一直蹦著去搆，他開始專心提問：「我看到一張你們醫療組下鄉時的合影，我打聽到當時帶隊的是潘播達醫生，我看過他的一些論文，想請教他一些問題。」

「你看過他的一些論文，你從哪裡看的？」

「什麼時候的論文？」

解雨臣一下警惕起來，對方追問了兩個問題，似乎有所懷疑。事實上，他並沒有看過，但他不能猶豫，於是立刻回答：「就在他去照片上那個村子做了調研之後，有論文發表。」

「你是個騙子，他根本沒回來，他死了，整個醫療隊都死了，全部死在了那個村子裡。」說完，對方就把電話掛斷了。

解雨臣摸了摸下巴，自己沒有想到這一層，難怪對方會起疑。他想了想怎麼挽回，又打了過去。

對方還是接了起來：「你還想幹什麼？」

「我想澄清一下，您也知道我是誰介紹的，我沒有騙您，可能是我這裡的資料搞錯了。您不看僧面看佛面，等我說完再掛，好嗎？」

對方沉默了一下，嘆了口氣，說道：「行，你說吧。」

「我確實看到了一篇論文，裡面的內容就是關於在那個村子裡發現的罕見病例。我估計可能是潘播達醫生在村子裡的時候，就開始撰寫了。我以為這篇論文發表了，如今看來，可能並沒有發表，只是傳到了我這裡。我對於那種疾病非常感興趣，因為我現在就是這種病的患者，我希望知道當時的治療結果。」

對方就笑了：「你放心，你的病和村子裡那個人得的病，肯定不是同一種病，那個村子裡發生的事情，救不了你。」

解雨臣道：「我看到患者的照片，覺得患病的表現是相似的。」

「那張照片很模糊，你看不清楚的。那個村子裡發生的事情，你靠照片是推測不出來的。」對方說道：「我建議你啊，少看那個人的臉，你看得越清楚，就越有可能有壞事要發生。」

解雨臣皺眉，道：「聽上去有故事。」

「沒有故事，只是個醫療事故。你問完了嗎？」

「如果那支隊伍的人都死了，那麼您是？我聽說您也是隊伍裡的一員，您也去了那個村子。」

「我提前走了，因為我沒有好奇心，我也不想有什麼成果，我就想混日子。我本身就是在當地另外一個村子裡長大的，我不覺得海邊的村子有什麼稀奇的。」對方說道：「那個村子你就別去了，浪費時間。」

解雨臣沒理，而是繼續加砝碼：「那個村子裡有一棟很大的房子，民國時候的。」

對方沉默了，過了一會兒才問：「你到底想問什麼？你不是病人，對不對？」

「我同時也是一個收集古宅的，我姓解，叫解雨臣，你可以在網上查一下我的資訊，我收集了很多古建築。」解雨臣決定孤注一擲。「如果不能治病，我想把這棟宅子買下來。你能幫我聯繫到人嗎？我可以給你百分之二十的佣金。」

「那是多少錢？」

「我估計得有十五萬。」

「你別買那棟宅子，他們全死在那棟宅子裡。兄弟，不管你是誰，我話說到這兒了，好奇心害死貓。」說完，對方就忙不迭地掛斷了。

解雨臣繼續撥過去，向猶太人學習，鍥而不捨可以解決這個世界上一半的問題。但是對方這一次直接關機了——科學技術解決另一半。

他看了看貓，貓已經玩累了，正坐著看亮起來的路燈——燈下全是飛蟲。此時暮色降臨，他回頭看了看那棟別墅，那別墅似乎是一個巨大的生物。

事情越來越有意思了。

有人抵押了一幢凶宅給自己，還不是一般的凶宅，罕見病，發燒之後不斷長高的人，下鄉醫療隊隊員全部在這個宅子裡死亡。

這別墅背後的故事能寫一部長篇小說，那阿透，可能真的被自己連累了。

他看了看別墅，那別墅似乎也正注視著自己。

「小看你了。」解雨臣說道：「我們重新認識一下。」

他站起來開始圍著別墅走，仔細觀察。

一路過去，就看到別墅後面院子的草叢裡，蒼蠅特別多。那個院子和外面的馬路被籬笆隔開了，後院本來是草坪，由於沒人修剪，已經長滿了雜草，如今裡面全是蒼蠅。

他幾乎沒有到過後面，因為從前院到後院要經過一個室內游泳池，那個泳池沒有清理過，全部發霉了。這一次他從外面繞到了後院，沒想到後院這麼髒。

他走進草叢，打開手機上的手電筒，就看到一堆一堆的貓骨頭，還有腐爛的貓屍體——都是附近的野貓，全部散落在草叢裡。

第十六章　靈異事件

解雨臣看著貓的屍體，心裡琢磨：這別墅恐怕已經殺了不少東西了，似乎在它附近，稍微大型一點的動物都活不下去。

貓的屍體腐爛程度不一樣，說明貓是一隻一隻來到別墅附近，然後因為某種原因相繼死去的。

路過這裡的野貓，一隻一隻地被捕獵。

這幢別墅有生命嗎？解雨臣有一些這方面的經驗，他經常被委託處理一些棘手的貨物，知道有一種現象叫作偽智慧現象。就是從所有的外在跡象看上去，這個東西是有生命的，但實際上它是一種現象的集合體。

在生物界，螞蟻和蜜蜂的群體所表現出的智慧就屬於這種現象——單隻螞蟻和蜜蜂是沒有智慧的，牠們的智力主要體現在整個螞蟻群和蜜蜂群處理問題的方式上，這讓整個群體看上去是有智慧的。而非生物領域，比如火場的鬼火，因為二氧化碳的干涉，火苗的行進路線就像是故意繞開了人類一樣，神出鬼沒。

很多時候，邪惡的力量就是這麼被誤傳，衍生出了鬼魂、妖怪這樣的傳說。解雨臣曾經遇到過一幢樓，連續三十年不停地整層整層地死人，後來發現是有人在樓的承重柱內，埋了放射性金屬塊，最後查明是物理研究所的管理員以此報復社會。

但是這一次似乎不太一樣，到底是哪種解釋，還要進一步探索。

剛才被他逗的小野貓跟了過來，小野貓不怕屍體，牠死死地盯著別墅。解雨臣站在牠後面，要說手上沾的血，恐怕這別墅再凶也比不過他吧。

查了那麼多凶險詭譎的事情，竟然沒有任何一個的危害超過自己，實在是太悲哀了。

但解雨臣不會賭氣繼續住在這裡，他提溜起小野貓，心說你走運了，你的同胞兄弟姊妹就沒你那麼走運，帶你去安全的區域吧。

解雨臣驅車前往阿透家，開著開著，天越來越黑，這條路的長度明顯超過了他去阿透家的距離。他意識到情況有點不對，但他沒有停車。

他發現從十七分鐘之前，就總是能在後照鏡裡，看到那棟別墅的房頂在路邊的樹後一掠而過，似乎那幢別墅一直在跟著他，一次一次地出現在他前面，然後飛掠而過。

要對我下手了嗎？解雨臣心裡想著。

這時候，他看到貓一直看著後座，似乎後座上有什麼東西。

他透過後照鏡，看到後座坐著一個人，但看不到臉。解雨臣摸了摸貓的頭，就看到後座的人開始往前探過臉來。那是一張青色的臉，換成普通人早就被嚇死了，但解雨臣非常冷靜，他發現這個突然出現的人很眼熟。

解雨臣鎮定地看了他一眼，不緊不慢地掏出手機，調出手機裡十六年前村子裡的合影，對比了一下，發現臉竟然是潘播達醫生的面孔。

那人看著他，他也不理會，甚至那人把臉探到了他的臉邊上，他仍舊穩穩地開著車。

就這麼開了十幾分鐘，如果是普通人早崩潰了，但解雨臣開車，打方向燈、遠近光，一個動作都沒有漏下，似乎邊上那個人完全不存在。

兩方就這樣僵持著，解雨臣開著開著都笑了，覺得有點尷尬。

這時候，他又看到前面路邊站著兩個身形熟悉的女人，在朝他揮手。

解雨臣慢慢開過去，就看到梁煙煙和阿透互相攙扶著。他把車緩緩地停下來，再看後座，已經空了，那青面人不見了。

貓扒到副駕的窗戶上往窗外看，解雨臣搖下車窗，梁煙煙和阿透驚恐地看著他：「老闆，你怎麼來了？」

解雨臣看了看她們身後，竟然看到阿透的房子在遠處亮著燈。解雨臣想了想，看阿透想上車，就把車門鎖上，油門一踩，揚長而去。

先看一看，無邏輯的行為會對現在的局面產生什麼影響吧。

往前開了大概三千公尺，前面又出現了兩個人，離近了發現還是阿透和梁煙煙。但這一次，她們筆直地站在那裡，猶如鬼魅一樣，一動不動。

的方向。

連演都不想演了嗎？

他看著那兩個人，那兩個人也看著他。

解雨臣遠遠地停下車，阿透和梁煙煙並沒有走過來，而是在遠處默默地看著他

解雨臣下了車，看了看天，天上沒有月亮，也沒有星星，只有車燈照出來的一段路是亮的。他往前走了幾步，回頭的時候，忽然發現自己的車燈一下子變得很遠很遠，似乎離自己有幾百公尺的距離。

但他才走了幾步而已。

這是他第一次直面這麼硬核的靈異事件，他深吸了一口氣，看到在汽車後面的路邊，黑暗中又出現了一個房頂。

就是他那棟別墅的房頂，他的別墅跟過來了。

第十七章　一樁舊事

每次要面對棘手的情況之前，梁煙煙都要回憶生命中的幾個小時。

那是她被剝皮的幾個小時。

梁煙煙還記得自己剛從剝皮手術中醒過來時的感覺。她原本處於完全虛無的狀態裡，只有一絲感覺，自我仍舊存在於特別深的潛意識裡，無法喚起思考，也無法明白自己的處境，只有背部隱約有一絲不適感。四肢和皮膚的所有感覺則是冰冷，一種無法言喻的冰冷，極難忍受。

慢慢地，背部的不適感開始放大，這種感覺衝破了壓抑她思緒的黑霧，像一種清醒地從睡夢中醒來的感覺。接著，不適感開始變成了疼痛，疼痛變成了劇痛，劇痛讓她的思緒衝向全身，她一下子醒了過來。

因為她被誤認為是一具屍體，所以沒有做心電圖監護，也沒有打麻藥，只連接了呼吸機。當梁煙煙睜開眼睛的時候，所有人都嚇得後退了好幾步。

梁煙煙當時並不能動彈，只能聽到慌亂的聲音，感覺有亂七八糟的光線在四周晃動，她以為自己是在被搶救。

接著她被戴上了心電監護儀，她意識到自己沒有死，心中求生的鬥志被點燃了。她從小就是不服輸的人，所以咬著牙打算堅持，卻聽到有人說：「兩臺手術同時進行，那邊已經縫合了，怎麼辦？不能再取下來了，取下來皮就廢了。」

「那邊繼續進行，就說捐皮的人是在手術之後醒過來的。」有一個人回道：「先保一個。」

「這裡取了那麼多皮，這女孩子——」

「按道理，如果捐獻者沒死，清醒了，她是可以直接否決器官捐贈的。她就算想讓這批皮廢掉，也是她的自由。我們能做的，就是在沒有人下第二個命令之前，把第一個命令完成好。」有一個人說道。

「可是她似乎是清醒的。」

「鎮靜劑。老漆，做好手術，其他事情我來扛。」那個人說道：「我回現場繼續處理，幫她鎮痛。」

接著手術室陷入了沉默，很久，才有另外一個人說道：「可惜了這麼好看的紋身。聽說她的父母一開始是不願意捐皮的，是有人給了一大筆錢，她爸爸才願意賣掉女兒屍體上的皮。接下來，估計要有人倫的災難——」

「噓，她可能能聽見。」一個人說道，整個手術室又安靜了下來。

沒有人意識到梁煙煙是完全清醒的，她清晰地知道，那個做了決定回去現場的人是誰。他是父親之前的一個長官，那個長官希望梁煙煙可以和自己的兒子湊成一對。梁煙煙為了避開長官的施壓，才去紋了這一身的紋身。

她在那個時候並不完全明白發生了什麼，一直到她再次醒來，看到父母支支吾吾的，她立即嘶喊著要看自己的後背。

從此之後，她再也沒有見過自己的父親。她的母親沒過幾年就去世了，父親倒是一直活著，但現在是死是活，她也不知道。

那是她人生第一次明白得罪人會有這樣的後果，也是第一次明白世界上有真正的壞人。普通人可能需要花十年時間才會明白的道理，她一夜之間全明白了。

當她從手術臺上醒來的時候，本以為自己終於逃過了一劫，但事實上，噩夢才真正開始。

那天之後，她對於所有似乎「過去了」、似乎「成功了」、似乎「逃脫了」的感覺，都心生恐懼。只要遇到那樣的時刻，她永遠都會在夜裡恐懼得徹夜難眠，不知道接下去會有什麼轉折。但這也讓她學會了，永遠不要享受成功的喜悅。相反，一定要待在痛苦和壓力的邊上，讓自己因為無法忍受而不得不去解決它。不能逃避，也不能暫時離開。

而當她面對最棘手的局面時，那幾個小時，反而會給她力量。

到底是什麼力量，她說不清楚，但是，只要想起來，她內心所有的恐懼，都會不復存在。

第十八章　直面

梁煙煙一根接一根地抽菸，是那種紅色的菸，已經把一包菸都抽完了。

阿透顯得有點不知所措：「如果真的這麼焦慮，我們就跑吧，妳這麼抽不會得病嗎？」

「妳摸我一下。」梁煙煙對阿透說道。

「怎麼了？」

「摸一下。」

阿透把手放到梁煙煙的脖子上，立刻感覺到她的體溫很高。

「發燒了？」

「這個菸裡的物質，進到我的血液裡了。」

「還可以這樣用？」

「可厲害了。」梁煙煙說道，她抽完了最後一根菸。

「現在妳有兩個選擇，一個是和我一起回妳的房子，我要孤注一擲。一個是妳現在開始跑，但我覺得跑沒什麼用。」

「我跟妳走。」

「妳不害怕了？」

「累了，毀滅吧。」阿透說道：「妳能打贏嗎？」

「以往都是能打贏的，這一次不一定。這一次的東西很奇怪，不知道是什麼。」

兩個人互相攙扶著重新回到房子裡，阿透其實不知道自己在做什麼。

她也沒有什麼勇氣，就是真的累了，她想回家，然後要死要活就隨緣吧。

阿透把梁煙煙扶到沙發上，然後看向二樓。二樓什麼都沒有，燈滅了，房間裡很黑，只有對面窗戶的燈光照進來的微弱光線。

梁煙煙脫掉衣服，從沙發下面掏出手機，手機竟然還在通話中。她用手機的光照自己的肋骨，看到肋骨處凹陷進去一塊。

如果這裡再遭受撞擊，肋骨會插進肺裡。她看了看四周，拿出沒有用完的鋁箔紙，把阿透的快遞紙盒撕下來幾塊，用鋁箔紙裹在自己受傷的地方。

「妳有沒有止痛藥？」梁煙煙問阿透。

阿透去洗手間的梳妝鏡區域翻找，找出了一板藥：「過期了。」

梁煙煙走過去拿過來，掰出三顆就吞了下去。

「記住，等一下的那個我，不是真正的我。如果妳覺得有危險，就離開我跑掉。」梁煙煙說著打開了洗手臺的水龍頭，在洗手池中放滿水，把毛巾浸溼，而後躺回到沙發上，用溼毛巾蒙上了自己的臉。

「什麼意思？」

「沒什麼，我很熱，我一熱性格就會變壞。」

梁煙煙很快出現呼吸障礙，溼毛巾吸附在她的臉上，她的脖子上也開始暴出青筋，但她一動不動。

梁煙煙再次站起來的時候，阿透覺得她似乎有點熟悉。

阿透從小就對人的肢體形態非常敏感，對自己的感覺也很自信，她看著此刻的梁煙煙，忽然覺得她變成了自己認識的一個人。

但同時產生的，不是好奇而是害怕。阿透忽然覺得，面前的這個人讓她有點害怕。

梁煙煙在原地站了很久，回頭看了看阿透。阿透立即就覺得，面前的這個人，似乎變成了和那個長條形的人一樣的東西，它們散發著同一種味道。

梁煙煙回頭看了一眼阿透，然後走過去，抓住阿透的手臂，看著她手臂上的紋身。

「妳沒事吧？」阿透問道。

梁煙煙看到了很多修補的痕跡，這些紋身已經不是在她背上時的樣子了。

梁煙煙把阿透的手臂靠近自己的臉，用臉貼著手臂上的紋身，對阿透道：「妳讓這些圖案變得更漂亮了。」

「對於我來說，這些是我皮膚的底色。」

「還真是，自己的東西當然會很在乎，我也一樣。」梁煙煙朝她笑了笑，然後放下阿透的手，轉身走上二樓。

阿透看著她上去，二樓非常安靜。梁煙煙上去之後，大概有五分鐘時間，什麼都沒有發生，還是非常安靜。

此時阿透在想，梁煙煙是不是已經死了？如果梁煙煙沒有下來，自己的處境豈不是更艱難了？

然而，事情並沒有朝她預料的方向發展。正當她在樓下茫然失措的時候，二樓突然傳來一聲巨響，所有的玻璃都被震碎了。

阿透被震倒在沙發上，耳朵裡產生了巨大的蜂鳴。接著她就看到，外面的天開始亮了起來。極難形容在那種陰霾之下忽然出現藍天白雲的感覺。一切似乎都沒有發生過，一切不好的、灰暗的、可怕的東西，在那一瞬間都不見了。

接著，梁煙煙從二樓走了下來，外面的陽光正好照進來，整個世界一下子亮了起來。無數聲音從四周傳來，這是人間嘈雜的煙火氣。

阿透甚至看到有麻雀從外面的天空飛過。

什麼鬼？阿透心裡想，到底發生了什麼？

窗戶上所有的玻璃都碎了，二樓似乎發生了巨大的爆炸。

梁煙煙坐到目瞪口呆的阿透身邊，點上一根菸，摸了摸她的頭髮。

阿透看著她，剛想笑一下，就聽到她說：「先別高興，還沒完全解決。麻煩妳叫個救護車。」

說完，梁煙煙看著外面的藍天，慢慢閉上了眼睛，開始養神。

爆炸發生的時候，解雨臣正坐在那幢凶宅前。他那時走到房子的黑影前面，確定那就是他的別墅。

那別墅是想讓他重新進去。

解雨臣還在猶豫，但現在顯然沒有更好的解決辦法。

他在門前待了很久。

正想著對策，天上的黑暗忽然一下散開，藍天出現了。下一瞬間，他發現自己仍舊在駕駛座上開車，前面出現了一輛大卡車，他急打方向盤，和大卡車擦了一下邊，車體直接被掀翻，飛了出去。解雨臣在車子翻轉的時候，一把抓住了貓，接著安全氣囊就打開了。

第十九章　醫院

梁煙煙躺在病床上，阿透守在床邊。周圍都是人，有病人，還有大夫、護理師走來走去，非常嘈雜。這種嘈雜曾經讓阿透覺得煩躁，如今卻讓她感到格外有安全感。

窗外的天氣特別好，現在才臨近傍晚，日頭還很高。她們看似經歷了一晚上的恐怖事件，實則只過去了幾個小時。

梁煙煙的住院費花掉了解雨臣給阿透的酬金的一半。她想想覺得是值得的，也不想讓解雨臣報銷了，雖然禍事是從他的別墅裡引出來的。

她希望能為梁煙煙付出一點，這樣心裡有點支撐。

到底發生了什麼事情？她嘗試著去理解，把事情的前後經過又重新琢磨了一遍。但她心裡沒有任何章法，包括最後在二樓發生的爆炸。

是梁煙煙生氣了，氣炸的？

她被自己的胡思亂想逗笑了。

心神回復過來之後，她發現自己身上全是傷口，也不知道是什麼時候弄傷的，她貼了很多ＯＫ繃。看著梁煙煙，她覺得醫生馬上就要過來把她叫醒進行問診了，就去廁所裡整理了一下自己，本想塗個口紅顯得氣色好一點，但想到梁煙煙看到了可能會覺得自己沒心肝，就沒塗。

讓她比較在意的，還有梁煙煙上樓之前的那個瞬間給她的感覺，她當時覺得這個女人很熟悉，似乎是見過的。

這個感覺讓她非常在意，她一直在回憶，但就是回憶不起來。而且，剛才護理師幫梁煙煙換衣服的時候，她聽到護理師驚呼了一聲，便問護理師怎麼了，護理師卻沒有回答，這也讓她覺得有點奇怪。

梁煙煙被醫生拍醒時非常虛弱，但注射葡萄糖還是有用的，她的眼神已經恢復正常了。問診之後，她就摸向自己放在床邊的衣服，想下床去陽臺抽菸。

「這樣不好吧？」阿透說道。

「將心比心，如果是妳，妳憋得住嗎？」梁煙煙問她，把手伸向她。

阿透想了想，確實，健康生活說說容易，某些時候，沒有菸還真是過不去。於是伸手攙扶著梁煙煙去了陽臺，幫她掏出菸。

兩個人在陽臺上各點了一支。兩個這樣的女孩子抽菸，而且還是在醫院裡，病房裡的其他病人紛紛側目。

幾口抽完菸，梁煙煙拿出口紅塗了塗，然後遞給阿透。阿透看了看色號，也塗了塗。

梁煙煙開始翻看自己的手機，阿透瞥到無數的未讀消息和郵件。

梁煙煙看到了解雨臣發給她的簡訊，大段大段的，還有多媒體簡訊。

「這個解老闆，是不是有傾訴癖好？」

「他是在發資料給我，是盲打的，他當時應該是在非常高壓的環境裡，只能發簡訊。」梁煙煙打開了多媒體簡訊，上面是一張合影。

簡訊的附帶文字是：此事不小，酬勞五倍，請一定解決，千萬小心。

後面的文字裡是廣東的村子、潘播達、老宅子的資訊，非常詳細，把一切都說明白了。

梁煙煙說道：「我們得去廣東的一個村子。我只是暫時驅散了這個東西，它到底是什麼我也不知道，也不曉得它什麼時候還會再出現。我們得去查查，有沒有來龍去脈。」

「我們？」

「它針對的人是妳。」

阿透長嘆一聲，那她後面的幾個工作都泡湯了。這到底算什麼事啊！

「別擔心，解老闆加單了，這一單做完估計我能休息半年。」梁煙煙撥通了解雨臣的電話，解雨臣還是沒有接。「這事看來很大，他應該會補償妳。」

「可是，去查什麼呢？」

「妳看過鬼片嗎？」

「看過。」

「如果妳房子裡的東西是一股邪惡力量，那麼邪惡力量作惡，會有某種起因，找到了起因，才能找到解決的方法。所以調查什麼我不知道，但什麼都不查，妳的事情大概解決不了。」

阿透似懂非懂，她想了想：「那妳之前到底打贏沒有？」

「我不知道那是什麼東西，所以我不知道有沒有打贏。」梁煙煙說道：「這麼說吧，我們得去村裡，查查那到底是什麼東西，然後就可以對症下藥了。」

她和阿透互相加了聯繫方式，然後把解雨臣的消息一條一條轉發過去：「自己做功課。」

解雨臣醒過來的時候，第一句話是一個車牌號碼，此時，他的眼睛還不能完全睜開。

「什麼？」邊上的醫生問。

「這是肇事車輛的車牌，事故發生的時候，他應該在錯誤的車道，朝我迎面撞來。我估計他不會留在現場，你可以通報交警。」

「哦。」醫生聽得一愣一愣的。

「有什麼壞消息要告訴我嗎？」

「你的車那麼貴，沒事。」

解雨臣嘆了口氣，醫生繼續說道：「有個人來看過你，給你留了張紙條。」

「請念給我聽。」

「對不起，貓沒保住，阿透和梁煙煙安全了。」醫生念了紙條上的字，喃喃道：「怎麼，養了很久的貓嗎？貓在車上得有特殊的安全措施。」

「是野貓。」解雨臣說道。

「車上怎麼會有野貓？」

「無關緊要了。」

解雨臣的身體開始恢復，他默默數數，數到三十的時候，終於感受到自己身體的全部。他嘗試著坐了起來，但渾身劇痛，這個時候，他聽到了手機震動的聲音。

「麻煩把我的手機按免持聽筒。」

「對不起，你的手機已經完全變形了。」

忽地，解雨臣睜開眼睛，他發現自己不是在醫院裡，或者說，自己是在醫院裡，但他的身邊，還有什麼東西躺著。

他定神去看，竟然是那個長條形的人。同時他還看到，旁邊有個醫生在幫這個長條形的人量體溫。而這個醫生的臉，竟然就是老照片裡的那個醫生——潘播達的臉。

長條人背對著他睡著，因為身體太長以至於整個人都蜷縮著，腿盤在床的外面。

動。

解雨臣愣了一下，然後想馬上跳起來。但此刻他的身體完全不受控制，紋絲不動。

冷靜了一下，解雨臣發現自己確實無法動彈，他轉而看向四周，竟然聽到了海浪聲，和廣東話的聲音。

他還看到幾個醫生走過，都是老照片上的人，穿的衣服也和老照片上的一模一樣。

這一切都發生在他的左邊。

而在他的右邊，醫生說道：「是一個叫梁煙煙的人打的電話。」

他想轉頭看向右邊，但轉不過去，只有眼睛能轉動，餘光可以看到，右邊是一個正常的現代醫生，他認識。

以他的床為中心，似乎左右分割成了兩個不同的空間。

解雨臣向醫生問：「你對我做了什麼？」

第二十章　草嶼漁村

解雨臣還是沒有接電話，阿透看梁煙煙把電話掛斷，把口紅插進香菸盒裡。

「我們暫時得自費了。」梁煙煙對阿透說：「住院一共花了多少，我轉帳給妳。」

「不用，妳這是工傷。我、我負責吧。」

「妳不是我老闆，解雨臣是。那妳先留著發票吧。」梁煙煙忽然想起了什麼。「那個瞎子呢？」

「我叫了救護車之後就去找他了，他幫我把妳送到了這裡，然後又接了個電話，急匆匆就走了。」

「急匆匆的？」梁煙煙又撥了黑眼鏡的電話，對方倒是很快就接了。梁煙煙說：「我們要去廣東，我把地址發給你，你能安排最快的行程嗎？」

「啊，妳沒事了。」對面傳來似笑非笑的聲音。

「我聯繫不到解雨臣，你幫我處理？」

「他有其他事情去忙了，我會給妳們準備好機票送過來。」

這時候就聽到背景裡傳來了機場的廣播聲。

「你是不是現在就要登機去廣州了？」梁煙煙忽然警覺起來。

「啊，這件事情比較凶險，我們就摒棄前嫌合作吧。我不想再一天收兩具屍，當然，妳的收入得按比例劃給我一部分。」

「屁啊，老娘不需要你幫忙，你搶生意啊！」

對方笑著唱了一句：「哎嘿，呵嘿嘿，嘿嘿嘿。」電話就被掛斷了。

梁煙煙捂住肋骨，氣得夠嗆。阿透看著她，她道：「我們自己訂機票。」

「這個人又是什麼角色？」

「這個人，妳還是不要知道的好。」梁煙煙收起電話，一臉不爽。

長話短說，梁煙煙一路拖著阿透趕到機場，訂了最近的一班飛廣州的機票，是晚上九點的。她們在機場租了輪椅，梁煙煙因為有傷，被升到了頭等艙，阿透在經濟艙。這一次是梁煙煙刷的卡，卡是黑色的，再看看自己的信用卡，阿透心裡有一絲淒苦。

在小說裡，很多時候，冒險的開始都是專注於未來會發生的命運變遷，自己卻只擔心信用卡額度夠不夠完成這次探險。

窮困真是破壞一切美好願景的存在。

從她的位置看不到梁煙煙。她聽著音樂，想著之前想找的那個傳奇人物，覺得自己的經歷現在也開始傳奇起來了，雖然好像並沒有想像中那麼愉悅。

不過在路上看完了解雨臣的資料後，她驚訝地發現，這件事並不像她之前想的那樣沒有邏輯，背後竟然有一條清晰的線。

她總結了幾個謎題：第一，是誰把這個凶宅從廣東的海邊搬到這裡抵押給解老闆的？這個人是想殺解老闆嗎？

第二，如果是這樣的話，解老闆和她，還有梁煙煙，都進過那個凶宅，從剛才的經歷來看，他們已經中招了。那麼他們現在是一個陣營的，只有那個戴墨鏡的是編外的。

第三，按照解老闆的分析，還有梁煙煙的經驗，這件事，如果不能找出原因，完全解決背後的問題，那麼這怪物對自己的襲擊是不會停止的。

這裡有一個很有意思的知識點，是她從解雨臣的資料裡學會的，就是這種事情，它未必是鬧鬼，而很可能是一種特別險惡的自然現象。這種自然現象一定是由某種原因造成的，起因往往非常奇怪和複雜。

比如說，有人在北京幹過這麼一件事：大概在四十年前，一個北京的倒爺，為了求子，在院子裡埋了三個東南亞的雕像，這三個雕像後來導致七個人死亡。雖然沒有人知道這三個東南亞雕像為什麼能導致人陸續死亡，但是通過調查，發現院子下面埋著東西，並且將其挖出來送回了東南亞的廟宇後，確實解決了人離奇死亡的問題。

後來再進行詳細調查，就發現那三個東南亞的雕像，是用大象石雕刻出來的，也就是大象的屍體乾化之後，形成了巨大如岩石的乾肉塊，然後再將其雕刻成雕像。大象石裡面有一種特殊的寄生蟲卵，埋在北京的地下後，這些卵就孵化了，在地下形成了一個很大的巢，後來經過一年多的努力，才把這事徹底解決。

所以，解雨臣說，總歸會有一個原因，要趁大家都還沒有完全中招的時候，查出這個原因，解決這個問題。

落地廣州之後，她們包了一輛車，直接開往那個海邊的村子。村子在汕尾的甲子角附近，離機場有兩個多小時的路程。聽說那裡大片區域雜草叢生，很多村子都被草埋了，所以那一帶又被叫作草嶼。

到了村子，車子還得跟著她們，不然她們就回不去了。阿透自告奮勇負擔車錢，內心卻瑟瑟發抖，猶如局促的家庭主婦。

兩個人從車上下來，阿透頓時就後悔了，進村的路上全是茂盛的雜草，幾乎要沒過人的膝蓋。肉眼可見的飛蟲，在車燈前密密麻麻地飛著，不時就衝到她們嘴巴裡。

車上有兩支手電筒，司機拿了一支，梁煙煙拿了一支。梁煙煙照了照四周，就看到有一輛摩托車停在一邊。

「這是那個瞎子的車，他已經進去三個小時了，還沒走，應該是還沒有進展。」梁煙煙說道：「我得找到他，不能讓他搶在我們前面。」

去。

阿透覺得又捲入了一個好像和自己非常有關，但實際上又和自己無關的競爭中

她想說點什麼，可還沒開口，梁煙煙已經抬腳進村了。

她趕緊跟上去，很快就發現自己不應該穿露腳踝的褲子，草刮得皮膚生疼。梁煙煙穿的衣服也是她的，因為比她高，而且腿比她長，所以明顯露得更多。梁煙就把襪子翻到外面，直接包住腳踝。阿透沒有穿襪子，正無可奈何之時，司機大哥表示要跟著進去，說可以給她們帶路。他從車上拿出一捲餐巾紙，給阿透包住腳踝，然後用膠帶綁住。

他倆跟上去的時候，梁煙煙已經走進去很深了，只能看見前面草中有手電筒光閃動。阿透加快步伐追了上去，很快，她看到一面牆，上面寫著：

活神仙居所，問天取藥，治病救人！

第二十一章　長神仙

旁邊的牆上有壁畫，畫的是很多神仙。這並不是古代壁畫，而是鄉民自己畫上去的，畫面非常粗糙，用色也很大膽。阿透是學美術的，她其實非常喜歡這種沒有基礎的非工筆畫風，因為那展示出一種真實、一種生命力。

這些神仙無一例外，身高都在兩公尺左右，因為牆大概就是兩公尺高，所以這些神仙都有一種頂格站著的感覺。這是一種詭異的藝術表現方式，畫面竟然展現出一種張力。

「看樣子，那個高個子怪人，在這裡是被當作神仙的。」阿透說道。

「這個村子之前出過一個很厲害的算命的，是一個兩公尺多高的男人，算得非常靈。後來不知道為什麼，有人開始說他是騙子，最後他就死掉了。」司機大哥說道：「最早的時候，說那個人是大神仙下凡，他算命不算過去未來，就算你有沒有病，不僅能算，還能幫你治，據說能治百病。我聽家裡長輩說過，那個男的本來很普通，忽然有一天開始一直長高，一直長高。越高，他就越神，看東西就越準。」

阿透問他道：「這是多久之前的事了？」

「我不記得了，反正我爸爸是很熟悉這件事的。」大哥繼續說：「這個人早先留了話，說他要是死了，村子裡就不能住人了。村裡人都信他，所以他死了之後，村子裡的大部分人都搬走了，有少數沒走的，後來好像也都死了。這個人外號叫『長神仙』，本名好像叫作黃賽順。」

這人就是之前一直要殺自己的東西嗎——那不是鬼，卻非常像鬼的東西。聽上去這裡的人多少都認為這人是個神仙，可他為什麼會有那麼大的凶性？想著，阿透看到梁煙煙停了下來，她邊上好像站著一個特別高的東西。阿透嚇了一跳，拿過司機大哥的手電筒一照，發現是一棵大樹。

樹非常高，在中國，這樣高的樹不常見。阿透看了看四周，發現這樣的大樹不只一棵。

「這兒的樹都長得高，都說山裡有一棵特別高的，就是長神仙的原形，長神仙其實是樹仙。他們都不砍樹，所以大樹能一直長一直長。當時看長神仙是這裡的一個旅遊項目，很多人慕名來看長神仙，然後祭拜大樹，村民賺了很多錢。」

說著他們已經進入了村裡。村子並不荒涼，只是看著非常破敗。但因為村裡的房屋大多是用水泥鋼筋做建築材料，所以房體幾乎都還很完整，只是玻璃都碎得差不多了。村子裡的路是柏油路，看得出這個村子當年確實很富裕，現在柏油路已經到處開裂，長滿了雜草。

村子後面就是海，能聽到海浪的聲音。梁煙煙肋骨疼，繼續吃藥，阿透算了算，一路過來這已經是她第三次這樣吃藥了。

不能這麼吃吧，阿透心裡想，梁煙煙不像一個不懂事的人，這麼吃藥，似乎是對自己身體的一種肆意妄為，本質上是出於自我厭惡。

阿透想關心一下這個女燕赤霞一樣的人物，但她找不到任何切入點。反而是大哥說道：「小姑娘，妳這麼吃藥，肝會吃壞的哦。」

梁煙煙壓根沒理，拿出手機看了看，手機信號顯示是2G的，有一條簡訊，她打開一看，是黑眼鏡發的。

「這個村子有很大問題，荒廢是有原因的，入夜之後不要進入。」

阿透在邊上探頭看梁煙煙的手機。

「他這是警告我們？」

「也可能是糊弄我們。」

梁煙煙往下滑，就看到還有一條簡訊：「如果覺得我在糊弄妳們，非要進入，就打我電話來和我會合，我鈴聲開到最大了。但別老打，電不多了。」

梁煙煙一臉惱怒。

她撥打了黑眼鏡的電話，就聽到黑暗的村子深處，傳來了電話鈴聲，聲音真的很大。

梁煙煙掛掉電話，過來拉住阿透的手，然後對大哥說道：「你跟緊一點，不要拖我後腿。」

情。

大哥點頭，竟然有點興奮，似乎和兩個姑娘進荒廢的村子探險，是很刺激的事

阿透被她拉著往前走，兩個人往黑眼鏡電話鈴響的方向去找。梁煙煙的手非常燙，阿透覺得前面的蟲子和黑暗都被她身上的熱氣沖散了。

村子很大，他們繞了兩圈都沒有找到黑眼鏡，再打電話，鈴聲很響，但還是摸不準確切的方位。她們看到了無數的長神仙壁畫和長條人的神仙像，都已經荒廢了，有些泥塑更是開裂，只剩下了半邊。很多房子門外的牆壁上畫滿了長神仙的壁畫，這種人物形象出現的密集程度有些失控和超出常理的感覺。而且這些神仙的穿著各不相同，有的穿財神的衣服，有的穿佛像的衣服，有的穿三清像的衣服。

泥胎神仙都在路邊放著，幾乎每一個都是往高了做，有些三公尺高，有些五公尺高，最矮的也有兩公尺，而且都是俯視的姿態。一行三個人，都覺得他們被無數高大的東西俯視著，感覺極其壓抑。

「有點像《神隱少女》裡的場景。」阿透和梁煙煙說。說實話她有些害怕，但又被這繁複的景觀吸引了。

梁煙煙第N次撥打了黑眼鏡的電話，這一次終於靠近了些，電話鈴聲從他們身邊兩棟民宅中間的弄堂深處傳來，裡面一片漆黑。幾個人進去，就發現這是一條很窄的弄堂，大概只有兩人寬，但是很深。兩邊全是兩層的民宅，都是磚石結構的建築，應該是村子裡比較老的部分了。窗戶和門板也都破了，裡面是黑的，用手電筒

照不出什麼東西來，但感覺隨時會有手伸出來抓人。

鈴聲這一次沒有被按掉，一直在響。他們跟著聲音一路往裡，路過十幾戶人家後，到了一個老祠堂門口。這個祠堂就在弄堂的中間位置，是一座明末清初的建築，牌匾已經被收走了，門開著，裡面是一個巨大的黑暗空間。

「長神仙就是在這裡算命的。」司機大哥說道，聲音有點發抖，似乎也想找個人牽手，但不好意思。

阿透朝他笑笑，心說自己也想扭頭就跑。忽然出現一個老宅子，這也太嚇人了。

梁煙煙道：「進去看看。」

他們踏進祠堂，空曠的空間中，手機鈴聲顯得非常刺耳。阿透將手電筒照向腳下，看到進去之後就是階梯。祠堂是下沉式的，而且很深。他們順著階梯往下，下去了起碼有一點五公尺的坡度，才看到青磚地面。

「因為長神仙很高，所以挖深一點，好讓他活動方便一點？」阿透問道。她的手電筒的光照到了祠堂裡面，就看到一張巨大的竹躺椅橫在祠堂的中央。

梁煙煙暫時按掉了手機，鈴聲停止了，她的臉色略微有點難看。但是這裡的景象非常駭人，阿透應接不暇，沒有去追問她。

這個躺椅很長，已經不是給一個兩公尺多高的人坐的了，起碼得是六公尺高的人，才能填滿這張椅子。

三個人都被震驚了，走過去仔細查看躺椅。梁煙煙就問大哥：「那個長神仙，最後到底長到了多高？」

「這個只是一個象徵吧？就算是巨人症，也不可能長那麼高，會有綜合併發症，不用藥物控制，壽命會很短。」阿透說道。

梁煙煙搖搖頭，用手電筒照了照椅子坐墊部分的一個洞：「這是接屎尿的洞，他就是坐在這個椅子上的，而且不能移動。他得的可能不是巨人症，而是其他疾病。」

祠堂的牆壁上，包括橫梁上，掛滿了錦旗，上面全部都是「有求必應」之類的標語。這是一個肉身的神龕。阿透這時候看向橫梁的上面，那裡放著很多捲起來的線裝書。

梁煙煙喊了一聲：「多大了，還捉迷藏，出來吧。」說著再次撥通了電話。

電話鈴聲一下從阿透的身後響起，嚇了她一跳。她立即回頭，發現電話鈴聲是從一面牆壁裡傳出來的。

第二十二章　雕像活了

「怎麼在牆壁裡？」阿透心裡想，在牆壁裡和在牆壁後，人的耳朵是可以分辨出來的，這手機應該就在牆的裡面。

「裝神弄鬼。」梁煙煙不吃這一套，她按掉了手機，又喊了一嗓子：「黑瞎子，你出來，我知道你喜歡待在黑的地方。」

還是一片安靜。

阿透打開手機，她的手機信號時好時壞。她又用手電筒照了照四周，光線照出去四、五公尺，就什麼都照不出來了。

「他脾氣是不是有點強啊。」阿透心裡說，都已經到這個分上，這玩笑開得有意思嗎？還是說，他壓根就不想和他們見面？不過梁煙煙也夠倔的，如果是自己，就各查各的，幹麼非要會合？

喊了幾聲，梁煙煙就走到手機鈴聲傳出來的牆邊，先用手電筒照了照牆壁的外表。這是一面刷了白膩子的磚牆，已經很老舊了，上面都是霉斑，但沒有縫隙能把手機丟進去。梁煙煙看了看牆頂，牆頂直接連著屋頂，也沒有縫隙。

順著牆壁去找，也沒有找到縫隙，這個祠堂還是比較完整的。

「他在這面牆後面。」梁煙煙敲了敲牆壁。「不太對勁，妳要做好心理準備。」

「怎麼了？」

「正常人不會讓電話一直響的。這電話的聲音特別吵，他沒有一次主動按掉，而且電話的位置一直保持不變，他要麼把電話給丟了，要麼已經死了，屍體和電話就在這牆的另一面。」

阿透看著梁煙煙，發現她不是開玩笑的。

梁煙煙往那張巨大的躺椅後走去，躺椅後面是祠堂裡放靈牌的地方，兩邊各有一道門通往後院。

門已經沒有了，只剩一個門框，走出去，是一個二進的院子，地上鋪著鵝卵石和青石板，院子裡還有造景，只不過現在那裡全部都是雜草。所有的牆壁上都有雨廊，也就是圍著圍牆造了一圈屋頂，古色古香的。

梁煙煙來到了剛才那堵牆的另一面，果然看到牆上有一個很大的裂縫。她用手電筒一照，就看到黑眼鏡在那個裂縫裡，直挺挺地站著。

梁煙煙回頭看了看阿透，阿透冷汗都出來了。真的死了？

但仔細一看，阿透就發現不對，那是一個雕像，不知道是從哪裡搬來的迷你長神仙的雕像，被塞在了縫隙裡。墨鏡戴在雕像的臉上，手機塞在雕像的嘴巴裡。

兩個人面面相覷。大哥顯然也不知道發生了什麼，在後面瑟瑟發抖，不停地看錶。

「看來他沒騙我們，這個村子確實有問題。」

「我覺得是他有問題吧。」阿透說道。

「他如果摘掉了墨鏡，說明附近有巨大的危險。」梁煙煙輕聲說道。

「有——多巨大？」

「他和六、七條鱷魚躺在一個水潭裡，都不會摘掉墨鏡。」梁煙煙說道：「沒人見過他摘掉墨鏡。」

這種野村裡，會有比遇上六、七條鱷魚更危險的事嗎？阿透心想。

梁煙煙已經拿到了黑眼鏡的手機，黑眼鏡的手機上有一條消息，按亮了就能看到。

黑眼鏡留言：我已經深入到沒有信號的區域，提醒一下，找地方躲起來，等天亮再離開，這裡的情況非常複雜。外面的高大雕像中，有一個不是雕像，如果遇到，千萬不要攻擊——另外，手機聲音太響了，如果你們在找我的過程中撥打我的電話次數過多，注意要立即離開這個位置。

她看了一眼阿透，兩個人面如土色。

「沒有信號的區域，脫掉了墨鏡。」梁煙煙想了想。「他應該進入了某種地下空間裡才會這樣。」

「這不是糊弄我們嗎？」阿透問道。

梁煙煙還在沉思，表情很奇怪，她抬頭看了看四周，慢慢地，目光定住了。

這時候，大哥忽然摔倒在地，他盯著一邊的牆頭，發出了一聲驚呼。

阿透立即也看過去，就看到月光下，一個雕像的頭探出牆頭，在往牆裡面張望。這個雕像起碼有四公尺高。

阿透剛想尖叫，就被梁煙煙捂住嘴，扯進了黑暗中。梁煙煙死死箍住阿透，不讓她亂跑。大哥在院子的中央，嚇得站不起來。

這時，他們看到那雕像竟然變得越來越高，似乎剛才它是蹲在牆外的，現在站了起來，一下變成六公尺多高。它從牆頭伸進來一隻長長的極瘦的手臂，摸向大哥，那隻手的手指甲非常長，手腕上戴滿了翡翠的手鐲，起碼有幾十個。

第二十三章　治病

那足有幾公尺長的手臂，慢慢靠近了大哥的臉，大哥嚇得絲毫不敢動彈。手電筒正照在合適的方位，阿透她們就看到，那手掌緩緩劃過大哥胃部的位置。

大哥就像魔怔了一樣，整個人抽搐著翻著白眼，但就是不跑，應該是完全嚇傻了。

巨手摸來摸去，大哥抽搐得非常厲害。阿透覺得那手只要稍微一用力，就可以直接抓住大哥，把他捏死。

大概過了三分鐘，大哥忽然倒地，開始嘔吐。接著她們看到雕像收回了手，慢慢躲入牆壁後，只剩下一個頭，而後消失在了夜色裡。

她們又等了很久，四周全是蟲鳴，連牆壁外的蟲鳴聲都起來了，才確定那東西確實是走了。梁煙煙放開了阿透，阿透立即衝過去，扶起大哥。那大哥剛才吐得厲害，此時講話非常費勁，一直說：「妖怪，妖怪。」

梁煙煙翻上牆頭，四處看了一番，跳了下來：「走了，我們小聲說話。」

「那是什麼東西？」阿透問道。

「不知道，我怎麼知道？」梁煙煙看了看大哥吐出來的東西。

「那東西也非常高，但不像我家裡的那個人，我家裡的那個人雖然高，但還是一個人可以長成的高度。這個東西，像竹節蟲一樣。」阿透說道。

梁煙煙看著阿透，說道：「不是妳家出現的東西，妳家出現的東西沒有實體，更像是幻覺，但剛剛那東西是活的。」

如果不是之前被顛覆過世界觀，此時阿透肯定已經崩潰了，但現在她只是疑惑，覺得腦子在劇烈地脹痛。

「這到底是怎麼回事？我家裡有鬼，來這裡查鬼，結果發現這兒有個怪物？」

「做這種調查的時候，不要推測結論。但妳放心，剛才那個東西，和妳家裡出現的東西，一定有很強的關聯，我們得繼續查。」梁煙煙看了看嘔吐物，愣了一下，蹲下來用手撥了撥。阿透睜大了眼睛，簡直不敢相信。

「這不是嘔吐物。」梁煙煙深吸了一口氣，看著阿透道：「這看起來像一種人體組織。」

「什麼？」

梁煙煙拿了一點，放到光下仔細地看，露出了不可思議的表情。

「司機大哥，你最近是不是有哪裡不舒服？」梁煙煙忽然問道。

司機大哥驚魂未定，梁煙煙過去拍了拍他的臉，他才緩過來，有點莫名其妙：

「什麼、什麼不舒服？」

「你最近是不是胃不舒服？」

司機大哥這才反應過來，努力想了想：「胃不舒服，是有吐一點血，我準備過幾天去醫院看看的，不對，剛才那是什麼？」

梁煙煙解開司機大哥的衣服，按了按他的腹部，又看了看地上的嘔吐物。然後從自己口袋裡掏出來一個旅行用的化妝水瓶子，擰下最外面的瓶蓋，刮了一點嘔吐物，再用ＯＫ繃封起來，放回自己口袋裡。

阿透實在不明白梁煙煙到底發現了什麼，她知道自己老是問問題很煩，但是還是忍不住問：「到底怎麼了，嘔吐物妳要這麼帶著嗎？」

梁煙煙在大哥的衣服上擦了擦手，沒有理會她，又問大哥：「你剛才是不是說，傳說裡，那個長神仙能救人？」

大哥點頭：「當年到這裡來的人，都是來求他治病的。但是他幫別人治完病，自己就會長高，大家都說這是功德。」

「巨人症到了這種程度，不是常人能忍受的痛苦，這不是功德，這是犧牲。」梁煙煙說道，轉頭看著阿透。「別想了，小心一點，繼續查。當年這個村子裡發生的事情，肯定有巨大的隱情。」

「查什麼？去哪兒查？」

梁煙煙看了看祠堂：「一寸一寸地查，先從文字資料開始，這裡肯定有線索。」

「為什麼？」

「那個瞎子把手機放在這裡，讓我們過來，肯定是這裡有什麼東西要給我們看。」

三個人小心翼翼地回到祠堂裡。梁煙煙翻上了房梁，上面全部都是線裝書，這是當地的藏書習俗。房梁不是很結實，她走得很小心，身上因為流汗沾滿了灰塵，她也顧不上了，把線裝書一本一本丟下去。

有一百多本，阿透翻了翻，發現都是帳本。上面記錄的全是人名和年齡，得了什麼病、病情如何、何時治癒、付了多少善金。

密密麻麻都記滿了。

「真的是什麼病都能治？」阿透數了數，真的是什麼病都有，都是重病，而且都是自癒。「他救了好多人啊。」

「能救人而不能自救，是世界上最悲慘的事情之一。」梁煙煙翻著另外一本，說道。

此時，大哥在邊上說：「兩位老闆，咱們走吧。妳們這錢我也不要了，妳們跟我出去，我送妳們回去。這地方我待不下去了。」

梁煙煙說道：「你不能走，市醫院裡我有朋友，你等一下要去檢查身體。」

大哥又愣住了，梁煙煙就道：「你自己去醫院，要掛號排隊等ＣＴ，跟著我們，只要回城，連夜就可以幫你都做了。我有醫師執照，你老老實實在這裡等我們，我們不需要多久了。」

阿透沒有聽到這句，她翻著帳本，見每本帳本上都有「聖歲貳拾壹」這樣的數字。阿透皺了皺眉頭，這是按照某個人的歲數整理的，應該是長神仙的歲數。

她一本一本地翻，翻到第三十歲的時候，發現這一本上只有十幾個名字。而且，這些人的名字後面，都寫著：死亡。

阿透想了想，到了長神仙三十歲之後，病人就沒有被救活，都死了？

「我有一個推理。」阿透鼓起勇氣說道。

梁煙煙卻道：「別推了，這裡有族譜，上面有長神仙的生平。」她舉起自己手裡的線裝書，遞給阿透。

第二十四章　族譜

長神仙的生平紀錄在族譜中有較多的篇幅，有三到四頁紙。對於一份族譜來說，已經很多了。但因為線裝書的字型尺寸很大，所以實際上內容並不太多。

而且，族譜上的生平紀錄，和之前一路過來獲取到的很多資訊都有出入，也不知道該以哪個為準。

族譜上，長神仙名黃賽順，四歲才慢慢開始說話。雖然說話晚，但一直以來表現得很聰穎。十四歲的時候，他突然持續高燒，且無法退燒。高燒的時候他一直說「好高，好高」，說是一直夢到自己在雲端眺望。

這場高燒經過三個月的多重治療都沒有效果，但是三個月後，突然自己就好了。之後他便開始長高，並且，據說能看到人體上出現黑點。

按照長神仙的說法，那種黑點是飄忽不定的，不是實際意義上的黑痣，而是一塊發暗的區域。後來他逐漸知道，那都是人體的病灶。這裡有相對詳細的劃分：灰色的部分為羸弱的器官和部位；黑色則是重病；如果是黑中帶紅，則表示已經壞死。

早年長神仙明白這一點的時候，就喜歡警示世人，但世人往往以惡言還之。而當年，長神仙在某一次照鏡子的時候，發現自己通體發黑，便知道自己命不久矣。

果然，他越長越高，而且身上各處腫瘤頻發。疾病反反覆覆，家裡耗盡積蓄為他治病，沒有結果，本就不富裕的家很快一貧如洗。家道中落，長神仙只好吃一些遏制生長激素的藥物，在家中等死。

那時候他還只是長高，腫瘤也快速長大，但尚未危及生命。當他身高超過一百九十公分之後，體態上已經不似正常人，雙手的手指和手臂都非常長，人也非常瘦弱。他的肌肉無法支撐骨骼，骨骼變得很脆，容易折斷，經常出現骨裂的情況。他此時忽然發現，自己身上的病灶黑點靈動起來，似乎可以用意念將其移除或者增大。

他嘗試著將身上的腫瘤黑點全部移除，果然複查的時候，疾病全無。他心中歡喜，家人以為是奇蹟。此時還沒有人知道他能夠治癒疾病。之後他開始祛除全身的黑點，雖然每隔一段時間會再次發病，但他的病情總算是穩定了下來。

這段時間，他的身高已經有兩公尺出頭，但停止了長高。而且他的肌肉開始生長，人也可以正常活動了。

那個時候，長神仙開始過起了正常人的生活，村子裡的人還沒有發現他的能力，他也沒有想過做任何宣揚。

一切的轉折，是他愛上了村裡的一個女孩。他的病情雖然已經穩定下來，但患過巨人症的骨骼還是異於常人。而且他太高了，正常的女孩都不能接受和他戀愛，特別是在那個時代，可謂極端困難。

被一個兩公尺多高、顴骨高聳、患有巨人症的人愛上，每天被他遠遠地在樹後注視，而那人幾乎和樹一樣高，也讓那個女孩感覺非常害怕。

很快，那個女孩就搬走了，搬到了鎮上。但黃賽順此時已經看到，在那個女孩的胸口，出現了黑點。他希望能夠和女孩說明這件事情，但是女孩和她家裡人，只覺得非常恐怖，並且認為這種言論非常不吉利。

所以直到女孩發病、住院，黃賽順都只能眼睜睜地看著。而女孩的家裡人卻覺得，這都是因為他這個怪物的詛咒。

而且由於黃賽順太高了，當他在醫院外面偷看女孩的時候，女孩只會看到一個可怕的頭顱露出牆頭，這也被認為是女孩病情惡化的主要原因。

第二十五章 頓悟

女孩病危是在一個深夜，她的母親陪著她。此時的女孩已經陷入了深度昏迷，忽然，女孩的心跳開始不穩定，女孩的母親急忙去找護理師。護理師來檢查了女孩的瞳孔，準備立即上呼吸機。

她們在這一刻都跑出了病房——護理師衝到護理站打電話調設備，醫生在趕過來的路上，母親焦急地在門口張望。等他們都回到病房，就看到女孩的床邊站著一個巨人，猶如死神，他正用自己的手，劃過女孩被癌症折磨得骨瘦如柴的身體。

不知道什麼原理，從肺癌，到已經轉移至全身的骨癌，無數的癌組織從毛孔被擠壓出來。女孩不停地抽搐。

這個場面太可怕了，所有人都不敢靠近。女孩的母親第一個反應過來，衝過去想要拉開長神仙，長神仙卻暈倒在地，失去了知覺。

女孩在當天晚上就痊癒了。第三天早上，女孩睜開了眼睛，身體非常虛弱，但開始喊餓。之後所有的檢查，都找不到任何癌細胞的影子。一個月後，女孩出院了，完全恢復了健康。

而那次摔倒，讓長神仙摔斷了盆骨。在治癒了女孩後的一週裡，他失去了治癒自己的能力，無法用最快速度癒合自己的盆骨，導致了他日後行走困難和身體畸形。這一週裡，他重新開始長高，並且速度比以前更快。根據當時治療他的醫生記載，他的骨縫快速擴張了一公分。

女孩並不知道是誰救了她，醫生也不確定到底發生了什麼。幾個月後，長神仙出院，在街上看到那個女孩，她已經恢復了昔日的美麗，但女孩看到他的瞬間，表情仍舊是恐懼和驚愕。他心中對於女孩的愛，似乎在那一天晚上燃燒殆盡了，他平靜地離開。

在那次事件中，有一個人注意到了長神仙。這件神奇的事情最終被按照誤診處理，莫名其妙地了結了。但女孩的主治醫生知道，這並不是誤診。這個醫生叫作潘播達，他對長神仙產生了濃厚的興趣，並開始關注起這個巨人的消息。

長神仙回到村裡，又開始了日復一日的生活。日漸成年的他，知道自己愛上任何一個人，對對方來說都是負擔，於是他拒絕主動與人溝通。那幾年時間裡，潘播達並沒有對長神仙的能力懷有執念，長神仙也沒有開始真正救人性命。

但這件事情，還是被另外一個女孩知道了。這個女孩也在當時的那家醫院裡住院，並且得知自己的子宮癌已經到了晚期。她絕望地自殺了兩次，當時護理師為了給她求生的勇氣，和她說了當年長神仙的事情。

女孩查了報紙和資料，發現這件事情竟然是真的，便去找了之前被長神仙治癒的女孩，發現對方果然已經完全康復了。

於是這個女孩從醫院離開了，她沒有繼續做化療，而是來到長神仙居住的村子裡，找到了長神仙。

這個女孩和上一個女孩不一樣，她想活下去，並且願意為此付出任何代價。長神仙看到女孩的眼神中沒有一絲對自己的恐懼，覺得十分好奇。

「我可以嫁給你，但你要治好我。」那個女孩對長神仙說。

那時候的長神仙已經一個人生活了很久很久，寂寞了很久很久，也冥想了很久很久。

長神仙默默地看著那個女孩，感情沒有一絲波瀾。他不愛這個女孩，只是覺得她非常可憐。

他忽然淚流滿面，似乎看透了身前身後所有的事情，看透了人世間的痛苦、喜悅、欲望交織出來的，看似斑斕多彩其實貧瘠無趣的本質。

那一刻，長神仙沒有占有那個女孩，也沒有和女孩交流任何心聲。

他沒有悲憫自己，卻覺得世間的一切都在悲鳴。

後來他自己把這一刻稱為悟道了，或者說，如果他篤信的是佛教的話，他開悟了。

第二十六章　逆轉

這種頓悟難以用語言形容，但從那一刻開始，長神仙忽然決定要行醫救人。即使他知道，他每救一次人，自己的病就會嚴重一些，還會長得更高，但他仍舊心無旁騖地做了下去。

後來潘播達看到新聞，來到村子裡開始研究他的時候，長神仙已經變成了另外一個人。他不再是一個漁村的野夫，他已經讀完了將近三千本各種書籍，人也變得沉默、安靜。

潘播達問他，為何要放棄自己的人生去拯救他人？長神仙告訴他：沒有意義。他自己的人生，他已經評判過了。如同在海邊看海，他一年一年往前看，已經看到了最終，他覺得毫無意義。就算能救治身邊人的生命，人生也貧瘠無用。自己的能力，這種善緣，如果不能用到足夠多的人身上，那有和沒有，在時空中不會引起任何波瀾。

雖然他不知道救治那麼多人，最後會引起什麼樣的善果，但他知道唯有這麼使用自己的能力，他才可能產生一些意義。

之前他害怕被傷害——人類總是一邊享受他帶來的好處，一邊厭惡他的長相，甚至不敢和他對視，以至於他無法感知對方，只能通過觸碰來瞭解對方。之後，他在救治這些病人的時候，全身心地去感受他們的人生、感情以及喜怒哀樂，去體會他們大病痊癒的狂喜、愛情希望的重燃以及親情的如釋重負。他打開自己所有的情感，去體會人生百態。整個過程中，他內心感覺到一種玄而又玄的情緒——喜樂。

他沒有任何負擔，從容地走向死亡。

潘播達覺得長神仙成佛了，這個詞可能比任何詞語都精確。這是一種大徹大悟的狀態。

然而，人性的黑暗和破壞性，遠比潘播達預料的要可怕很多。這個村子裡，隨著關於長神仙的宗教感逐漸成形，利用長神仙斂財的人越來越多。

俗話說神恩如海，神威如獄，沒有威懾的慈悲，會助長人性中的惡念。即使你是一個再好的菩薩，人這種東西，總有辦法塑造你的缺失。他們憐憫自己，覺得自己獲得的一切，都是應得的。人總覺得有老天爺在分配資源，自己應該得到更多。從來不會覺得，人生來就應該一無所有，但凡有所得皆是身外之物，都應該心懷感激。天上掉下了珍珠，撿了一顆的人一定會責怪老天爺，為什麼自己的所得不如撿了十顆的人多。

長神仙身邊充斥著爭奪。村長按照村民對長神仙的照顧程度，把長神仙帶來的收入合理補貼給了村民，初衷是好的，但有村民做了食物就放到長神仙門口，以示已經上供了祭品，然後就在分配的時候要求最大的額度。長神仙根本吃不完，但村民還是不停地堆起來，食物大量腐爛。有人在長神仙家附近開飯店、賣護身符，讓長神仙幫忙開光，每天好幾千的竹籤拿過去讓他簽名。有人給了一千，就有人給兩千……村外的人被村裡的人排擠，眼紅不平，甚至為了平均貧富給長神仙下毒，想要毒死他。

上天的安排總是巧妙的。三十歲生日之後，再次給人看病時的長神仙，身高已經超過三公尺。在村裡待了兩年的潘播達已經明白，這不是巨人症，這是一種未知的疾病。

長神仙知道自己已經命不久矣。他十分虛弱，也十分渴望盡快迎來自己的解脫。

然而，當他再次給人看病的時候，對方的病情卻加重了。幾次看病之後，病人快速死亡。而長神仙的精神狀況卻越來越好。

他的能力逆轉了，和他的外表匹配了，這讓他成了一個名副其實的惡魔。死者家屬對他的痛恨引發了無數謠言，以前被治好的那些人，也開始懷疑當年的治癒是不是真的。

一個救了無數人的人，當他失敗那麼一次，世間所有的惡意，都會朝他撲面而來。

到這裡就沒繼續記載長神仙之後的經歷了，其實之後的族譜裡，也沒有記載太多關於長神仙的事情。似乎從長神仙不能救治別人的這一刻開始，就沒有人將他的事情記入族譜了。

阿透合上族譜，嘆了口氣。

後面的內容完全沒有了，也不知道剛才那個巨大的黑影是不是長神仙，如果是，他現在仍然在這個廢棄的村子裡嗎？但她總算知道了，一切都是從這裡起源的。

「妳覺得事情會往什麼方向發展？」梁煙煙突然問她。

阿透愣了一下：「什麼？」

「長神仙的事情。」

阿透想了想，他會繼續做一個好人嗎？大部分人經歷了這樣的事情，都會變成壞人吧。

「也許是好事，我希望他能找到和自己和諧相處的辦法，無論是什麼方法，只要他可以，我就為他高興。」

「為什麼？雖然都是無心的，但他也許從那一刻起害死了很多人。他甚至可能變壞，成為惡魔。」梁煙煙看著阿透，眼神中似乎還有其他深意。

「這裡說他最後長到了那麼高，是他救了無數人的證明。剛才我們看到的巨大的東西，是不是就是他？他沒有死，一直在這個村子裡？」阿透沒有感受到那股深意。

梁煙煙看著阿透，看了一會兒，似乎沒有看到她希望看到的東西，就淡淡地說道：「現在還不知道，解老闆的資料裡說那個老宅子裡發生了很多事情。那是長神仙的房子，現在變成了凶宅，那麼我們得知道長神仙三十歲之後，發生了什麼。還有，當時他身邊應該有一支醫療隊，那個醫療隊的成員，全部死在了那個宅子裡，這件事情，也必須查清楚。」

阿透忽然覺得自己在打遊戲。

解鎖任務：一、查清楚長神仙三十歲之後發生的事情；二、查清楚長神仙宅邸裡的醫療隊死亡事件。

第二十七章　半腦切除術

而此時，病房裡的解雨臣依然處在左右兩邊完全是兩個世界的狀態，左邊的世界裡是潘播達醫生和長神仙。

「所以說，放下屠刀，立地成佛。三維生物對於過去是不重視的，他們重視的是未來。未來是和自己利益最相關的，過去的，已經過去了。四維生物就不會這樣選擇，因為他們看到的好與壞，就像看一塊已經開始變質的蘋果派，哪些地方變質了，哪些地方還可以吃，一目了然。」潘播達說道。

他吃著蘋果，長神仙躺在病床上。

解雨臣就躺在長神仙的邊上，看著這一切，但是他看不到長神仙的臉。

長神仙用潮汕口音問潘播達：「你有什麼結果嗎？我到底是怎麼了？為什麼我能做這些事情？」

「我檢查了你的血液和骨髓，和普通人沒有什麼區別，但是你的大腦和普通人不一樣。」潘播達拿出一張X光片，遞給長神仙。

「你的大腦，在前額葉下面有四個腫瘤。這四個腫瘤都已經停止生長了，但是它們壓迫了大腦，將大腦中間的部分往裡擠壓得很厲害。其中有一個腫瘤非常大，幾乎有你四分之一個大腦那麼大。按照一般人來說，你早死了，但是你剩下的大腦還在工作。」潘播達說道：「在中國歷史上，只有兩例這樣的記載，有這種大腦的人都非常長壽，但容易健忘。」

長神仙沒有說話，他似乎在思考。想了很久之後，長神仙說了一個很長的單詞。

「你是說，半腦切除術？」潘播達問他。

長神仙說道：「我不知道應該怎麼翻譯。」

「直接切除那顆最大的腫瘤和被壓迫的半腦嗎？」

「不，不切除腫瘤，只切除被壓迫的半腦，讓另一半大腦得到緩解。」長神仙說道。

潘播達不明白：「為什麼？」

「我在看鏡子的時候，並沒有看到我的腦袋裡有巨大的黑塊，說明那顆最大的腫瘤不是疾病，不需要治療。但是我能看到一些狹長的黑影，那些應該是被壓迫的腦組織，那些才是應該被切除的。」

「這種診斷理由，根本不可能支撐開展這臺手術，沒有醫生敢做這種手術。」

「潘醫生。」長神仙自始至終沒有抬起頭來，他蜷縮著，臉就在解雨臣的邊上，眼神空洞，似乎凝神著另外一個時空。「我一直有一個想法，想和你說一下，是一個系統的想法，你只需要十幾秒就能明白。」

「你說。」

「我覺得我腦子裡的不是腫瘤。」長神仙說道：「雖然我不知道那是什麼東西，但我知道那不是腫瘤。我想看看，那到底是什麼東西。這幾個球，就是讓我變成這樣的原因，在我死之前，我想看一眼。」

「你在胡說什麼呢？X光片上很明確，就是腫瘤組織。你看了那麼多書，能看懂X光片的。」

長神仙眼皮都不眨一下：「增生組織在X光下都是差不多的紋理，這幾個東西，在X光下不能顯形，所以你只能看到上面的組織紋理。有沒有這種可能性？」

「如果不能顯形，那——」

「潘醫生，切開我的腦子吧，你會有收穫的。我知道你相信我說的話，我的腦子裡，有奇怪的東西。」

潘播達沉默了，他的臉色很沉重，回頭看了看身後來往的其他醫護人員和醫學碩士，輕聲道：「沒有人能開這臺手術，我們拿不到批准的。」

「我已經準備了一個足夠規格的手術室。我買了一棟房子，就在祠堂的後面，是一棟老房子，裡面很寬敞。設備到了之後，您可以幫我做一下安全防護，並做殺菌處理嗎？潘醫生，我會寫好免責的檔案，雖然在本地法律條件下可能不適用，但萬一出事可以幫你脫一大部分罪。當然，實際上沒有人會知道發生什麼。我還存了一些血液，可以在手術的時候使用。」

「沒有醫院的後備，手術的時候一旦發生意外，你幾乎會立即死亡。我可以開顱，但只有我一個人是不夠的，我們需要足夠多的熟手來做這臺手術。因為這個腫瘤太大了，裡面血管的情況太複雜——」

「那不是一個腫瘤，那是其他東西。」長神仙再次強調：「你不想看看嗎？潘醫生，你是個好人，我想把這個機會給你。」

潘播達再次沉默，長神仙輕聲道：「讓我的意識保持清醒，如果中途我快要死了，讓我用監視器看一眼我的大腦，我想見見它。我別無他求。」

潘播達摸出菸，往外走。長神仙的眼淚流了下來，眼神仍舊空洞，他輕聲道：

「求你了。」

第二十八章　舊友

解雨臣閱人無數，他看著潘播達離開時候的表情，就知道他會答應的。

接著，幻影逐漸消失，他的意識回到了現實。

看到的東西如此清晰，他緩了好久，才逐漸適應，長出了一口氣。

「在想什麼呢？剛才為什麼忽然質問我對你做了什麼？」邊上的醫生問他，他們似乎很熟悉。

解雨臣輕聲道：「以為你給我用了什麼藥物，讓我看到了一些幻象。」

「腦震盪有可能會造成一些意識上的問題，休息一會兒就好了。」

「屠顛。」解雨臣看著他。「你是不是又升官了？」

「醫院想留住我，這是成本最低的方法了。」

屠顛醫生十分年輕，眉宇之間和解雨臣有一些相似，但是五官比解雨臣硬朗。他個子很高，站得筆挺。

「這些都是過眼雲煙，你這麼聰明的人，這一關怎麼就過不了呢？」

「我必須得過不了啊，要是過去了，我活著就更沒意思了。」

屠顛檢查了一下解雨臣的瞳孔，以及各種反射反應，又看了看X光片。

「我問你啊，半腦切除術是什麼？」

「治療癲癇啊。將致癇灶一側的大腦半球皮質完全或次全切除，保留基底節及丘腦。」屠顛從口袋裡掏出一只損壞的錢包，遞給解雨臣。「你的錢包在車裡找到了，這麼多年了，錢包裡還是沒一張人的照片，只有一張風景照。你拍的這張風景照片到底是在哪裡，為什麼一直帶著？」

「怎麼就能治療癲癇了，你能說清楚嗎？我的隱私你就那麼感興趣，每次都問。」

「從小你就是我偶像嘛，你的一切我都有興趣。」屠顛拿出一個蘋果開始削起來。「切掉一點腦子，癲癇的好轉率可達百分之八十甚至是百分之百，且智力會提升。不過這是帶有破壞性的治療方式，都是用於沒有其他辦法的重症病人。很多人切完後，二十年內都非常嗜睡。這很有意思，能反向推理出很多大腦的運作規律。」

「什麼規律？」

「如果你只剩下一部分大腦，你可以通過現實生活進行刺激，把剩下大腦的棘突進行各種連接，但是你還是沒有辦法達到完整大腦的功率。然而隨著時間的推移，終有一天，你的大腦會修補完成，功能恢復正常。」

「你這是胡扯吧。」

屠顛削完蘋果自己吃了，解雨臣以為他會分一點給自己，但屠顛很快就吃完了。

「如果腦內腫瘤長到了大腦體積的一半，會產生什麼問題？」

「死。」

「一定會死嗎？」

「如果是在顱腔內，那死亡的可能性極大。但是如果有一部分在顱腔外就還好，我記得印度有一個人，腦瘤和腦子一樣大，我們叫他葫蘆娃，切下來的腫瘤有四斤重，現在活得挺好。反正大腦不能被壓得太厲害，壓力有地方去，就會好很多。如果壓力沒地方去，壓到重要區域就會致死。」

解雨臣心說這和自己的常識差不多，而且沒有具體的X光片，也沒辦法說得更詳細了。

他繼續問：「除了腫瘤，人的腦子裡還會長什麼和腫瘤很像的東西？」

「還會進水。」屠顛說道。

解雨臣翻了個白眼，屠顛就想走：「你沒事了，睡幾天吧，你腦震盪不需要知道那麼多知識吧。」

「最後一個問題。」

「你說。」

「我剛才看到一些幻象，都不是我經歷過的事情，很真實，腦震盪會這樣嗎？」

「你能看到的東西一定是你大腦裡有的，不在你的表層意識裡，就在你的潛意識裡。你看到的東西，可能是你潛意識裡的結論。」屠顛說道：「你最近在思考什麼？你覺得自己還沒有想明白，但你的潛意識已經想明白了。」

放屁。

解雨臣心裡想，看著屠顛離開。

第二十九章　地下室

阿透和梁煙煙已從祠堂院子翻牆出來，她們小心翼翼地用手電筒照了照後方，後面是一個山坡，上面都是雜草，剛才那個巨大的人就在這裡，現在已經不在了。

阿透感覺自己的心跳飆到了兩百多，緊張得眼睛都有點看不清楚了。

山坡上面有很多長神仙的雕像，手電筒的光劃過雕像，她們發現很多雕像都穿著衣服，死活難辨。阿透不敢走進雕像中間，她們在山坡前猶豫了很久，梁煙煙終於放棄，決定順著牆根，繞過這個山坡。

山坡後面還是村子，梁煙煙先看到了一棵很大的樹，樹的後面有一塊面積很大、特別平坦，但長滿雜草的區域。在這個區域的四個角上，還堆著一些青磚。

她們對比了一下解老闆發過來的照片，確定了這棵大樹，就是之前老宅前的大樹。

大樹還在，老宅已經沒有了。

梁煙煙蹲在地上，撥開地上的草，能看到地面上有磚石，草都是從縫隙中長出來的。

「這是個大洋宅，當時下南洋的僑民回鄉之後建的宅子，後來被長神仙買了下來。」司機大哥在後面跟著，走路的樣子像個小媳婦。

梁煙煙就對阿透說：「解老闆的房子就是從這裡運過去的。這種房子有專門的公司來處理，可以全部拆卸、修理，然後重新裝回去。」

阿透「哦」了一聲，也不知道自己應該發表什麼意見。她意識到偵探工作雖然無比刺激，但自己似乎並不擅長，因為無論梁煙煙說什麼，她都覺得很有道理。在梁煙煙發表想法之前，她的腦子是一片空白的。

梁煙煙走到這塊地基的中心，點上了菸，她的肋骨又開始疼起來，於是又掏出來兩顆藥。阿透覺得這樣下去不行，得阻止她，但是梁煙煙動作太快了，瞬間就吞了下去。阿透下定決心，如果她再這麼吃藥，自己一定要把藥搶過來。

梁煙煙點上菸之後，抽了兩口，就把拿菸的手伸直。她的菸很奇特，煙霧很多、很重，且迅速落下，用手電筒一照，就能看到煙正緩緩順著地面蔓延開來。

梁煙煙難道是個外號？阿透幾乎變成了問號臉，大哥就叫了起來：「這煙在走！」

煙落到地面上之後，開始往磚石的縫隙裡流下去。梁煙煙蹲下來，抽了很大一口菸，然後朝前吐去。地面上迅速出現了一個方形的區域，四邊的線條是四條地磚的縫隙，煙往縫隙裡灌去，似乎是一個暗門。

梁煙煙說道：「地下室的門。」

「妳怎麼知道這裡有地下室？」阿透問道。

「我到任何地方，都會用這種菸找有沒有暗門，習慣而已。」

說著她從包包裡掏出來一把小傘，抽出傘柄，傘變成了一根很長的鉤子。她將鉤子插入磚縫中，勾了幾下，一拉，一道用磚頭偽裝的門被拉了起來，露出一個入口。

縫隙中爬滿了各種沒見過的蟲子，阿透下意識退後一步，梁煙煙用手電筒照了一下就跳了下去。

阿透用手電筒一照，發現下面有樓梯，是很小的鐵樓梯，門內散發出非常難聞的霉味。她看了一眼大哥，大哥忙說道：「妳下去我就下去，妳不下去我也不下去，我不能一個人。」

阿透小心翼翼地扶著扶梯往下走，此時她再次不知道自己在幹什麼了，只感覺無比刺激，幾乎不想停下來。

下面的地下室並不大，阿透下到樓梯底層，用手電筒照了一下四周，就看到有一個手術臺和無影燈。她轉了一圈，發現這地下室其實是一個完整的手術室，而且牆壁上有很多大約油桶粗的洞，非常深，不知道通往哪裡，用什麼挖的。

「這是一個最高標準的手術室，是用來進行腦科手術的，而且是可記錄手術過程的。」梁煙煙指了指手術床邊上的一些支架，上面有監視器和攝影機鏡頭。「妳看，這是錄影設備。」她用手電筒照了照另一邊的一個貼牆放著的支架，上面全部都是X光片。她過去拿起一張，用手電筒照著看起來。

阿透看不懂，她的目光首先被那些巨大的洞吸引了，她在洞口踅摸了半天，那些洞非常深邃，讓人很不安。

但很快她又被另一邊的書架吸引了，上面全部都是錄影帶。她拿起一盤，上面寫著：手術日期2月15日，術前準備以及患者自述。

第三十章　錄影帶

與此同時，大哥爬下來了，他扶著欄杆，戰戰兢兢地看著她們。

阿透覺得這個當地人有著可貴的品質，他雖然膽怯，想要離開這裡，但只提了兩次，就沒有再提。他沒有逃走，也沒有多問，而是壓抑著自己的恐懼，跟著她們。

他膽顫心驚卻永遠都在的狀態，不得不說也算是一種可愛了。

大哥對於她們在看的東西並沒有興趣，他一下來，注意力立即被牆壁上的大洞吸引了。阿透一邊把錄影帶拿給梁煙煙看，一邊注意大哥的動向。一般恐怖片裡，這個「龍套」會在探查洞內深處的時候，直接被某個東西拖進去。

然而大哥看了半天，無事發生。他並沒有像電影裡的龍套一樣把上半身伸進洞裡去看，而是與洞保持著一個隨時可以往後跳脫的距離。

梁煙煙看了看錄影帶，開始在四周摸索尋找，也不知道在找什麼。阿透問她，她只道：「全部帶走。」

梁煙煙找了半天沒有找到她想找的東西，開始快速清點這些X光片，又去架子上清點錄影帶的數量。一共是十八張X光片、六盤錄影帶。她對大哥道：「你把這些東西都送到車上，然後就不用回來了，在車上等我們。」

大哥沒有回答，而是一直看著那個洞口。梁煙煙和阿透對視了一眼，兩個人走過去，就看到在其中一個洞口裡面六、七步遠的地方，插著三枝香的尾巴，香還在冒煙。

「瞎子進去了。」梁煙煙把手裡的X光片塞在大哥手裡，又把六盤錄影帶也遞給他。「數量數清楚了，要是少一張我就不付錢了，快走吧。」

「妳們兩個女孩子行不行？」大哥問道。

「走。」梁煙煙命令道，自己已經跨進洞口，往洞裡爬去。大哥一看，這是要進去的節奏，也就不再多問，趕緊往地下室上面走去。

阿透跟著梁煙煙，覺得自己已經瘋了，她無法拒絕面前這個女人，現在這個女人讓她做什麼，她都可能去做。她跟了上去。

「妳倒是完全不害怕，和妳之前的樣子完全不一樣。」梁煙煙往洞裡走了幾步，洞裡只能蹲著走，她跨過三根香，看著跟進來的阿透說道。

「妳不是也不害怕？我想都是人，妳不害怕，我也不需要害怕啊。」

「我和妳不一樣。」

「沒什麼不一樣。」阿透說的倒是她的心裡話，她確實覺得只要別人能做的事情，就是人能做的事情，至少不需要在做之前就膽怯吧。梁煙煙的能力肯定比她強很多，但可能是因為年輕，她覺得也沒有強到無法企及的程度。

「那個男人往哪裡走，妳就往哪裡追，妳是不是和他有過節？」阿透問梁煙煙。

「他如果在我之前把事情解決了，我就拿不到錢了。」梁煙煙點上一支菸，打火機的光亮起來的時候，照出來前面有岔道。梁煙煙把煙放在岔道口，觀察氣流從哪兒出來，往哪兒去。

「這些洞是誰挖的？」阿透看了看洞壁，都是泥土，挖得參差不齊，不像是用工具挖的，反而像是動物挖的。

梁煙煙沒有說話，而是看了她一眼，阿透瞬間明白了：「妳是說，長神仙？」

「這個村子荒廢了，但這裡臨海，肯定會有很多人到這裡來。剛才那個怪物那麼大，很難隱藏自己，除非它平時有非常隱蔽的棲息地。」梁煙煙說道：「地下是一個好選擇。」

「那怪物真的是長神仙嗎？」阿透問道，她再一次產生了懷疑，因為她的理性一次一次動搖著她的結論。

梁煙煙沒有再回答，而是從包裡掏出了一把螺絲刀，反手捏住。

「會有危險嗎？剛才他沒殺那個大哥。」

「族譜的最後，他已經變成了一個可以殺人的怪物，然後這個村子就荒廢了。他做過的一切好的事情，一下就消失了。」梁煙煙說道：「人這種東西，品行很容易猜。這個長神仙不能治病之後，鬼知道會遇到什麼事情，有危險的可能性非常大。」

「我覺得他不會。」阿透說道。

「為什麼？」

「無論是有救人能力的他，還是有殺人能力的他，都比沒有能力時的他要好很多。他在最壞的時候都沒有變壞，反而頓悟了，我覺得他不是普通人。」

「天下大多數的頓悟都是假的。」梁煙煙抽了一口菸，繼續往前爬去。她想起了自己背上的傷口，剛開始結痂的那段時間，她只能趴著，整整趴了三個月，傷口才可以觸碰。當時她也頓悟了，她明白，從那一刻起，無論靠在任何地方，躺在床上或者沙發上，她的感覺都會和其他人不一樣了。

她的頓悟是人在被奪走了什麼之後，才會真正開始審視自己所擁有的一切。長神仙一開始的時候就是一無所有，他第一次被奪走東西，是被奪走了拯救別人的能力。那個時候，他才會真正開始審視自己。惡魔在耳邊的低語，也是在那個時候才會出現。

阿透沒話說了，她跟著梁煙煙繼續往裡走。洞內四周幾乎等寬，走了一會兒，小腿和腰都非常痠痛，阿透乾脆開始爬起來。梁煙煙仍舊走著，她的衣服全部都溼透了，沾滿了泥巴。

梁煙煙把衣服脫掉，她的衣服還是太緊繃了，在這個環境裡施展不開，她把脫掉的衣服圍在自己腰間。

忽然，她看了一眼手裡的菸頭，菸頭冒出了細煙，轉而開始劇烈翻騰，似乎有氣流從前面衝出來。

阿透立即就明白了，有東西在活動。她也不知道自己怎麼忽然就懂得了菸的用法。

梁煙煙把菸頭往對面的一個岔道一彈，立即後退，拉著阿透縮進了另外一個岔道裡，然後關掉了手電筒。阿透手裡是自己的手機，她手忙腳亂關不掉，梁煙煙直接拿過她的手機，往她們剛才所在的通道裡一丟。

四周一片漆黑，那條通道則因為手機的光亮了起來，阿透就看到一個奇長的蛇一樣的東西，出現在前面的通道裡，它的速度很快。手機瞬間被抓住，光快速後退，縮進了黑暗裡。

啊，她買不起手機了，這手機要五千塊錢呢。

現在四周全部黑了，只剩下遠處菸頭的紅點。阿透剛想說話，梁煙煙立刻捂住她的嘴，黑暗中，那個菸頭也瞬間熄滅了。

她們完全安靜下來，大氣也不敢出。阿透只聽到自己的心跳，覺得心都要跳出喉嚨了。就在這個時候，她察覺出黑暗中有東西在悄悄地移動。

那動靜非常輕微，一會兒出現在她們前面，一會兒出現在她們身後。四、五分鐘的時間，但在阿透的感覺中，卻有半個小時那麼長，那動靜才完全安靜了下來。

又等了四、五分鐘，還是沒有動靜。梁煙煙打開手電筒，兩個人鬆了口氣。

梁煙煙剛想說話，阿透就聽到剛才的動靜忽然出現在她們身後。兩人大驚，立即回頭，同時梁煙煙抬起手電筒，一張特別大的人臉，從身後的黑暗中探出來。

那張臉特別長，阿透腦子「嗡」的一聲，就看到梁煙煙被細長的手指直接抓住頭髮，瞬間拖入了黑暗中，手電筒的光也快速消失在那條通道的盡頭。

第三十一章

第二個長神仙

阿透的腦子瞬間混亂了，雖然她沒有看清楚剛才發生的事情，但她能記住所有的瞬間，可以回憶起所有的細節。梁煙煙的每一幀表情，她都能回憶起來——手電筒一直被梁煙煙抓著，因為她不停地在晃動，有幾個瞬間照到了她自己，也照到了抓著她的東西。

阿透驚訝地發現，那張臉不是她在解老闆房間裡看到的那張，也不是老照片上的那張。她對於之前那張臉的細節非常熟悉，這絕對是兩個人，而不是同一個人，也不是一個人因為頭骨發育造成的臉部差異。

無論從人類學還是骨骼學分析，這就是完全不同的兩個人。

這是怎麼回事？要殺自己的和照片上的，是一個人；但他們在這個村子裡看到的長神仙，是另外一個人。

她原本以為這肯定是一個人，人世間只有一個長神仙，現在卻出現了兩個人。

果然不能輕易下結論，事情真的非常複雜。

等她從臆想中反應過來，她才意識到，沒有手電筒，也沒有了手機，自己什麼都看不見，四周一片漆黑。

她摸著潮溼的洞壁，到處都是泥巴，裡面有很多樹根冒出來，這是在一棵樹的下方。要出去嗎？出去找大哥幫忙？黑暗中哪邊是進來的方向，哪邊是出去的方向？

梁煙煙死了嗎？

阿透深吸了一口氣，解雨臣派來幫助她的人，她的保鑣，剛才是不是被怪物直接抓走了？

是的。

她的理智終於認清剛才發生了什麼。

難道真如梁煙煙所說，長神仙已經變成了怪物？

但是剛才他沒有殺那個司機，為什麼會攻擊梁煙煙呢，看心情嗎？阿透在自己照片一樣的記憶中，看到了他手臂上的翡翠鐲子。一只翡翠鐲子很難看出不同，但是不同圈口和切面排列組合在一起的鐲子，是很容易記憶的。

阿透忽然產生了一種奇怪的幻想。

又或者——阿透看過一部電影——是不是整個村子的人，都忽然開始長高了？長神仙把自己的病傳染給了村子裡的所有人，這些人根本就不是搬走了，而是都變成了這麼高的怪物，躲到了地下？

長神仙瘋了，有時候救人，有時候害人，隨機的？但不是說他沒有治療別人的能力了嗎？難道有什麼事情沒有被記載到族譜中？

阿透心亂如麻，但當她摸到自己口袋裡的打火機，在點亮打火機的瞬間，她已經拿定了主意。

她要去救梁煙煙。

那東西是個實物，不是鬼，阿透剛才回憶過，非常清楚。

阿透的口袋裡還有一支鉛筆和一把削筆刀，她用削筆刀將鉛筆削尖。

她也不知道自己為什麼要這麼選擇。

她忽然想起小時候，她手術之後醒來，看到自己兩隻花臂時的場景。

她當時的第一個想法就是太醜了。之後的歲月，她幾乎每天都在思考如何遮掩，如何不讓別人看到自己的手臂。

然而，當她人生中第一次被同學欺負，當她們撕掉了她的衣服，想扒光她羞辱她的時候，她們看到了她的花臂。阿透還記得，那個時候她們忽然停手了，她站了起來。當時是在舞蹈教室裡，她的花臂露了出來，牆上的鏡子映著自己，所有人都在後退。

從那一刻起，她知道了，似乎有人在借給她力量。

她也知道了，世俗的偏見以及對於個性的恐懼，會讓所有人都認為她非常堅強。也是從那一刻起，她被「堅強」兩個字蠱惑了。她以為自己真的很堅強，所以在面臨各種選擇時，她永遠會鬼使神差地選擇堅強的人會選擇的那個選項。

這可能是一種疾病，阿透心說，但她控制不住自己。她脫掉衣服，只穿著背心，將兩條花臂露了出來。她看了看手裡的削筆刀，再次問了一遍自己：要不要逃跑？

有打火機她就能看見，她記得所有的細節，她肯定能找到回去的路。

但她就是要去救梁煙煙，而且欲望非常強烈。

她用打火機照亮前方，找到了梁煙煙消失的方向後，估算了一下距離和步數，然後關掉打火機，摸黑往前爬去。

第三十二章　墓室

很快，阿透便遇到了岔路，她點亮打火機，發現岔路還不只一條。這裡面的土道，就像是土撥鼠挖的地下網路一樣，四通八達。

她完全不害怕迷路，對於她來說，所有的岔路口長得完全不同，而且她能完美地回憶出來。但她不知道梁煙煙被拖到哪條岔路去了。

阿透點亮打火機，靠在洞壁上，身上已經沾滿了泥水。

她開始觀察洞壁，剛剛被東西拖過的洞壁上，會有一些新鮮的痕跡。

這個辦法奏效了，她繼續跟了上去。這條岔路開始往下轉，很快變成一個垂直的井。

如果是一個成熟的混子，會立即意識到，看到這口井就要放棄了。因為一旦下到井下，遇到任何危險，都不能快速地爬上來。

即使她找到了梁煙煙，她也必須保證梁煙煙身體健全，沒有失去意識。這樣在沒有追兵、不驚動任何怪物的情況下，她們才有可能從井裡爬出來。

這在現有情況下，很難達到。她若貿然下去，只要驚動了怪物，她就可能無路可逃。

但阿透沒有任何經驗，她毫不猶豫地決定下去查探。她小心翼翼地，一點點用雙腳撐住井壁，從井口往下挪去。大概十分鐘後，她就挪到了井底。

井底竟然有一個狹窄的房間。阿透沒有馬上跳下去，即便雙腳撐在井壁上已經開始發抖，她還是堅持先側耳聽了聽，發現下面沒有任何呼吸聲，才點亮打火機往下照去。

下面是一個墓穴，一個特別小的墓室，二十世紀八〇年代常見的那種，用水泥澆築的現代土葬墓。

按道理阿透是認不出來的，但裡面有一口棺材。跳下去之後，阿透發現這個墓穴和其他墓穴是不一樣的，這個墓穴特別長，裡面有一口腐朽的長棺材。

墓穴只有半人高，棺材卻有六公尺長，像一根挖空的樹幹一樣，已經爛得差不多了。裡面是空的，沒有看到任何屍骨。在這個房間的四周，水泥墓壁也被破壞了，到處是繼續往下通的大洞。

因為四周都是水泥，這個空間相對比較乾燥，阿透便停下來抽菸休息。她蹲下來望向墓穴的天花板，看到了很多吉利的文字，什麼神仙廣松、西方蓬萊……都是用模具做出來的，這確實是一個現代墓穴，修建不超過二十年。

「這應該是長神仙的墓。」她心說：「都說他後來死了，現在墓都找到了，裡面卻是空的。墓裡有很多空洞，不知道通向何處。難道他死了之後，詐了屍，破了棺材自己爬出來，把地下挖成了這樣？」

阿透在墓室裡稍微探索了一番，沒有更多發現，但看到了一條從一個洞口往下拖拽的痕跡。她有一些不好的預感，被拖拉的路程太長了，人可以在管腔中被拖拽那麼長時間嗎？脖子不會被卡斷嗎？

如果是梁煙煙的話，應該能活下來吧。阿透心裡想著，她滅了打火機，繼續摸黑往裡爬去。這個洞還是繼續向下的，爬了幾步，阿透像是忽然從一個瘋子變回了一個正常人，就好像正在打盹的人忽然清醒了一樣，她愣住了，心想：我在幹什麼？

我為什麼在這個洞裡，還滿身是泥？這裡離地面多深了？不會坍塌嗎？我的指甲都裂了。

哦，她想起來了，她要去救人。

但自己救得了嗎？強大如梁煙煙都毫無反抗的能力，她可是能夠平地起跳躍上二樓的人，但被拖走的時候，不到一秒鐘就消失了。

而且這事一開始和她也沒有關係吧，她只是去畫一張速寫而已。

她有義務要去救自己的保鏢嗎？

想完這些，阿透有回頭離開的念頭，但她深吸了幾口氣，腦子又一片空白，開始繼續往前爬。

我真的是瘋了。她內心似乎有這麼一個理性的聲音，但不知道為什麼，這個聲音被另一種東西淹沒了。

就在這個時候，她感覺前路被堵住了，她點亮打火機，就看到前面是條死路。再看第二眼的時候，她忽然汗毛炸起，一下往後縮了幾步。她發現面前的不是泥巴，而是沾滿了泥巴的一塊背脊。

她立即滅了打火機，靠在洞壁上，捂住自己的嘴巴。她靠了一會兒，只有十幾秒，然後忽然感覺到，她背靠的東西是有溫度的。她用手摸了一下，發現她靠著的洞壁，竟然有人類皮膚的質感。

她一摸，那皮膚下的肌肉就收縮了一下，阿透立即點亮打火機，就看到自己靠著的牆壁像蛇一樣動了起來。

下一秒，有人從上方敲了一下她的頭，她抬頭，就看到黑眼鏡從上方的岔洞口伸下來一隻手，一下捏滅了火焰，然後抓住她的手腕將她往上拉，直拉到了上方的岔洞裡。

黑眼鏡的力氣極大，他雙腳跨在上方的岔路口——其實也是一個井狀通道口的兩邊，阿透被他拽上來後，直接被他背到了背上。阿透沒有說話，她出奇冷靜，或者說遲鈍。她發現自己甚至感覺不出當下是什麼感受。

她想過黑暗中會發生無數的事情，她可能會被下面的東西摸到，或者黑眼鏡會帶她遠離這裡，但她沒有想到的是，隨著「喀嚓」一聲，下面有東西亮了。

她低頭，就看到一隻手指特別長、骨節巨大的手，正拿著梁煙煙的手電筒。

第三十三章　獲救

黑眼鏡一動不動，但阿透感覺到黑眼鏡緩緩地在她小腿上寫字。

阿透不知道他的用意，她對於觸碰天生很反感，渾身都起了雞皮疙瘩，但她的理性告訴她，黑眼鏡應該不至於在這個時候占她的便宜。

黑眼鏡緩緩地，在她小腿上寫了一個「RUN」。她花了一點時間，才理解他寫的是英語。她還想反問是怎麼跑，就看到下面手電筒的散射光射了上來，照亮了一部分井壁下沿，很快就要照到他們。

黑眼鏡舉起了三根手指，手指背光，只能看到一個剪影。他蜷曲了一根手指，變成了兩根，又蜷曲了一根，變成了一根。

3，2，1！

倒數計時了，黑眼鏡的手指瞬間全部收了回去，接著喊了一聲：「抱緊我！」阿透條件反射地箍住了黑眼鏡的脖子，黑眼鏡收回雙腳，跳了下去，一下落到了長神仙的面前。

阿透再次看到了那張可怕的怪臉。長神仙被嚇了一跳，往後縮了一下。黑眼鏡開始用各種姿勢在通道中狂奔，一下衝入了黑暗。

阿透眼前一片漆黑，只感覺黑眼鏡絲毫沒有減速，在黑暗中瘋狂地往前跑。她完全不敢鬆手，害怕鬆手就直接撞牆了。

「會迷路的！」阿透之前每一次遇到岔路時都會停下來，點亮打火機，記憶岔路的情況。如果是在漆黑一片的情況下通過岔路口，只要有一個岔口她沒有記下來，她就有可能迷路，再也找不到回去的路。

「我看得見！」黑眼鏡喊道。

「梁煙煙！」阿透喊道。她是下來救人的，怎麼被人抓著就逃跑了，那她一路下來的艱辛豈不是白費了？

剛說完，他們身後有手電筒光一閃而過，阿透回頭就看到遠處的黑暗盡頭，像有一輛火車在追趕他們一樣。有一道手電筒光追了過來，速度非常快，竟然有逼近的趨勢。

「她讓我送妳上去！」

「她人呢？」

「她沒救了！」黑眼鏡滾進了一個岔口，開始快速變換方向，在通道裡玩起了捉迷藏。那光跟了兩、三個岔口，被甩掉了。

黑眼鏡找到一個岔道口停了下來，渾身是汗。

「她怎麼會沒救了？」阿透著急地問道。

「這裡要塌了。」
「什麼？」
「長神仙正在破壞這裡的地下結構，想把這裡弄塌。我們發現了他，他要消滅自己存在的證據。」
「那我們更得去救！」
本來那光已經朝遠處去了，她這一嗓子吼完，那光立即轉了回來。黑眼鏡長嘆一聲，背起阿透繼續跑。阿透知道再叫會有麻煩，但她實在太擔心梁煙煙了，就壓低聲音道：「我一定得救她，來都來了！」
「她把她的收入讓給我了，讓我救妳。」
「你要多少錢的佣金，我砸鍋賣鐵付給你，我們兩個去救她。」
「拉倒吧，我調查過妳，妳比我還窮。」黑眼鏡托住她的屁股，問她道：「有醫療保險嗎？」
「什麼？」
黑眼鏡一抬她的屁股，她整個人被頂高，高速行進中的她正撞在通道上沿的一塊石頭上，頓時眼前一黑，昏死了過去。
在那意識模糊的時間裡，發生了很多很多事情，阿透多少知道一點，只不過是在潛意識裡知道，並不是現實中真正的知道。

她後來回想，中途自己醒過幾次，都再次暈厥了過去。每次甦醒的瞬間，她感受到的，都是狂奔。

那一定是一次激烈的追逐。

後來據大哥說，黑眼鏡背著阿透來到村口的時候，兩個人渾身都是泥巴，他們往回看的時候，就發現身後整個村子的地面開始坍塌，房子也開始倒塌，似乎地底被什麼東西挖空了。地下結構終於還是被破壞了。

梁煙煙沒有上來，黑眼鏡立即開始打電話召集挖掘機過來。

阿透再度醒過來的時候，是在醫院。但是她太疲倦了，那一次的清醒沒有維持太久，她就又昏迷了過去。

她特別驚訝，只想起自己說的「砸鍋賣鐵」，她怎麼會說出這樣的話來？

第三十四章　後怕

阿透完全清醒過來，已經是幾個小時之後的事了。

在醫院裡的這幾十個小時，除了一開始的檢查，和檢查後觀察的四個小時，以及在病房的洗手間裡洗了個澡，其他時間她一直躺在病床上發呆。

原來在真實的世界裡，冒險不一定有結果。嘗試去救別人，不僅有「成功拯救了別人」，或者「失敗，自己白幹」兩個選項，還有「中途被別人拖出來」這種結果。

想一想，似乎這才是人生的本質。太多人在追尋自己的目標時，並不是敗給了困難或者對手，而是敗給了拖自己後腿、中途規勸的人。

也許那個黑眼鏡是對的。不過，如果不是他，此時自己已經死了。

黑眼鏡一直沒有出現，似乎還在現場。是那個大哥送自己來醫院的，大哥剛剛回家了，估計也累得夠嗆。

阿透在發呆了八個小時之後開始後怕，雖然沒有表露在臉上，但她抱住雙臂開始發抖。從進入那個村子開始的每一件事情，她現在想來，自己都絕對沒有勇氣再經歷一遍。

這種怕還不是簡單的後怕，而是怕得要死。她想起那個祠堂、地下室、那個洞、那個長神仙，如果是現在的她，每一個都會讓她立即放棄——為什麼當時的自己毫無懼意？

梁煙煙就這麼死了，還是黑眼鏡後來把她救出來了？她都不敢求證。

巨大的壓力和恐懼是可以讓陌生人一下子走得很近的，說起來自己和這個女孩子認識也沒有幾天，但她覺得和對方認識已經很久了。

二十四個小時之後，她出院了，那個大哥來接的她。她在路上把車費付清了，大哥就把梁煙煙的包遞給了她。當時梁煙煙把自己的包、那些X光片以及錄影帶，都讓大哥帶回了車上。

大哥對她說：「我去那女孩介紹的醫院做了檢查，他們說我得過胃癌，現在已經好了，我也搞不懂是怎麼回事。」

「你相信這個診斷嗎？」

「我搞不明白。」大哥說道：「難道真的是那個長神仙救了我？」

「我也搞不明白。」

「那女孩呢？不管怎麼樣，我想謝謝她。如果不是跟著妳們，我可能就得癌症死了。」

「我不知道。」

阿透想，自己的事情解決了嗎？如果梁煙煙已經死了，事情還沒有解決，難道解雨臣還會派一個人來幫她嗎，還是說，她得自己面對了？

她看了看身後的座位，特別害怕有東西忽然出現在後座上。

但什麼都沒有。

「你接下來準備做什麼？」阿透問大哥。大哥也算是經歷了特別離奇的事件，然後回歸正常生活的人，她想問一下，做個參考。她現在完全想不出來，接下來自己應該怎麼辦。也許得搬回父母身邊去，或者是馬上找一個男朋友，自己一個人似乎是找不到章法回歸正常生活了，她會不停地琢磨這件事情，琢磨好幾年吧。

找男朋友，就近找誰？自己的那些同學肯定不行，搞藝術的幹不過妖怪。難道要找解雨臣？這種男人應該不缺女人吧。又或者，那個黑眼鏡？

那個黑眼鏡感覺離自己好遠啊。黑眼鏡和長神仙，她感覺他們才是一個次元的東西。和自己，根本不是同類。

「我要去廟裡燒香啊。」大哥說道。

阿透恍然大悟，原來還可以這樣。回歸正常生活，就應該找個人感謝一下，如果事情還沒有解決，也可以去祈禱。

「妳要去嗎？」

「我不去。」阿透說道。其實她內心特別想去，不知道為什麼，說出口的卻是拒絕。

回到之前住的酒店，房間已經過期了，但押金被順延了。她辦理了入住手續後進入房間，那是一個標準雙人房，有兩張床，她坐到其中一張床上，發了一會兒呆，然後進浴室洗澡。

這個澡洗了足足有四十分鐘。阿透一直在出神，光頭就洗了四、五遍，一直洗到手指皮膚發白，她才關掉淋浴的蓮蓬頭，裹上浴巾，從浴室出來。她魂不守舍地走到房間裡，一下愣住了，她看到房間裡的另外一張床上，躺著一個人。

是一個女人，渾身是泥，完全赤裸。

她愣了幾秒鐘，反應過來，這是梁煙煙，隨即她便發現陽臺門是開著的。

她立即走到陽臺上，就看到很多泥巴的痕跡，一路從陽臺延伸進來。

回到床邊，梁煙煙還在呼吸，非常安靜，睡得很沉。阿透意識到，可能是長神仙把她送回來的，她沒有死，而且看上去十分健康。

第三十五章　真相

在電視劇中，一場冒險之後的清理工作往往是做留白處理的，往往主人公受傷之後，鏡頭再次亮起時，人已經在醫院裡了，清理、縫合都結束了。主人公要麼閉著眼睛還未甦醒，要麼已經開始兢兢業業地和配角們討論接下去的計畫安排，繼續推動情節發展了。

在電視劇的資訊交代中，這些傷口的處理過程都不重要，故事怎麼發展下去才是最重要的。但在現實生活中，更重要的是這些被省去的部分，故事是否要往下發展，反而無關緊要。

現實其實是由電影中省略的那些細節組成的。

阿透幫梁煙煙蓋上被子，又打來了溫水，一點一點幫她擦拭身上的淤泥。

阿透做事情非常仔細，她從手臂開始，先給梁煙煙露出被子的小部分手臂進行擦拭。擦乾淨之後，就用浴巾包裹住，然後再擦下一個部分。梁煙煙的身材應該是男人比較喜歡的那種，她小時候也曾幻想過自己擁有這樣的身材，後來在取悅異性和取悅自己之間，她毫不猶豫地選擇了取悅自己。

正面全部擦拭完之後，阿透發現梁煙煙身上一個傷口都沒有，而且皮膚狀態很好。她按了按梁煙煙先前肋骨斷掉的地方，發現已經痊癒了，沒有任何凹陷。

阿透想幫梁煙煙翻身擦拭後背，無奈自己的力氣太小了，搬了幾次都搬不動她。而且床單上全是泥巴，如果梁煙煙翻過去，正面又會蹭上。她坐回到自己床上，想起以前自己生病的時候，看護單手就把自己的背部抬起來，直接抽掉床單，然後再換上新的。那時候的自己纖弱得像片羽毛一樣。

阿透是屬於偏瘦的身材，梁煙煙有一些肌肉，人又高，所以兩個人的體重根本不是一個量級的。

阿透最後想到的辦法是，把兩張床併起來，先把梁煙煙翻到側身位，然後幫她擦拭後背，之後直接將她翻到另一張床上趴下，自己再找人來清理她現在躺的這張床。

阿透繼續搬梁煙煙，想讓她側身。她搬了兩下都沒有成功，卻看到了她背上的紋身。阿透其實看不太清楚，因為梁煙煙的身體沒有完全翻過來，而且背上全是泥巴，但那紋身很大一片，不像是隨便紋上去的，應該有故事。

阿透來了興趣，她想仔細看看，於是深吸了一口氣，到另一邊準備推梁煙煙。這個時候，她的手被握住了，梁煙煙睜開了眼睛，看著她。

阿透長嘆了一口氣，原來可以醒嗎？自己是否又白費了力氣？

梁煙煙輕聲問：「長神仙呢？」

「我洗完澡出來就看到妳躺在床上，我沒看到他，應該是他把妳送回來的。」

「妳剛才想幹什麼？」

「我想幫妳清理身體。」

「哦，我自己會清理，妳不要碰我。」梁煙煙看著她。

阿透忽然有點傷心，但她還是點了點頭。

梁煙煙放開她，然後重新閉上了眼睛。

阿透看了她一會兒，想要離開，就聽梁煙煙用虛弱的聲音說道：「陪我睡一會兒，我不想一個人。」

阿透想了想，躺到了她的身邊。

阿透沒有手機，她躺在梁煙煙身邊，看著她的眼睫毛，以為自己會思緒萬千，結果不知不覺中也睡著了。醒過來的時候，已經是中午或者下午了，外面陽光明媚。

因為床是併著的，她看到梁煙煙也沉沉地睡在她邊上。她聞著她的味道，一陣心安，繼續沉沉睡去。再醒來的時候，是被電視的聲音吵醒的。她成年後從未睡得那麼好過，瞬間覺得一切都清明了。

她坐了起來，看到梁煙煙早就起來了。床上全是衣服，顯然是去採購了。

梁煙煙正在擻弄電視機，電視機上面放著一臺錄影機，應該是二手市場上搞來的，邊上還有很多酒精、棉花棒。那些從地下室帶出來的錄影帶，已經被清洗乾淨了。梁煙煙正在調試錄影機。

「真相就在這些錄影帶裡。」梁煙煙對阿透道，她調出了畫面。「妳再睡會兒？」

阿透打著哈欠搖頭，就看到電視畫面裡出現了一個醫生，他對著鏡頭說道：「我是潘播達，是腫瘤方面的醫生，這是手術前的紀錄，因為這個手術意義特殊，所以我們盡量做下詳細的紀錄，以記錄當事人的決策，以及我的決策。這些都會作為證據保存下來，如果有人質疑今天發生的事情，那麼你們會看到，我們是怎麼一步一步走到這裡的。」

接著醫生走開了，露出了身後手術床上的病人——長神仙。手術床並不能完全容下他，有一節床的延伸，似乎是後來焊接上去的支架。無法估計他的身高，但真的非常高。

鏡頭推進，長神仙非常認真，用碩大的手掏出一張A4紙，開始念起來。

「本人自願且主動發起這次的手術，來研究我腦部的腫瘤和我自身特殊情況的關係，沒有受人蠱惑或者脅迫。反之，參與手術的人員一直嘗試勸服我放棄手術，繼續存活。但對生命的認知已經讓我無懼死亡，所以我決定進行開顱手術。如果在手術過程中出現任何意外，責任由我個人承擔。」

念完，長神仙放下了A4紙，對著鏡頭說道：「我不知道何種原因使我擁有了能治癒人的疾病的能力，為了讓我能夠將這種能力用到世人身上，上蒼給了我一顆敏感的內心，讓我可以感受他們的感情和痛苦。我通過救治病人感知了人間無數種人生，在這段時間裡，我似乎也融入了他們的人生裡。我活了無數次，所以我不害怕死亡。」

他頓了頓，接著說道：「我希望我能在這些感受中，發掘一些很少有痛苦的人生。很多人都想讓我們相信，人生是苦樂參半的。然而，事實並不是這樣的，人生中真正的快樂其實很少。有很多人會反駁我，但我來告訴你我所感受的結果——你們的人生，大部分是痛苦的。我可以救治人們的身體，讓人們活下去，但我知道，痛苦不會就此消失。」

「體驗足夠多的人生，事實上就是體驗各種不同的痛苦。我三十歲之後，失去了治癒別人的能力，反而讓他們的病情加重。我以為上天希望我領會更多，但後來我明白了，上天並沒有讓我失去治癒別人的能力，它只是給了我可以治癒痛苦的最終能力——死亡。」

「我感受了那麼多人的人生，卻找不到任何一段人生是沒有謊言、沒有背叛、沒有自尋的煩惱、沒有別人強加的恐懼的。人們爭奪自己一定會失去的東西，破壞已經擁有的珍寶。我竭力拯救他們，然而他們怎麼都不明白，他們從小就擁有的那些美好的東西，是我從來沒有擁有過的。」

「為何人總要低下頭去選擇痛苦？我想說，當你身為一個人，不要低頭，因為我們的父母曾經將我們舉過頭頂。」

他再次頓了頓：「我也曾經想過，三十歲之後，我要不要仍舊用我的能力，幫他們永遠地結束那些煩惱，將他們從痛苦中解放出來。但想了很久之後，我明白了。」

長神仙看著螢幕：「他們不配。」

「我累了，我最後要去看一看我的內在，到底是什麼讓我成為現在這樣的我。我太敏感了，世間的一切我都能感受到，這讓我太累了。你們應該為我感到高興，如果我在手術中離開，我將永遠休息，不再疲累。」

長神仙的表情非常疲倦，阿透從未見過那麼疲倦的人。他說完之後閉上了雙眼。阿透看到他身邊的醫生都在哭，她忽然發現自己眼眶也溼了。

這是一段樸實無華的話，但在那樣疲憊的狀態之下，阿透忽然覺得這個長神仙真的太可憐了，他已經可憐到，連死亡對於他來說，都是恩賜。

潘播達醫生此時已經和長神仙一起生活了幾年時間，他把攝影機轉向自己，對著鏡頭說道：「手術馬上就要開始了，我很榮幸參與其中。這場手術的死亡率高達九成，也許，我將為此下地獄。」

「沒有地獄。」長神仙在他身後說道：「如果你看到了，也是你自己想看到的。」

阿透看了看梁煙煙，梁煙煙的眼眶也溼了，她過去和梁煙煙擠在一起，兩個人繼續往下看。

第三十六章 透明的石頭

梁煙煙能看懂手術，阿透這才知道，她真的是醫生。錄影帶的畫質並不好，這個酒店的電視機還是舊型的大腦袋電視，錄影帶裡有很多破損，經常會卡頓或者出現白噪條。

整個錄影就是長神仙手術的過程，從潘播達和助手的對話中，能夠獲取的資訊很有限，除了一些簡單的命令，就是長神仙的頭骨比一般人的要薄。

手術過程中，長神仙一直是清醒的，但他沒有說話，只是看著他邊上的螢幕。阿透不知道看著別人打開自己的顱骨，是什麼感覺。但這顯然需要極強的心理素養。

整個開顱過程中，他的血壓非常平穩。潘播達一層一層地剝掉大腦上的膜，他的第一個目標是一塊小腫瘤，因為他開的創口較小，無法把那個最大的腫瘤取出來。他要找的是最淺的那個，只有那一個可以取出來。其他的，只能用內視的方式看一眼。

大概一個小時之後，他們找到了那個小腫瘤，並開始梳理血管。然而，潘播達仔細觀察了之後，停了下來。

「怎麼了？」長神仙問他。

「我看到那個東西了，不是生物組織。」潘播達的臉色慘白。

「是什麼東西？」

「我不知道，是光滑的，像是一塊冰，透明的。」

「讓我看看。」

潘播達移近攝影機鏡頭，調整了焦距。梁煙煙和阿透也都把身體探了過去，想看看到底是什麼。

那是一塊冰一樣的石頭，就在長神仙的大腦裡。

長神仙看著，說道：「取出來。」

「角度並不好。」

「潘醫生，我看了無數的書，雖然我並沒有離開過這個村子，但我知曉很多事情。你現在面臨的事情，可能比你想的還要神奇。」

「取出來的過程，可能會壓迫到很多血管，萬一其中有破損，那麼你的大腦就會立即受損。之前說好的，如果風險超過百分之九十，我們可以停止。」

「在X光的照射下，我們並沒有在我的大腦裡看到這一塊冰一樣的石頭，我們只看到了包裹它的組織。你知道哪一種石頭有這樣的結晶外表，但是不會被X光照射出來嗎？」

潘播達搖頭，長神仙說道：「是鑽石。我覺得，這是一塊鑽石。」鑽石本質上不是一塊石頭，而是一塊碳，X光很難照射出來。

「你的腦子裡，怎麼會有一塊鑽石？」

長神仙笑了起來：「我也想知道，請你幫我取出來。」

潘播達和身邊的人對視了一眼，他猶豫了一會兒，開始重新操作手術。在往外取石頭的過程當中，長神仙的血壓快速下降了兩次，其中有一次他完全失去了意識，並被進行了搶救。但最終，這塊石頭被取了出來。

那是一塊兩節手指大小的石頭，是小腫瘤裡最大的一塊，其他的都在大腦深處，很難通過傳統手術拿出來。

攝影機對準了那塊石頭，阿透和粱煙煙幾乎貼到了電視機前。阿透覺得，那是她在世界上看到的最玄妙的東西。那石頭上的光，就像貝殼裡的珍珠質一樣，反射著一種來自生物的光芒。但它又是透明的，裡面有很多更小的反光源。

但無法看清楚更多了。

「接下來，我們嘗試切除你被腫瘤壓迫的那一邊的大腦。根據X光顯示，那邊的大腦已經灰化，有大量的梗阻。我不知道你是怎麼活下來的。我們將連同這塊石頭一起，把半腦取出來。你之前和我們說過，這塊石頭不是病灶。」

「對，我只是想看看它，你不用取出來。我知道，如果它被包裹在腦組織裡，其實你也取不出來。」

「但我需要把那幾塊小的都取出來，因為你只有一半大腦了，如果這些小的再長大，而大的又沒有取出來，那你的大腦會被繼續壓迫。我有必要再次給你提示風險。」

「我知道，切除半腦有可能引發癱瘓、死亡、記憶缺失等所有大腦疾病症狀。」長神仙說道：「但那和我現在，又有什麼區別呢？」

潘播達不說話了，手術繼續進行。

接下來的手術過程持續了兩盤錄影帶的時間，在換帶的時候，梁煙煙給阿透解釋了半腦切除手術的基礎邏輯，阿透聽著就覺得腦子要痛死了。但在她聽到即使人只有一半大腦還可以完全沒有任何困難地生活的時候，依然覺得十分神奇。

手術的過程十分無聊，幾乎沒有對話，但阿透仍舊認真地看完了整整兩盤錄影帶。到最後一盤錄影帶，阿透還是忍住了沒有按快進，一直到播放了十分鐘左右，畫面終於有了大變化。

後面的護理師忽然叫了起來，他們立即過去，就聽到潘播達問：「怎麼回事？」

「他在萎縮！」

「什麼萎縮？」

「肌肉，所有的器官都開始衰竭了！」

攝影機鏡頭被推了過來，長神仙整個人似乎要融化了一樣，迅速地衰老下去。有個護理師想要把石頭放回去，被潘播達阻止了。

「意識呢？」

「間歇性失去意識。」

「準備內視鏡，在他的器官完全衰竭之前，我們嘗試取出更多來。」

「可是，不是因為我們取出了石頭，他的身體才迅速虛弱下去的嗎？」

「石頭放回去，他也活不下來。衰竭也許會在死亡之前停下來，但我們只能根據醫學行事，不能根據玄學。」

阿透的手心開始出汗，雖然知道這是很久之前發生的事情，但她身臨其境一樣緊張。

潘播達極端專注，取出了所有的小塊石頭，並切除了壞死的腦組織。但是最大的那一塊，他們只是用內視鏡看了一眼。

那是一塊很大的透明石頭。這一塊最大的石頭，和其他小的不同，它裡面還有一個東西——那是一個黑色的陰影，用內視鏡完全無法窺得任何資訊。

手術暫停，這個時候，長神仙的反應已經非常慢了，他呼吸非常困難，但堅持不要呼吸機。潘播達知道他已經不行了，他把螢幕推近，讓長神仙看著那塊最大的石頭。

「它在和我說話，」長神仙說道：「它說我要死了。」

接著他開始自言自語：「你是什麼？你為什麼會在我的大腦裡？」

這是他最後一句能被聽到的話，接下來，他的嘴巴一直在動，但是聲音已經聽不清了。他的表情逐漸釋然，似乎得到了答案。

阿透看到長神仙快速地衰老、虛弱，這是一種肉眼可見的生命流逝，她不由自主地握緊了梁煙煙的手。梁煙煙也握著她的手，點上了一支菸，自己抽了一口，遞給了她。

但是這個時候，長神仙說話了。他睜開了眼睛，移開目光，看著天花板，說了最後一句話：「我想去吹吹海風。」

心跳監測器畫出了直線，所有人都停了下來。

畫面定格，阿透和梁煙煙看著螢幕，久久沒有反應過來。

第三十七章　新長神仙

阿透覺得，自己對梁煙煙有徹底的好感就是開始於這一刻。這個女人出現的時候，完全呈現出一種讓人無法理解的狀態，但在兩個人被長神仙的結局震驚的那一刻，阿透覺得她和自己是一樣的。

她對人生並沒有太多出格的評價，和那個瞎子，還有那個解老闆不一樣，梁煙煙和自己在同一個世界，甚至相距並不遠。

平復了一會兒，梁煙煙繼續看後面的錄影帶。後面的幾盤錄影帶裡，一盤是長神仙的葬禮。按照當時的習俗，長神仙被土葬，但並沒有太多人來看他。不知道為什麼，整個村子都以他為生，但最後的時刻，只有稀稀落落的幾個人來為他送行。

阿透想起長神仙最後的話，覺得他在人生最後幾年，失去了救治人的能力，反而擁有了可以殺死別人的能力後，一定經歷了很多可怕的事情。

也許別人不認為那是發生了能力的轉化，而是他故意的。這種事情，善良的人是解釋不清楚的。只有惡人可以讓別人立即明白，我擁有殺死你的能力之後，你應該更加敬畏我。

在看到圍觀的幾個人時，阿透驚呼了一聲，按下了暫停鍵。她指著其中一個人說道：「這個人，是我在解老闆的別墅裡畫下來的那個人。」

梁煙煙看著畫面，那個人站在人群裡，個子並不高，根本沒有兩公尺，那為何在解雨臣別墅裡會那麼高？

阿透也不明白。

那個人面無表情地看著攝影機的鏡頭，看起來有一些木訥。

接下來的一盤錄影帶，是潘播達研究那幾塊石頭的鏡頭。其實他的研究很有意思，而且已經確定了，這並不是鑽石。潘播達認為這是舍利子。

舍利和舍利子是不一樣的，很多人去泰國，都以為自己買到了帶有高僧舍利的物件，其實那只是高僧的指甲。人死後的全部屍體，被稱為舍利，舍利子是指屍體火化之後的神奇結晶。

事實上，極難看到真正的舍利子。人們也不知道它到底是什麼東西，只知道，舍利子是僧人生前因戒定慧的功德熏修而自然感得。

成佛之人、大徹大悟之人，身體內會出現舍利子。潘播達相信長神仙已經成佛了。

潘播達想把這塊石頭鋸開，但是無論怎麼做都失敗了。石頭非常堅硬，他很快就劃傷了自己的手。阿透的畫面記憶力十分強，她發現從這裡之後，雖然幾盤錄影帶相隔的時間很長，但是潘播達的手一直沒有癒合。

到了最後，潘播達的傷口急劇惡化，無法查明原因，似乎被詛咒了一般。他甚至去求助了其他村的神婆，但都得不到救治。

潘播達也要死了，阿透從他的體態能判斷出，潘播達的身體已經非常非常差。阿透本能地感覺到，潘播達的眼神都變了。

要出事。

果然，潘播達在下一盤錄影帶的自述裡，說了自己的情況。他的身體受到了嚴重感染，手可能要被截肢，而且還未必能痊癒。他是靠手做手術的，他不能沒有手。他想打開自己的大腦，將從長神仙大腦裡取出來的石頭，放進自己的大腦裡。如果按照長神仙說的，那他也許可以獲得治癒疾病的能力，從而來治癒自己。但是他沒有辦法給自己動手術，也沒有助手可以幫他。他只能用其他的辦法。

他離開攝影機鏡頭的時候，阿透就看到手術臺上躺著一個人，那個人已經深度昏迷。

這個人不是別人，就是那個圍觀的村民，也就是她在解雨臣的別墅裡，看見並畫出來的那個兩公尺高的怪物。

潘播達要把石頭放進這個人的大腦裡，讓他變成長神仙，然後來治癒自己。

第三十八章　惡魔

後來的故事，不應該被詳細地記敘。

看到這裡，阿透也大概猜到了後面會發生什麼事情。

潘播達的手術成功了，下一盤錄影帶詳細地記錄了手術的過程。潘播達希望這個忠厚老實的人可以變成下一個長神仙，治癒自己。

一個月後，這個人就開始長高，並且在一年內長到了兩公尺的高度。他在手術後四個月左右，開始有了治癒別人的能力。

然而這個人，是一個惡魔。他內心的欲望極其凶猛，是一個和長神仙完全不同的人。即使他平時沉默寡言，但他的內心完全被這種能力腐蝕了。

他霸占了長神仙的老宅子，並且在外面的大樹上懸掛了一個麻袋，用來收取禮金。來治病的人必須在麻袋裡放錢，美其名曰「長高錢」。

為了防止潘播達再給其他人做手術，他鼓動村民吊死了潘播達和他那支醫療隊的大部分人，然後把剩下的石頭據為己有。他一次又一次地勒索村民、斂財，威脅病人和自己發生關係，一下子從一個一無所有的漁民，變成了一切都唾手可得的神仙。

他讓村民幫自己豎起了雕像，毀掉了之前長神仙的一切痕跡。在錄影帶裡，這個人一直不說話，但一直冷冷地看著鏡頭。阿透覺得他的內心彷彿有一隻鬼，完全不可捉摸。

這個新的長神仙，毫無節制，為所欲為，終於長到了二十九歲。村民們都知道，三十歲一過，他將徹底變成一個惡魔。於是他們在他二十九歲的某天晚上，將他殺死了。後面的錄影帶，拍攝者不明，似乎是潘播達在村裡的助手拍的，但記錄的資訊還算全面。

新的長神仙死後，拍攝錄影帶的人半夜剖開了他的大腦，取出了石頭，發現石頭變大了，似乎是在生長。

這個拍攝的人始終沒有露臉，但非常冷靜。

這顆石頭，和新長神仙手裡的石頭，被拍攝錄影的人藏了起來，就藏在長神仙買下的老宅裡。為了毀屍滅跡，老宅被整體出售，然後被拆卸成建築材料，到了解雨臣那棟別墅所在的土地上，重新被修建了起來。

阿透和梁煙煙互相對視了一眼，阿透說：「如果石頭藏在房子裡，那麼房子被拆卸的時候，石頭會混雜在建築材料裡。」

「到了新的地址之後，這些石頭混在其他石頭裡，可能會被用來鋪路或者墊牆。所以，這些長神仙腦子裡的石頭，現在應該就在解雨臣別墅的牆壁或者地下路基的某處。」梁煙煙說道：「如果這些石頭是有能量的，那麼，我們也許感應到了這些石頭當年經歷的事情。」

「所以，攻擊我的不是長神仙，而是那個後來的人。長神仙有六公尺多，比他要長得多，那個新長神仙只有兩公尺多。」阿透說完，覺得自己是在討論鯊魚。

「應該是這樣。」

「我們在地下看到的長神仙，是真的長神仙，他不是死了嗎，難道他復活了，還是——」

「我想簡單地下一個結論，他已經變成了另外一種生物。他把我抓過去的時候，和我說話了。」

「他能說話？」

梁煙煙點頭：「他希望我幫他向黑瞎子道歉。」

「為什麼？」

「因為他不能治好黑瞎子的眼睛。」梁煙煙說道：「他在觸摸黑瞎子的時候，感覺到了很多東西，他想治好他的眼睛，但是他不能，還有人需要黑瞎子的眼睛。黑瞎子心裡也明白，在他心裡有比眼睛更重要的人。那個人，其實更需要他保持現在這個樣子。」

「他沒有說更多嗎？」

梁煙煙搖頭，阿透看得出，她有所隱瞞，但阿透的優點是，絕不刨根問柢。

「所以，他沒有死，而且恢復了治癒人的能力。」

「畢竟他腦子裡最大的那塊石頭沒有被取出來，也許過了四十歲，又是一個輪迴，他被自己的能力保護了起來。但他不想再做人了，他一直生活在地下，被我們發現之後，他得離開自己的村子，重新找地穴躲起來。」

一個神仙最後變成了這樣，難道做人真的有那麼不好嗎？

「如果是這樣的話，那我房子裡要殺我的那個東西，是那個人造神仙的意志掌控的？」

「我說了，有時候，這種奇怪的力量，會形成一種它有智慧的假象。它也許只是因為某種規律而自發襲擊，並不是想要攻擊妳，只是我們不知道妳契合了哪種規律。」梁煙煙說著，錄影帶播放完了，她站起來一邊活動關節，一邊用新買的手機發簡訊給解雨臣。

解雨臣很快就回覆了，阿透不知道他回了什麼，但顯然梁煙煙心裡一半的石頭放下了。

這個時候阿透才想起黑眼鏡：「啊，他還在挖妳。妳有沒有告訴他，妳已經回來了？」

「讓他再挖一會兒，我馬上就要解決妳的問題了，不想他來搗亂。前因後果都知道了，接下來就是解決問題。」

「妳準備怎麼辦？先回去嗎？」阿透問。

在廣東雖然發生了很多事情，但總體來說，她沒有再遇到那個長條怪物，所以她覺得也許在廣東有長神仙在，她是比較安全的。

「妳到廣州之後，再也沒有遇到襲擊，說明我們的推測是對的，可能是那些水晶一樣的石頭粉末，在起作用。」梁煙煙說道：「我們要回去做一些實驗。我剛剛和解雨臣交換了資料，讓他先準備著，我們一點一點整理，就會知道，那些石頭為什麼會攻擊妳，在沒有結論之前，妳還是跟著我吧。」

「妳有什麼提示嗎？」阿透問道。

她覺得梁煙煙有想法沒有說，但梁煙煙看了看錄影帶，欲言又止。

第三十九章　屠顛

解雨臣站在自己的別墅前。

按道理別墅只是抵押給他，雖然他覺得對方能拿回去的機率很小，但他也沒有權利對別墅做什麼。

處理風險一直是他的強項，但他承擔風險以及冒進斡旋的能力更強，後者才是別人害怕他的地方。他轉頭對身後的隊伍說：「拆掉之後，將所有的建材，特別是石頭，包括基地石塊、混凝土中的卵石，全部粉碎到鋪設前的狀態。」

「沒有必要吧，老闆，這得半年才能全部弄完。」

「幹不了我可以換人。」解雨臣看著包工頭。「所有的建材粉碎後，按照日期和時間打包，送到我公司的倉庫，他們會一塊一塊地挑選。」

「您是有東西掉在裡面了嗎？如果是貴重東西，工人都是來來去去的，他們看到了可能會自己帶走，我沒法管。」

「你在事情沒有發生之前就想撇清關係，這一招對我沒用。你知道我是誰，我也知道這活兒不容易，你管不了可以不接，接了你就得保證你的工人手腳乾淨，否則——」解雨臣看著他，沒有說話，眼神中滿是對他推託之詞的厭惡。

包工頭滿頭冷汗，想掙扎一下，解雨臣拍了拍他：「開玩笑的。」

他走到一邊，包工頭開始向工人們強調規矩，解雨臣的人在旁邊給每個工人都拍了照片，同時配備了全套的防護用具。對人性不信任，解雨臣也十分厭惡自己這一點，但他每次做的這些出於揣測人性惡的預防措施，最後都發揮了作用。

他低頭看手機，梁煙煙所有的調查結果都在裡面了，有幾個未接電話，他打了回去。

「沒有發現？」

「地下有生活用品，但人沒了。我給他留了條子，告訴他有空可以來找我，我也不是正常人。」對面說道：「他沒有傷害梁煙煙，還把她送回去了，這女人害我在這裡當包工頭挖了一個大坑。」

解雨臣看了看自己身後，隊伍已經開始砸路和推牆，心說，如果判斷失誤，這一單他的損失還挺大的。

「關於你的眼睛，那個長神仙說的，你認同嗎？」

「長神仙神通廣大，他既然沒有死，也記得我，那麼也許我失明之後，他會主動出現。」

「人世間有這樣的好事嗎？」

「神仙不就是這麼來的嗎？」

解雨臣笑了笑：「給你安排好了醫院，你要帶她們兩個一起去檢查，希望是其他地方出了問題，而不是你們的腦子。」

對面就笑：「下金蛋的鵝和腦子裡結鑽石的人，你喜歡哪個？」

「給你們做檢查的醫生，應該會是屠顛。」解雨臣道。

對面吹了一聲口哨，對他道：「你仔細看一下那張合影，就是潘播達在村裡的合影，其中有一個拿著攝影機的人。」

對面的人掛了電話，解雨臣調出了照片，放大了看，照片比較模糊，看不清楚。

黑眼鏡說的那個人有一點像屠顛，但是比屠顛老很多。

解雨臣失笑，這是有多討厭屠顛，什麼嫌疑都要往他身上扣。但他再看的時候，心裡也有了疑惑。

確實是有點像，但不可能，屠顛是和他一起長大的，絕對不會出現這種情況。

解雨臣一直認為，屠顛並不是一個嚴格意義上的壞人，他只是不可控，他是一個過於喜歡惡作劇的人。

在解家，智慧的代表很早就固定了，屠顛要引起大人的注意，只能靠一個又一個越來越惡劣的惡作劇。

多年前，得追溯到在他當家之前的一年。

那一年的夏天格外炎熱，蒼蠅非常多，屠顛在家裡不停地捉蒼蠅，然後把蒼蠅的翅膀拔掉。解雨臣看他抓了滿滿一碗，黑色的蒼蠅在碗裡爬動，畫面非常詭異，猶如某種巫術的材料。

屠顛就這麼看著那些蒼蠅，非常入迷。家族裡人很多，他的輩分是什麼，解雨臣一直弄不清楚，算是堂弟嗎？

就在那一天後，屠顛把自己的解姓改成了屠姓，他自己改的，不知道用的什麼手段。

解姓在古代為城垣解，代表著防禦。所有的古城都有大解、小解和宮三層建築系統，解就是城牆的一部分。屠顛很不喜歡，稱其為九門的看門狗。

攻入解圍之中，就可以屠城，屠顛看著解雨臣，端著蒼蠅盆，和他說道：「我要到城外去，你繼續做你的看門狗，做一輩子吧。」

「你想做什麼？」

「你要守，我就不奉陪了。」他看著解雨臣。「我總要找點樂子。」

屠顛肯定是不正常的，解雨臣在那天晚上有過一絲猶豫，是不是要處理一下這個事情？

但他最終沒有處理。

他做了當家的之後，一切都變了，屠顛不再是他最大的問題。

他也沒再去關注屠顛的消息。

後來聽說屠顛離開了解家，做了醫生。

沒有人知道他是怎麼做到的，他一天醫學院都沒有上過，但他似乎就是對疾病有某種天賦。

同時他對為達成目的而偽造欺騙也有天賦，並且樂在其中。

他們之後沒有過多的衝突。

但黑眼鏡見過一次屠顛之後，就對他有一種強烈的「還是先弄死」的衝動。這種衝動來源於他的直覺。

他也明白屠顛仍舊不正常，但確實不知道屠顛想做什麼。

屠顛一定有一個特別危險的想法在醞釀，但在他執行之前，解雨臣猜不出來，這個人的想法是不是常規的。

不能覺得不祥就把人除掉吧，他心說。

屠顛只要一有異動，解雨臣立刻就會知道。所以屠顛一直沒有行動，他知道解雨臣的能力，他一直在籌謀。

就讓他繼續籌謀吧，短時間內，他應該激不起什麼水花來。而且，在某些問題上，屠顛確實可以幫上忙，因為他在專業領域確實有天賦。

有一些私事，不找他在國內就找不到人了。

解雨臣回憶著，就想起了那晚的蒼蠅，他努力壓制住不好的回憶，迅速拿出手機，下達命令。

這個時候，他看到一隻貓從草叢裡出來，坐到了他的旁邊。

解雨臣看著貓，貓也看著他。

這是一隻非常好看的小貓，解雨臣這一次卻沒有表現出柔和的態度，他忽然想到了什麼。

他立即撥通電話：「你把我車上那隻死貓埋到哪兒了？」

第四十章　謎題

屠顛切開小貓的腦殼：「我還以為你那朋友會把貓串起來下酒。」

解雨臣坐在邊上，不說話。

屠顛撥開小貓的大腦，說道：「你怎麼想到貓的腦子裡有東西的？」

「你找到了沒有？」

「通過X光片已經看到外面的組織了，和你給的資料上一樣，類似於一個腫瘤。」屠顛用鑷子從貓的腦子裡夾出來一小塊晶體。「你要找的是不是這個？」

「真的有嗎？」解雨臣皺起眉頭。「那我的腦子呢？」

「你腦子的CT結果顯示很乾淨，什麼都沒有，你放心，你是安全的。」屠顛把晶體放到托盤裡，遞給解雨臣。「你說你那別墅四周都是貓的屍體，我覺得你要找這種東西，就要在貓死去的地方找。」

解雨臣看著這塊大概四分之一指甲大的石頭：「你有什麼看法？」

「你知道有一種東西叫作茶錢吧，養在茶葉裡，一個會變兩個，倒出來就像片石頭一樣，圓的。」屠顛說道：「其實那東西是很多種菌類的複合體，很硬，摸起來像貝殼的觸感，和這東西很像。最重要的是，在適合的情況下，它會傳播、繁殖。」

「你是說，它會散發孢子？」

「不檢測我也不知道，但我也沒有檢測設備。」屠顛把東西裝進一個醫療廢物垃圾袋子裡，遞給解雨臣。「歸你了。」

解雨臣又拿了兩只袋子，套了三層，說道：「這東西如果可以感染貓，那那些貓應該都會變成有某種特殊能力的貓，為什麼還會死呢？」

「野貓是動物，故事可能是這樣的：有一隻貓感染了這種石頭，牠變得比其他貓更聰明或者更強壯，牠就一直待在被感染的地方，有其他貓闖入，牠就咬死對方，所以那地方會堆起來很多貓的屍體。」

解雨臣看著屠顛：「這不是瞎編嗎？」

「現階段簡單分析得出的最佳結論。」

「其他幾個人的ＣＴ報告呢？」

「我優先搞了你的，其他人的還在等報告。」

兩個人來到屠顛的辦公室，黑眼鏡就躺在檢查床上，梁煙煙和阿透坐在一邊，解雨臣把石頭遞給她們。

「還真是在貓腦袋裡找到了。所以你在車上的時候，是被貓腦子裡的石頭影響了？」

「但是我家裡鬧鬼的時候，沒有這種石頭啊。」阿透說道。她的臉色有些不好看，因為她現在能想到的唯一的可能性，就是她腦子裡也有一塊石頭。但她覺得有點冤，她才去過一次解雨臣的別墅，怎麼就被感染了？這個機率似乎有點違反規律。

如果這麼容易感染，那黑眼鏡腦子裡有一塊石頭的可能性更大，他們看上去很熟。

不過黑眼鏡也沒長高啊。

但是解雨臣拿到這套房子應該也不久，說不定黑眼鏡之前身高只有一百六十公分呢？

「可以走了嗎？」黑眼鏡在床上笑著說道：「我不喜歡和變態在一個屋子裡。」

屠顛也笑：「我要是變態，你就是我爺爺。」

黑眼鏡笑著看著屠顛：「解雨臣，我覺得我遲早會接到活，把你這個親戚給做掉。」

屠顛不接話，看向阿透和梁煙煙。

阿透被他熾熱的眼神看得有點不自在：「屠醫生，怎麼了？為什麼看著我？」

「我去過妳住的那個地方，那兒有很多地下展覽，我看過妳的作品。」

「哦。」

「我覺得妳不應該搞藝術，應該做點其他事情，否則妳的天賦會被埋沒的。」

屠顛說道：「我知道妳的家學淵源和藝術有關，但妳應該跳脫出家族的束縛。」

解雨臣看了屠顛一眼，梁煙煙在旁邊點上菸，屠顛看了眼邊上「禁止吸菸」的標誌，但梁煙煙絲毫不理。

這時候，電腦發出「叮咚」一聲響。

屠顛點開軟體，幾張ＣＴ圖發了過來，他看了一遍，搖頭說：「各位腦子裡都沒有問題。」

黑眼鏡站起來，披上衣服看了一眼解雨臣：「走了。」

梁煙煙沒有走，她看著解雨臣，解雨臣就說道：「現在只剩下一個未解之謎了，為什麼阿透的房子裡，也會出事？」

「我會繼續查下去的。」

「我會準備好支票。」

梁煙煙拉著阿透離開了，屠顛看著兩個人，他的眼神讓解雨臣覺得特別不安。

「我說，你為什麼對阿透那麼有興趣？」

「她和梁煙煙兩個人之間，有著強烈的羈絆。你不覺得，如果有外力將她們兩個人擠壓到一起，也許會像原子彈一樣，爆發出無數的可能性嗎？你難道不覺得這很有意思嗎？」屠顛說道。

「聰明人以玩弄人性為樂，結局都很悲慘。」解雨臣說道：「人這種東西，不會任由你玩耍的。」

屠顛看著解雨臣，做了一個「你說什麼都對」的表情。

解雨臣把那張潘播達的黑白合影擺到屠顛面前：「你看這個扛著攝影機的人，是不是和你長得有點像？」

屠顛看了一眼，揚了揚眉毛。

「我查了一下，當時隊伍裡有一個實習生姓解，就是你的父親。那時我們家負責調查九門裡各種奇怪的事情，你父親是去調查長神仙的，對吧？他混在隊伍裡，記錄下了所有的過程，並且做了善後。」解雨臣說道：「這棟別墅轉到我名下之前，往上兩任，都是你家裡持有的。梁煙煙是你介紹給我的，阿透你也早就見過。」

解雨臣看著他：「你到底想幹什麼？」

屠顛指了指兩個人離開的方向，就笑了：「你猜這兩個女孩子，她們是善終還是惡果？」

解雨臣看著屠顛。

屠顛說道：「我猜是惡果。你知道我喜歡玩遊戲，我讓這兩個女孩子重新相遇，就是想看看結局是不是和我猜的一樣。解當家，我知道我根本瞞不住你，所以也不想瞞你。我們打個賭吧，你就賭她們善終吧。你不是聰明嗎？我也聰明，我自己一個人玩這個遊戲沒意思，所以我把你叫進來了。」

「是你找人把這房子抵押給我的，對吧？阿透家裡，是不是也是你放了東西？你利用了你父親的調查結果。」解雨臣說道：「你是因為我被選上了當家的，所以對我不滿嗎？」

「不敢，不敢，我是無辜的，一定有人陷害我。」屠顛就笑。「你不會是要殺了我吧？」

解雨臣看著屠顛，忽然笑了笑，說道：「你知道我暫時不能殺你，但最近我會很忙，你最好不要來煩我。」

第四十一章 蠱惑

阿透和梁煙煙離開醫院，在醫院門口待了一會兒。阿透有點不敢回自己的房子，也不知道梁煙煙的打算，兩個人對視一眼，看到邊上有一間奶茶店，心領神會，都走了過去，兩個人各點了一杯奶茶。

「你們從來不逃避困難，遇到困難就迎難而上？」阿透問梁煙煙。如果梁煙煙直接衝向自己的房子去解決問題，她會覺得梁煙煙是鐵做的。

「大部分時候是。但我們已經做了很多事情，有了成績了，可以獎勵一下自己。」梁煙煙看了看奶茶店對面，那裡有一間美甲店。阿透看著她，她也看著阿透。

兩個人喝完奶茶之後，又去了對面的店裡，準備做個美甲。

因為要排隊，梁煙煙先進去了。阿透在門外抽菸，正抽著，忽然就看到屠顛朝她走了過來，手裡還拿著一個袋子。

阿透對他不熟悉，禮貌地點了一下頭。屠顛過來，把袋子遞給了她。

「這是？」

「這是梁醫生的檔案。」屠顛說道：「她是我們醫院的醫生，好幾天沒上班了，上頭讓我把一個案子的資料給她，等她休假結束，立即就可以開工。」

「哦，我等下給她。」原來梁煙煙也是這家醫院的醫生，阿透心說。

屠顛說完就在阿透身邊抽菸，兩個人互相尷尬地笑笑。

「妳是解老闆的朋友？我聽他說了妳們的事情。」屠顛說道：「我不專業啊，我也不懂妳們玩的東西，但我看到妳身上的一些傷口，妳有養貓，對吧？」

阿透想到了丁丁，不免有一些傷感，點頭，道：「已經不在了，前幾天死了。」

「哦，我也養貓，貓總是免不了會抓妳一下。」屠顛說道：「妳看，我只是提醒一下，怕妳們可能錯失一個資訊──那種從人腦子裡長出來的奇怪的石頭，妳們腦子裡都沒有，我想問題會不會出在妳的貓身上。妳的貓的腦子裡，會不會也有這種石頭？」

「但是，我的貓一直養在家裡，從來沒有去過解老闆的別墅。」阿透說道。

「貓是會亂跑的。」

「兩個地方距離太遠了，貓如果走了那麼遠，肯定回不來了。」阿透說：「而且，我都是關在家裡養的，丁丁也不是一隻很聰明的貓。」

「哦，那我想多了。」屠顛點頭，起身回醫院，走了幾步忽然回頭。「妳了解解老闆嗎？」

「我和他不熟悉。」

「解老闆這個人，在很多事情上，他的目的會和他所表現出來的完全不一樣。

我從小和他認識，我有一個習慣，如果我身邊發生了奇怪的事情無法解釋，我都會想，會不會是因為解老闆？他有自己的計畫，我只是他的一顆小棋子。妳們腦子裡都沒有石頭，妳們身邊也只有一隻貓死了。但我覺得，不管怎麼樣，妳們應該去看一看那隻貓。如果貓不可能自己出門感染那種石頭，妳就要思考，牠是不是被人為感染的。」

阿透愣了一下。她忽然想到解老闆和她第一次見面的時候，問她的一些問題，顯然解老闆知道她很多事。她被叫去畫「鬼」，也是比較奇怪且突兀的一件事。

屠顛非常明顯是在暗示，這件事情，解老闆對她有所隱瞞。或者說得更清晰一點，屠顛在暗示，是解老闆設計了整件事情，他有其他目的。

她想了想，腦子裡一片空白，連一分一毫都推理不下去。

「梁醫生可能是解老闆的人，我說的話，妳別告訴她。」屠顛說完就走了。

阿透有些莫名其妙，又覺得有些不舒服。

等阿透做完了指甲，就和梁煙煙兩個人回了她的房子。在房子外，阿透看到了之前燒貓的那個地方。

梁煙煙問她：「怎麼了？」

「丁丁的屍體在哪裡？」

「我已經埋了，就在樹下。」

阿透走過去，看到樹下有一塊區域，有被翻動過的新土痕跡。她找了一根樹枝，開始挖起來，很快，燒焦的屍體和塑膠袋被挖了出來，塑膠袋和屍體已經結成了一塊。梁煙煙走過來，沒有說話，以為阿透在傷心，但阿透拿起邊上的磚頭，就把貓的頭骨砸開了。

她用樹枝撥弄了一下，一塊石頭掉了出來。在陽光下，石頭閃著光，比人手指的第一節還大。兩個人頓時目瞪口呆。

第四十二章　尾聲

梁煙煙再次穿上了醫師白衣，她的休假已經持續了四個月，她本來想繼續下去，但這一次阿透的事情讓她有些疲倦，她打算做一段時間的正常人。

她回到科室的時候，底下的實習生也剛剛到位。報名到她手下的實習生數量一直很多。她給他們分配了工作之後，查房時間還沒有到，她坐下來，用手機查了自己的帳戶。

解雨臣永遠準時給錢，雖然這不是她的主要目的，但這一次實在太辛苦了，她需要一點獎勵。

屠顛的花早就送到了，這個人永遠周到，但是也肉眼可見地虛情假意。不過一大早看到花，她心情還是很愉快的。可惜，她把花插起來的時候，屠顛出現在了辦公室裡。

一大早，她並不想應付難以面對的人，但是屠顛手裡拿著咖啡和早餐。

「妳不知道門口的早餐店關門了，肯定沒買到早餐。這是興龍包的燒賣，嘗一嘗，絕對不會有損失。」

「你總是有辦法讓人沒法當面討厭你。」梁煙煙接過來。

「人渣也要生活的嘛。」屠顛笑了笑。「聽說妳搞定了？」

「不算是我搞定的，還有一個問題沒有搞清楚。」梁煙煙喝了一口咖啡，嗯，奶放得非常精確。她忽然感到一絲涼意，屠顛何時知道自己的口味的？

「阿透家的貓，腦子裡有那種石頭，但她的貓沒有離開過她家，之前也沒有發生過襲擊事件，所以，事情背後還有很大的謎團。不過阿透的危機已經解除了，我陪她睡了兩個晚上，解老闆應該付錢。」

「這件事情明顯是妳有私心。辦了自己的私事，還能賺到錢，果然是二院的吉普賽巫醫。」屠顛說道：「那石頭的原理，妳有推測嗎？」

「這個世界上有一些東西，就是會讓人發瘋。我的老師也沒有和我講清楚過這些力量到底是什麼，只是說有些物品就是有這種力量。」

「聽不懂。」屠顛笑笑。「還是鬧鬼好解釋。」

梁煙煙也懶得解釋了，她有些心煩意亂。

屠顛說道：「聊聊妳的新朋友，記得我和妳說的那些事情吧？」

「她挺普通的，我不明白你老盯著她幹什麼。」梁煙煙警覺起來。

屠顛說道：「我有個案子，想她、妳、我三個人合作，一起把它完成。」

「她不是醫生。」梁煙煙說道。

屠顛道：「我知道她不是醫生，但她是一個畫家，可以畫出一張人臉。她記憶力那麼好，可以畫出所有她見過的人，供我的病人挑選。」

「妳什麼意思？」

「我的那個病人，頭部被人打爛了，臉部完全毀了。我要給他做一張新臉，重塑整個頭骨。我想讓阿透畫出一張臉來，要有足夠的細節，妳來重塑頭骨，我來完成臉部皮肉的移植。檔案我已經給妳了，妳是不是還沒有看？」

「做任何臉都要有一個底子的。」這屬於整容的範疇，梁煙煙非常內行，但做這種手術，野心太大了。

「我的病人已經選好了臉，阿透可以把所有的細節都還原出來。」屠顛拿出了一張照片，那是解雨臣的照片。

梁煙煙沒有看到，就在她門外的輪椅上，坐著一個極其高大的人。他的四肢特別長，估計有兩公尺多高，臉上全是繃帶。

他的脊柱似乎有些畸形，雙眼直勾勾地看著走廊盡頭的窗戶，有一隻野貓在窗外的樹上。

盜墓筆記之花夜前行

盜墓筆記之花夜前行

作　　者／南派三叔
執 行 長／陳君平
榮譽發行人／黃鎮隆
協　　理／洪琇菁
執行編輯／石書豪
美術監製／沙雲佩
美術編輯／陳聖義
國際版權／高子甯、賴瑜妗
文字校對／施亞蒨
內文排版／謝青秀

國家圖書館出版品預行編目資料

盜墓筆記之花夜前行 / 南派三叔作 . -- 1 版 . -- 臺北市：城邦文化事業股份有限公司尖端出版：英屬蓋曼群島商家庭傳媒股份有限公司城邦分公司尖端出版發行，2023.08
面；　公分
ISBN 978-626-356-855-6（平裝）

857.7　　112008312

出版／城邦文化事業股份有限公司　尖端出版
臺北市南港區昆陽街 16 號 8 樓
電話：（02）2500-7600　傳真：（02）2500-2683
讀者服務信箱：7novels@mail2.spp.com.tw
發行／英屬蓋曼群島商家庭傳媒股份有限公司城邦分公司　尖端出版
臺北市南港區昆陽街 16 號 8 樓
電話：（02）2500-7600　傳真：（02）2500-1979
劃撥專線：（03）312-4212
戶名：英屬蓋曼群島商家庭傳媒（股）公司城邦分公司
劃撥帳號：50003021
※ 劃撥金額未滿 500 元，請加付掛號郵資 50 元
法律顧問／王子文律師　元禾法律事務所　台北市羅斯福路三段 37 號 15 樓

台灣地區總經銷／中彰投以北（含宜花東）　楨彥有限公司
電話：（02）8919-3369　　傳真：（02）8914-5524
雲嘉以南　威信圖書有限公司
（嘉義公司）電話：（05）233-3852　　傳真：（05）233-3863
（高雄公司）電話：（07）373-0079　　傳真：（07）373-0087
馬新地區總經銷／城邦（馬新）出版集團 Cite（M）Sdn Bhd
電話：603-9057-8822　　傳真：603-9057-6622
E-mail：cite@cite.com.my
香港地區總經銷／城邦（香港）出版集團 Cite（H.K.）Publishing Group Limited
電話：852-2508-6231　　傳真：852-2578-9337
E-mail：hkcite@biznetvigator.com

版　次／ 2023 年 8 月 1 版 1 刷
　　　　 2024 年 6 月 1 版 4 刷